Cinq heures vingt-cinq

Collection de romans d'aventures
créée par Albert Pigasse

Agatha Christie

Cinq heures vingt-cinq

Traduit de l'anglais par Élisabeth Luc

ÉDITIONS DU MASQUE
17, rue Jacob 75006 Paris

Titre de l'édition originale :
THE SITTAFORD MYSTERY

ISBN : 978-2-7024-3397-3

1

SITTAFORD

Le major Burnaby enfila ses bottes de caoutchouc, boutonna soigneusement son pardessus, prit la lampe tempête qui se trouvait sur l'étagère de l'entrée, entrebâilla la porte de sa maison et jeta un coup d'œil au-dehors.

Devant lui s'étendait un de ces paysages typiques de la campagne anglaise, comme on les voit sur les cartes de Noël et dans les vieux mélodrames.

Partout de la neige — pas une simple pellicule de quelques centimètres, mais d'énormes amoncellements de neige. Depuis quatre jours, il en tombait sur toute l'Angleterre et ici, à la lisière de Dartmoor, elle atteignait déjà plus d'un mètre d'épaisseur. Dans tout le pays, les canalisations d'eau cédaient et avoir un ami plombier... (ou même apprenti plombier) était le plus envié des privilèges.

Ici, dans le petit village de Sittaford, déjà très isolé en temps ordinaire et à présent pratiquement coupé du reste du monde, les rigueurs de l'hiver étaient un véritable problème.

Le major Burnaby, toutefois, ne manquait pas de bravoure. Il poussa deux grognements, un autre grommellement, et sortit résolument.

Il n'allait pas très loin. Il prit un chemin sinueux, franchit une grille et enfila une allée partiellement déblayée qui menait à une imposante maison de granit.

Une domestique bien mise vint lui ouvrir la porte.

On débarrassa le major de son pardessus, de ses bottes et de son vieux cache-nez. Une autre porte s'ouvrit et on l'introduisit dans une pièce qui avait toutes les apparences d'une scène à transformation.

Bien qu'il ne fût que 3 heures et demie, les rideaux étaient tirés. Les lampes étaient allumées et un grand feu crépitait joyeusement dans la cheminée. Deux femmes en robe d'après-midi se levèrent pour saluer ce fier combattant.

— Major Burnaby ! C'est merveilleux que vous soyez venu ! s'exclama la plus âgée.

— Mais pas du tout, Mrs Willett, pas du tout. C'est très aimable à vous de m'avoir convié, répondit le major en leur serrant la main à toutes les deux.

— Mr Garfield et Mr Duke vont venir, poursuivit Mrs Willett, Mr Rycroft a *dit* qu'il viendrait, mais on ne peut guère l'espérer, à son âge, et par ce temps. C'est vraiment *par trop* épouvantable ! Il *faut* absolument faire quelque chose pour rester de bonne humeur. Violette, mettez une autre bûche dans le feu.

Le major se leva galamment pour exécuter cette tâche.

— Permettez, mademoiselle Violette.

Il posa adroitement la bûche là où il fallait et retourna prendre sa place dans le fauteuil que son hôtesse lui avait désigné. Aussi discrètement que possible, il lança quelques regards furtifs autour de lui. Etonnant de voir comment deux femmes pouvaient changer du tout au tout le caractère d'une pièce sans y apporter aucune transformation précise.

Sittaford House avait été construite dix ans auparavant par le capitaine Joseph Trevelyan, quand il avait quitté la Marine. C'était un homme riche, qui avait toujours rêvé de vivre dans la région de Dartmoor. Il avait opté pour le minuscule hameau de Sittaford. Celui-ci ne se trouvait pas dans la vallée, comme la plupart des villages et des fermes, mais perché à flanc de colline, sur la lande, à l'ombre du Sittaford Beacon. Il avait acheté un vaste terrain, sur lequel il avait fait construire une maison confortable, dotée de sa propre installation électrique et d'une pompe électrique pour s'éviter le pompage de l'eau. Puis, à titre d'investissement, il avait fait bâtir six petites maisons en bordure du chemin, sur mille mètres de terrain chacune.

La première, la plus proche de la grille, avait été allouée à son vieil ami et copain John Burnaby. Les cinq autres avaient été vendues peu à peu à des personnes qui, soit par goût, soit par nécessité, désiraient vivre retirées du monde.

Le village lui-même se composait de trois maisons, pittoresques mais délabrées, d'une forge et d'un marchand de bonbons qui faisait également office de bureau de poste.

La ville la plus proche, Exhampton, se trouvait à dix kilomètres au bout d'une descente qui nécessitait ces panneaux de signalisation si fréquents sur les routes de Dartmoor : « Conducteurs, roulez en première. »

Comme on l'a dit, le capitaine Trevelyan était très riche. Malgré cela, ou peut-être à cause de cela, il avait un goût immodéré pour l'argent. A la fin du mois d'octobre, un agent immobilier d'Exhampton lui avait demandé s'il accepterait de louer Sittaford House à quelqu'un qui désirait y passer l'hiver.

Le capitaine avait d'abord refusé, puis, après réflexion, il avait demandé de plus amples renseignements.

La cliente en question était une certaine Mrs Willett, une veuve avec sa fille. Elles venaient d'arriver d'Afrique du Sud et cherchaient une maison pour l'hiver dans la région de Dartmoor.

— Bon Dieu, cette femme doit être folle ! s'était exclamé le capitaine Trevelyan. Vous ne pensez pas, Burnaby ?

Burnaby pensait tout comme son ami et l'exprima avec autant de force que lui.

— De toute façon, vous ne voulez pas louer, dit-il. Que cette idiote aille se congeler ailleurs, si elle y tient. Et ça vient d'Afrique du Sud, en plus !

Mais la cupidité avait déjà eu raison du capitaine. Il n'y avait pas une chance sur cent pour que l'occasion de louer la maison en plein hiver se représente. Il demanda quel loyer Mrs Willett serait prête à payer.

Une offre de douze guinées par semaine fut concluante. Le capitaine Trevelyan loua une petite maison dans les faubourgs d'Exhampton pour deux guinées par semaine et abandonna Sittaford House à Mrs Willett, moyennant six guinées d'avance.

— Aux idiots, l'argent file entre les doigts, avait-il marmonné.

Mais cet après-midi-là, le major Burnaby, qui examinait Mrs Willett à la dérobée, se disait qu'elle n'avait pas l'air idiote du tout. Elle était grande et avait des manières un peu ridicules, mais elle avait la physionomie de quelqu'un d'astucieux plutôt que stupide. Elle était un peu trop habillée, parlait avec un fort accent colonial, et paraissait pleinement satisfaite de la transaction. Elle avait visiblement de gros moyens, ce qui ne faisait que rendre la chose encore plus bizarre, comme Burnaby se l'était déjà dit plus d'une fois. Ce n'était pas le genre de femme à rechercher la solitude.

En tant que voisine, elle était d'une amabilité presque gênante. Les invitations à Sittaford House pleuvaient sur tout le monde. Le capitaine Trevelyan était constamment prié de « considérer cette maison comme s'il ne l'avait pas louée ». Cependant, Trevelyan n'aimait guère les femmes. On racontait que, dans sa jeunesse, une jeune fille l'avait laissé tomber. Quoi qu'il en soit, il refusait obstinément toutes ses invitations.

Cela faisait deux mois à présent que Mrs Willett et sa fille étaient installées à Sittaford, et l'on commençait à s'habituer à leur présence.

D'une nature peu bavarde, le major observait son hôtesse, sans faire le moindre effort pour entretenir la conversation. « Elle fait l'idiote mais elle ne l'est pas. » C'est ainsi qu'il résuma la situation. Il passa à l'examen de Violette Willett. « Jolie fille, un peu décharnée, évidemment — elles le sont toutes aujourd'hui. A quoi bon être femme si l'on n'a pas l'air d'une femme ? D'après les journaux, les rondeurs reviendraient à la mode. Il serait temps. »

Il s'éveilla aux nécessités de la conversation.

— Nous avions eu peur que vous ne puissiez pas venir, dit Mrs Willett. Vous n'étiez pas sûr, souvenez-vous. Nous avons été si heureuses lorsque vous nous avez confirmé votre venue !

— C'est vendredi, répondit le major Burnaby, comme si c'était une explication.

— Vendredi ? répéta Mrs Willett, interloquée.

— Tous les vendredis je vais chez Trevelyan. Le mardi, il vient chez moi. Depuis des années.

— Je vois ! Bien sûr, vous habitez si près l'un de l'autre...

— C'est une espèce d'habitude.

— Et vous continuez ? Je veux dire, depuis qu'il habite près d'Exhampton ?

— Ce serait dommage de rompre cette habitude, répondit le major. Ces soirées nous manqueraient à l'un comme à l'autre.

— Vous faites des concours, n'est-ce pas ? demanda Violette. Des acrostiches, des mots-croisés, ces sortes de choses-là ?

— Je fais des mots-croisés, Trevelyan des acrostiches. Chacun sa spécialité. Le mois dernier, j'ai gagné trois livres, dans un concours de mots-croisés.

— Oh ! vraiment ? C'est merveilleux ! Des livres intéressants ?

— Je ne sais pas. Je ne les ai pas lus. Ils ont plutôt l'air nuls.

— C'est gagner qui compte, n'est-ce pas ? dit Mrs Willett distraitement.

— Comment vous rendez-vous à Exhampton ? demanda Violette. Vous n'avez pas de voiture.

— A pied.

— A pied ? Vraiment ? Mais c'est à dix kilomètres !

— Excellent exercice. Qu'est-ce que vingt kilomètres ? Ça vous maintient un homme en forme. C'est important, la forme.

— Vous rendez-vous compte ! Vingt kilomètres !

Mais vous étiez de grands sportifs, vous et le capitaine, non ?

— Autrefois. Nous allions en Suisse ensemble. Sports de neige en hiver, escalade l'été. Admirable sur la glace, Trevelyan. Nous sommes trop vieux pour ça maintenant.

— Et vous avez remporté un championnat de badminton à l'armée, n'est-ce pas ? demanda Violette.

Le major rougit comme une petite fille.

— Qui vous l'a dit ? marmonna-t-il.

— Le capitaine Trevelyan.

— Joe devrait tenir sa langue, dit Burnaby. Il parle trop. Quel temps fait-il maintenant ?

Eu égard à sa gêne, Violette le suivit jusqu'à la fenêtre. Ils écartèrent le rideau pour contempler le paysage désolé.

— Il va neiger de nouveau, observa le major. Et beaucoup, je dirais.

— Oh, tant mieux ! dit Violette. C'est si romantique, la neige... Je n'en avais encore jamais vu.

— Les canalisations gelées, ça n'a rien de romantique, petite idiote, riposta sa mère.

— Vous avez toujours vécu en Afrique du Sud, mademoiselle ? demanda le major.

Son enthousiasme était un peu retombé. Elle répondit presque de façon contrainte :

— Oui. C'est la première fois que je voyage. C'est follement excitant.

Excitant, de se trouver enfermée ainsi dans un village reculé de la lande ? Drôle d'idée. Il n'arrivait pas à comprendre ces gens-là.

La porte s'ouvrit et la domestique annonça :

— Mr Rycroft et Mr Garfield.

Entrèrent un petit bonhomme assez vieux et sec, et un jeune homme au teint frais et à l'allure juvénile.

— Je vous l'ai amené, Mrs Willett, dit ce dernier. Je ne pouvais pas l'abandonner sous une congère. Ha ! Ha ! C'est tout bonnement merveilleux. Des bûches de Noël qui flambent !

— Comme il vous l'a dit, mon jeune ami a eu la

gentillesse de m'accompagner jusqu'ici, déclara Mr Rycroft en serrant les mains de façon assez cérémonieuse. Comment allez-vous, mademoiselle Violette ? Un vrai temps de saison, même un peu trop de saison, je crains.

Il s'approcha de la cheminée tout en parlant à Mrs Willett. Ronald Garfield agrippa Violette.

— On ne peut pas faire du patin à glace ici, quelque part ? Il doit bien y avoir des étangs dans les environs ?

— Je crois que le seul sport que vous pourrez pratiquer, c'est le déblayage de l'allée.

— Je n'ai fait que ça toute la matinée.

— Oh ! Vous êtes un vrai mâle.

— Ne vous moquez pas de moi. Mes mains sont couvertes d'ampoules.

— Et comment va votre tante ?

— Oh ! C'est toujours la même chose. Tantôt elle prétend qu'elle va mieux, tantôt que son état empire, mais à mon avis il n'y a rien de changé. Quelle vie ! Chaque année, je me demande comment je vais tenir le coup. Seulement voilà, si on ne vient pas apporter son soutien à cette vieille chouette pour Noël, elle est capable de léguer toute sa fortune à une pension pour chats. Elle en a cinq, vous savez. Je caresse tout le temps ces horribles bêtes et je fais semblant de les aimer à la folie.

— Je préfère les chiens.

— Moi aussi. De loin. Je veux dire qu'un chien est... eh bien, un chien, c'est un chien, vous savez.

— Votre tante a toujours aimé les chats ?

— Je crois surtout que toutes les vieilles filles finissent comme ça. Pouah ! J'ai horreur de ces animaux.

— Votre tante est charmante, mais assez terrifiante.

— Pour être terrifiante, elle est terrifiante. Elle me rabroue tout le temps. Elle pense que je n'ai pas de cervelle.

— Vraiment ?

— Oh ! ne prenez pas ce ton. Il y en a beaucoup qui ont l'air d'imbéciles mais qui rient sous cape.

— Mr Duke, annonça la femme de chambre.

Mr Duke était arrivé récemment. Il avait acheté en septembre la dernière des six maisons. Il était grand, très paisible et passionné de jardinage. Mr Rycroft qui se passionnait, lui, pour les oiseaux et qui était son voisin s'était pris d'amitié pour lui, sans tenir compte de ceux qui pensaient que, bien sûr, Mr Duke était quelqu'un de modeste et de sympathique, mais après tout, était-il tout à fait... ma foi, tout à fait... Est-ce que, par hasard, ce ne serait pas un commerçant retiré des affaires ?

Personne n'osait lui poser la question, et de toute façon il valait mieux ne pas savoir. Car si on avait su, cela aurait pu être embarrassant et dans une aussi petite communauté, vraiment, il était difficile de s'ignorer.

— Vous n'allez pas à Exhampton, par ce mauvais temps ? demanda-t-il au major.

— Non. Je pense que Trevelyan ne m'attend pas ce soir.

— C'est horrible, n'est-ce pas ? dit Mrs Willett avec un frisson. Etre enterré ici, chaque année... Ça doit être épouvantable...

Mr Duke lui lança un rapide coup d'œil. Le major Burnaby la regarda aussi avec curiosité.

Mais on apportait le thé.

2

LE MESSAGE

Après le thé, Mrs Willett proposa un bridge.

— Nous sommes six. Deux d'entre nous peuvent s'abstenir.

— Commencez donc tous les quatre, proposa Ronnie, les yeux brillants. Miss Willett et moi nous attendrons.

Mais Mr Duke déclara ne pas savoir jouer au bridge.

Le visage de Ronnie s'affaissa.

— On pourrait jouer à quelque chose qui ne nécessite pas un nombre déterminé de joueurs, suggéra Mrs Willett.

— Ou à faire tourner les tables, proposa Ronnie. La soirée est justement à vous donner le frisson. Nous en parlions tout à l'heure avec Mr Rycroft, en venant ici.

— Je suis membre de l'Institut de recherches psychiques, précisa Mr Rycroft. En tant que tel, j'ai été en mesure de rectifier une ou deux choses pour notre jeune ami.

— Des âneries, déclara le major Burnaby très distinctement.

— Oh ! mais c'est très amusant, vous ne trouvez pas ? dit Violette Willett. Je veux dire, on n'est pas obligé d'y croire. C'est juste une distraction. Qu'en pensez-vous, Mr Duke ?

— Tout ce que vous voudrez, miss Willett.

— Il faut éteindre les lumières, et trouver la table qui convient. Non ! pas celle-là, maman. Je suis sûre qu'elle est trop lourde.

Tout fut enfin mis en place, à la satisfaction générale. D'une pièce voisine, on apporta une petite table ronde à la surface polie. On l'installa devant le feu, chacun prit place et on éteignit les lumières.

Le major Burnaby était assis entre la maîtresse de maison et Violette. De l'autre côté, celle-ci avait pour voisin Ronnie Garfield.

Le major eut un sourire cynique. « Dans ma jeunesse, pensait-il, on jouait au furet. » Il tenta de se rappeler le nom de cette fille aux cheveux bouffants dont il avait longuement tenu la main, sous la table. C'était il y a bien longtemps.

Mais le furet, ça c'était un jeu.

On entendit les rires, les chuchotements et les remarques stéréotypées habituels :

— Les esprits mettent du temps à venir.

— C'est parce qu'ils ont un long chemin à parcourir.

— Chut ! il ne se passera rien si nous ne sommes pas sérieux.
— Oh ! Taisez-vous, tout le monde.
— Il ne se passe rien.
— Evidemment ! C'est toujours comme ça la première fois...
— Si seulement vous vous teniez tranquilles !
Enfin, au bout d'un moment, les murmures s'éteignirent.
Il y eut un silence.
— Cette table est muette comme une carpe, marmonna Ronnie Garfield dégoûté.
— Chut !
Un tremblement parcourut la surface de la table. Celle-ci commença à se balancer.
— Il faut lui poser des questions. Qui va les lui poser ? Vous, Ronnie !
— Oh... heu... Eh bien, qu'est-ce que je dois demander ?
— Esprit, es-tu là ? lui souffla Violette.
— Oh ! Hello... Esprit, es-tu là ?
Il y eut une forte secousse.
— Cela veut dire oui, déclara Violette.
— Ah... euh... qui êtes-vous ?
Pas de réponse.
— Demandez-lui d'épeler son nom.
La table se mit alors à tressauter violemment.
— A, B, C, D, E, F, G, H, I... était-ce un I ou un J ?
— Demandez-le-lui, dit Violette. Etait-ce un I ?
Un soubresaut.
— Oui. La lettre suivante, s'il vous plaît.
Le nom de l'Esprit était Ida.
— Avez-vous un message pour quelqu'un ?
— Oui.
— Pour qui ? Pour miss Willett ?
— Non.
— Pour Mrs Willett ?
— Non.
— Pour Mr Rycroft ?
— Non.
— Pour moi ?
— Oui.

— C'est pour vous, Ronnie ! Allez-y ! Faites-le-lui épeler.

La table épela « Diana ».

— Qui est Diana ? Vous connaissez quelqu'un qui s'appelle Diana ?

— Non. A moins que...

— Ça y est. Il la connaît.

— Demandez-lui si elle est veuve !

Ils continuèrent à s'amuser. Mr Rycroft sourit avec indulgence. Les jeunes ont besoin de plaisanteries. Dans la soudaine oscillation d'une flamme, il aperçut le visage de son hôtesse. Elle avait l'air inquiète, absente. Ses pensées étaient ailleurs, très loin de là.

Le major Burnaby pensait à la neige. Il allait de nouveau neiger ce soir. Il n'avait jamais connu d'hiver plus rigoureux.

Mr Duke, lui, jouait sérieusement. Hélas, les esprits ne s'intéressaient pas à lui. Tous les messages paraissaient destinés à Violette et à Ronnie.

Violette apprit qu'elle allait se rendre en Italie. Quelqu'un l'y accompagnerait. Pas une femme. Un homme. Du nom de Leonard.

On rit de plus belle. La table épela le nom de la ville. Un méli-mélo de lettres russes — pas italiennes le moins du monde.

Les accusations habituelles fusèrent.

— Violette, s'exclama Ronnie. (Il l'appelait maintenant par son prénom.) C'est vous qui la poussez !

— Pas du tout ! Regardez, je lève les mains et la table continue à se balancer.

— J'aime quand elle frappe. Je vais lui demander de frapper. Très fort. Elle devrait frapper, continua Ronnie en se tournant vers Mr Rycroft. Est-ce qu'elle ne devrait pas frapper, monsieur ?

— Dans ces conditions, cela me paraît assez improbable, répliqua Mr Rycroft avec ironie.

Il y eut une pause. La table était inerte. Elle ne répondait plus à aucune question.

— Ida est-elle partie ?

Un balancement languissant.

— Un autre esprit peut-il venir, s'il vous plaît ?

Rien. Et tout à coup, la table se mit à trembler et à se balancer violemment.

— Hourra ! Etes-vous un nouvel esprit ?

— Oui.

— Avez-vous un message pour quelqu'un ?

— Oui.

— Pour moi ?

— Non.

— Pour Violette ?

— Non.

— Pour le major Burnaby ?

— Oui.

— C'est pour vous, major Burnaby. Voulez-vous épeler, s'il vous plaît ?

La table se mit à osciller lentement.

T, R, E, V... Vous êtes sûr que c'est un V ? C'est impossible.

— T, R, E, V... Ça n'a aucun sens.

— Trevelyan bien sûr, dit Mrs Willett. Capitaine Trevelyan.

— Vous voulez dire, le capitaine Trevelyan ?

— Oui.

— Vous avez un message pour le capitaine Trevelyan ?

— Non.

— Alors, quoi ?

La table reprit son balancement, lentement, rythmiquement. Si lentement qu'il était facile de compter les lettres.

M... Une pause. O... R, T.

— Mort.

— Quelqu'un est mort ?

Au lieu de répondre par Oui ou par Non, la table se mit à osciller jusqu'à la lettre T.

— T... Vous voulez dire Trevelyan ?

— Oui.

— Vous ne voulez pas dire que Trevelyan est mort ?

— Si.

Un coup très sec : « Si ».

On entendit un cri étouffé. Il y eut un léger remous autour de la table.

Ronnie réitéra sa question sur un autre ton, un ton de malaise effaré :

— Vous voulez dire que le capitaine Trevelyan est mort ?

— Oui.

Il y eut un silence. Comme si personne ne savait plus quoi demander ni comment se comporter face à cette situation inattendue.

Dans le silence, la table recommença à se balancer.

Rythmiquement et lentement, Ronnie épela les lettres à haute voix :

— M-E-U-R-T-R-E.

Mrs Willett poussa un cri et retira ses mains de la table.

— Ça suffit. C'est horrible. Je n'aime pas ça.

La voix de Mr Duke se fit entendre, haute et claire. Il questionnait la table.

— Voulez-vous dire que le capitaine Trevelyan a été assassiné ?

Le dernier mot avait à peine franchi ses lèvres que la réponse arrivait. La table oscilla si violemment qu'elle faillit se renverser. Une seule oscillation.

— Oui.

— Ecoutez, dit Ronnie, la voix tremblante, en retirant ses mains de la table. C'est ce qu'on appelle une mauvaise plaisanterie.

— Rallumez ! ordonna Mr Rycroft.

Le major se leva et alluma. La clarté se fit soudain sur une assemblée de visages pâles et inquiets.

Tout le monde se regardait. Personne ne savait quoi dire.

— Une plaisanterie, bien sûr, répéta Ronnie avec un rire embarrassé.

— C'est ridicule ! déclara Mrs Willett. On n'a pas le droit... on n'a pas le droit de plaisanter avec ça.

— On ne plaisante pas avec la mort des gens, dit Violette. C'est... Oh ! ça ne me plaît pas.

— Je ne l'ai pas poussée, protesta Ronnie qui se sentait visé. Je jure que je ne l'ai pas poussée.

— Moi non plus, dit Mr Duke. Et vous, Mr Rycroft ?

— Certainement pas, répondit Mr Rycroft avec chaleur.

— Vous ne me croyez quand même pas capable d'une plaisanterie de ce genre ? grogna le major Burnaby. C'est du plus mauvais goût.

— Violette, ma chérie...

— Non, maman. Ce n'est pas moi. Je ne ferais jamais une chose pareille.

Elle était presque en larmes.

Tout le monde était gêné. Leur joyeuse soirée était brusquement gâchée.

Le major alla à la fenêtre et écarta les rideaux. Il s'attarda à regarder dehors, le dos tourné.

— 5 h 25, dit Mr Rycroft, les yeux fixés sur la pendule.

Il vérifia l'heure sur sa montre et tout le monde eut l'impression que ce geste était, en quelque sorte, significatif.

— Allons, dit Mrs Willett avec une gaieté forcée, nous ferions aussi bien de prendre un cocktail. Voulez-vous sonner, Mr Garfield ?

Ronnie obéit.

On apporta les ingrédients nécessaires et Ronnie fut promu au mixage. L'atmosphère se détendit un peu.

— Eh bien, dit Ronnie en levant son verre, à la vôtre !

Tous répondirent, sauf la silhouette silencieuse qui se tenait près de la fenêtre.

— Votre cocktail, major Burnaby !

Le major sursauta. Il se retourna lentement.

— Merci, Mrs Willett. Pas pour moi (il regarda une fois encore dans la nuit puis vint rejoindre les autres près du feu).

— Merci pour cette agréable soirée, madame. Bonsoir.

— Vous partez ?

— Il le faut, malheureusement.

— Pas si tôt ! Surtout par une soirée pareille...

— Je suis désolé, mais il faut le faire. Si encore je pouvais téléphoner...

— Téléphoner ?

— Oui. Pour vous dire la vérité... je suis... eh bien, j'aimerais m'assurer que Joe Trevelyan va bien. Stupide superstition si vous voulez, mais c'est comme ça. Bien sûr, je ne crois pas un mot de toutes ces bêtises, mais...

— Mais vous ne trouverez nulle part un téléphone. C'est une chose inconnue à Sittaford.

— Justement. Comme je ne peux pas téléphoner, je dois y aller.

— Y aller ? Mais une voiture ne peut pas descendre cette route ! Elmer n'acceptera jamais de la sortir par un temps pareil.

Elmer était propriétaire de l'unique voiture du village, une vieille Ford, qu'il louait pour un bon prix à ceux qui souhaitaient se rendre à Exhampton.

— Non, non, la voiture est hors de question, Mrs Willett. Mes deux jambes m'y porteront.

Un chœur de protestations s'éleva.

— Oh ! Major Burnaby, c'est *impossible.* Vous avez dit vous-même qu'il allait encore neiger.

— Pas avant une heure, peut-être plus. J'y arriverai, n'ayez pas peur.

— Oh ! Ce n'est pas possible. Nous ne pouvons pas vous laisser faire.

Mrs Willett était sincèrement inquiète.

Arguments et prières n'eurent pas plus d'effet sur le major que sur un rocher.

C'était un homme obstiné. Une fois sa décision prise, aucune force au monde ne pouvait l'ébranler. Il était déterminé à marcher jusqu'à Exhampton et à s'assurer par lui-même que son vieil ami allait bien, comme il le répéta une demi-douzaine de fois.

En fin de compte, ils furent bien obligés d'admettre qu'il y était résolu. Il s'enveloppa dans son pardessus, alluma une lampe tempête et sortit dans la nuit.

— Je vais juste passer chez moi prendre une flasque, dit-il gaiement, et puis je me propulserai droit là-bas. Trevelyan m'hébergera cette nuit. C'est ridicule, je sais. Tout va sûrement très bien. Ne vous tourmentez pas, Mrs Willett. Neige ou pas, j'y serai dans deux heures. Bonsoir !

Il s'en alla et les autres retournèrent près du feu.

Rycroft avait jeté un coup d'œil sur le ciel.

— Il va neiger, murmura-t-il à Mr Duke. Et bien avant qu'il n'atteigne Exhampton. Je... j'espère qu'il y arrivera sans histoire.

Mr Duke fronça les sourcils.

— Oui. Je sens que j'aurais dû l'accompagner. L'un d'entre nous aurait dû le faire.

— C'est très pénible, disait Mrs Willett, très pénible... Violette, j'interdis désormais ce jeu stupide. Le pauvre major va piquer du nez dans une congère, ou alors mourir de froid. A son âge, en plus. C'est stupide de partir comme ça. Le capitaine Trevelyan va parfaitement bien, évidemment.

Ils répondirent tous en écho :

— Evidemment.

Mais ils ne se sentaient pas vraiment à l'aise.

Et s'il était arrivé quelque chose au capitaine Trevelyan ?...

Si...

3

5 H 25

Deux heures et demie plus tard, juste avant 8 heures, lampe tempête à la main, tête baissée pour éviter d'être aveuglé par la neige, le major Burnaby marchait en trébuchant dans l'allée conduisant à Hazelmoor, la petite maison louée par le capitaine Trevelyan.

Depuis près d'une heure, il neigeait à gros flocons. Essoufflé, le major Burnaby poussait de bruyants halètements, comme un homme au bord de l'épuisement. Il était transi. Il battit des pieds, souffla, s'ébroua et posa un doigt engourdi sur la sonnette.

La sonnette émit un son perçant.

Burnaby attendit. Au bout de quelques minutes, comme rien ne se passait, il sonna de nouveau.

Cette fois encore, il n'obtint aucun signe de vie.

Burnaby sonna une troisième fois. En laissant son doigt sur la sonnette.

Cela sonnait, sonnait... et toujours aucun signe de vie.

Il y avait un heurtoir à la porte. Le major Burnaby s'en saisit et l'agita vigoureusement, provoquant un bruit tonitruant.

La petite maison restait toujours mortellement silencieuse.

Le major abandonna. Il resta planté là un moment, comme s'il réfléchissait, puis il redescendit lentement jusqu'à la grille et reprit la route vers Exhampton. Cent mètres plus loin, il atteignit un petit poste de police.

Il hésita de nouveau et finalement se décida à entrer.

Graves, l'agent de police qui le connaissait bien se leva, stupéfait.

— Ma foi, monsieur, je ne m'attendais pas à vous voir par une nuit pareille !

— Ecoutez, dit Burnaby brièvement, j'ai sonné, frappé chez le capitaine et on ne répond pas.

— Mais bien sûr, c'est vendredi, dit Graves qui n'ignorait rien de leurs habitudes. Vous ne voulez tout de même pas dire que vous arrivez de Sittaford par ce temps ? Le capitaine ne s'attendait certainement pas à ce que vous veniez.

— Qu'il s'y attende ou pas, je suis là, dit Burnaby d'un ton irrité. Et comme je vous l'ai dit, je ne peux pas entrer. J'ai sonné, j'ai frappé, mais personne ne répond.

Le policier commença à se laisser gagner par son inquiétude.

— C'est bizarre, dit-il en fronçant les sourcils.

— Bien sûr que c'est bizarre, dit Burnaby.

— Il ne doit pourtant pas être sorti, par une nuit pareille.

— Bien sûr qu'il ne doit pas être sorti !

— C'est vraiment bizarre, répéta Graves.

Devant cette lenteur, Burnaby manifesta de l'impatience.

— Vous n'allez pas faire quelque chose ? demanda-t-il brutalement.

— Faire quelque chose ?

— Oui, faire quelque chose ?

Le policier rumina.

— Vous pensez qu'il a pu se trouver mal ? (Son visage s'éclaira.) Je vais essayer de lui téléphoner !

Il avait l'appareil sous la main. Il décrocha et donna le numéro.

Mais le capitaine Trevelyan ne répondit pas plus au téléphone qu'à la sonnette.

— On dirait qu'il a bel et bien eu un malaise, dit Graves en raccrochant le combiné. Et il est seul dans la maison. Nous devrions aller chercher le docteur Warren et l'emmener avec nous.

Le docteur habitait la maison voisine. Il venait de se mettre à table pour dîner avec sa femme, et il ne fut pas particulièrement enchanté par cette convocation. Il accepta de mauvaise grâce de les accompagner, enfila un vieil imperméable, des bottes en caoutchouc et s'emmitoufla dans une écharpe de laine.

Il neigeait toujours.

— Satanée nuit ! grommela le médecin. J'espère que vous ne me faites pas sortir pour rien. Trevelyan est fort comme un cheval. Il n'est jamais malade.

Burnaby ne répondit pas.

En arrivant à Hazelmoor, ils sonnèrent et frappèrent de nouveau sans obtenir de réponse.

Le docteur proposa de faire le tour de la maison et d'entrer par une fenêtre de derrière.

— C'est plus facile à forcer qu'une porte.

Graves accepta. Ils contournèrent la maison. En chemin, ils essayèrent une porte latérale, mais elle était aussi fermée à clef, et ils finirent par atteindre la pelouse couverte de neige qui passait sous les fenêtres, à l'arrière de la maison. Soudain, Warren poussa une exclamation :

— La fenêtre du bureau... elle est ouverte !

C'était vrai. La fenêtre — une porte-fenêtre — était entrouverte. Ils pressèrent le pas. Par une nuit pareille, aucun individu doué de raison n'ouvre sa fenêtre. Une petite bande jaune de lumière s'échappait de la pièce.

Les trois hommes arrivèrent ensemble. Burnaby entra le premier, l'agent de police sur ses talons.

Ils s'arrêtèrent net et l'ex-militaire fit entendre quelque chose qui ressemblait à un cri étouffé. Un instant plus tard le médecin les avait rejoints et voyait ce qu'ils avaient vu.

Le capitaine Trevelyan était allongé sur le sol, face contre terre. Les bras largement écartés. La pièce était dans le plus grand désordre : les tiroirs sortis, les papiers éparpillés de tous côtés. La fenêtre portait des traces d'effraction près de la serrure. Près du capitaine se trouvait un boudin de sable couvert de tissu vert foncé d'environ cinq centimètres de diamètre.

Le docteur Warren se précipita. Il s'agenouilla près de la silhouette prostrée.

Une minute lui suffit. Il se releva, très pâle.

— Il est mort ? demanda Burnaby.

Le médecin hocha la tête. Puis il se tourna vers Graves.

— C'est à vous de nous dire ce qu'il faut faire. Moi, je ne peux qu'examiner le corps, et peut-être même préférez-vous que je ne le fasse pas avant l'arrivée de l'inspecteur ? Je peux déjà vous indiquer la cause du décès : fracture de la base du crâne. Et je crois pouvoir deviner quelle a été l'arme du crime.

Il indiqua le boudin de toile verte.

— Trevelyan le mettait au bas de sa porte pour éviter les courants d'air, dit Burnaby.

Il avait la voix rauque.

— Oui, un sac de sable très efficace.

— Mon Dieu !

— Mais alors, intervint le policier, qui commençait lentement à saisir, vous voulez dire... que c'est un meurtre ?

Le policier marcha vers la table où se trouvait le téléphone.

Le major Burnaby s'approcha du médecin.

— Savez-vous, demanda-t-il en respirant avec difficulté à quand remonte la mort ?

— Je dirais environ deux heures. Peut-être trois...

Le major passa sa langue sur ses lèvres sèches.

— Pourrait-il avoir été tué à 5 h 25 ? demanda-t-il.

Le médecin le regarda avec curiosité.

— Si je devais donner une heure précise, c'est à peu près ce que je suggérerais.

— Oh, mon Dieu, murmura Burnaby.

Warren le dévisagea.

Le major tâtonna à la recherche d'une chaise, s'y laissa tomber et murmura pour lui-même, l'air presque terrorisé :

— *Cinq heures vingt-cinq*... Oh, mon Dieu... C'était vrai, après tout.

4

L'INSPECTEUR NARRACOTT

Le matin qui suivit le drame, deux hommes se tenaient dans le petit bureau de Hazelmoor.

L'inspecteur Narracott regardait autour de lui. Son front se plissa légèrement.

— Ou-i, dit-il, songeur. Ou-i...

L'inspecteur Narracott était un officier de police très efficace. Calme et obstiné, il avait l'esprit logique et portait une attention aiguë aux détails, ce qui lui avait souvent permis de réussir là où un autre aurait échoué.

Grand et paisible, il avait des yeux gris au regard lointain et la voix douce et traînante des habitants du Devonshire.

Convoqué d'Exeter pour prendre l'enquête en charge, il était venu par le premier train du matin. Les routes étaient impraticables même avec des chaînes, sinon il serait déjà arrivé la nuit précédente. Il était à présent dans le bureau du capitaine Trevelyan et venait d'achever l'examen de la pièce. Il était accompagné du sergent Pollock, de la police d'Exhampton.

— Ou-i..., répéta l'inspecteur Narracott.

Un pâle rayon de soleil hivernal entrait par la fenêtre. Au-dehors s'étendait un paysage enneigé. A cent mètres de là, au-delà de la clôture, s'élevait la colline couverte de neige.

L'inspecteur Narracott se pencha de nouveau sur le corps. Sportif lui-même, il avait tout de suite reconnu les épaules larges, les hanches minces et la musculature développée du type athlétique. La tête était petite et bien posée sur les épaules, la barbiche en pointe taillée avec soin. Il avait soixante ans, mais n'en paraissait guère plus de cinquante.

— Ah ! dit le sergent Pollock.

L'inspecteur se tourna vers lui.

— Qu'en pensez-vous ?

— Eh bien...

Le sergent Pollock se gratta la tête. C'était un homme prudent qui n'aimait pas s'avancer plus que nécessaire.

— A mon avis, monsieur, je dirais que quelqu'un s'est approché de la fenêtre, a forcé la serrure et a commencé un cambriolage. Le capitaine Trevelyan devait se trouver à l'étage au-dessus. Le cambrioleur a sans doute pensé que la maison était vide.

— Où se trouve la chambre à coucher du capitaine ?

— Au premier, monsieur. Juste au-dessus de cette pièce.

— A cette époque de l'année, la nuit tombe à 4 heures. Si le capitaine avait été dans sa chambre, il aurait allumé et le cambrioleur aurait aperçu la lumière en arrivant.

— Vous voulez dire qu'il aurait attendu ?

— Personne ne serait assez fou pour s'introduire dans une maison éclairée. Si quelqu'un a forcé cette fenêtre, il l'a fait pensant que la maison était vide.

Le sergent Pollock se gratta la tête.

— C'est bizarre, je le reconnais. Mais c'est comme ça.

— Laissons cela pour le moment. Continuez.

— Eh bien, supposons que le capitaine ait entendu du bruit. Il descend pour voir ce qui se passe. Le cambrioleur l'entend arriver. Il s'empare de cette espèce de traversin, se cache derrière la porte, et quand le capitaine entre dans la pièce, le frappe par-derrière.

L'inspecteur Narracott hocha la tête.

— Cela paraît plausible. Il aurait été frappé alors qu'il faisait face à la fenêtre. Quand même, Pollock, ça ne me plaît pas.

— Non, monsieur ?

— Non, comme je vous l'ai dit, je ne crois pas aux effractions à 5 heures de l'après-midi.

— Eh bien... il a peut-être trouvé que c'était une bonne occasion.

— Ce n'est pas une question d'occasion, il ne s'est pas glissé dans la maison parce qu'il avait trouvé le loquet facile à soulever. C'est une effraction délibérée... Regardez tout ce désordre. Un véritable cambrioleur, où irait-il d'abord ? Dans l'office, là où l'on range l'argenterie.

— Vous avez raison, admit le sergent.

— Et tout ce fouillis, ce chaos, poursuivit Narracott, ces tiroirs retournés, ces papiers éparpillés... Pouah ! De la foutaise !

— De la foutaise ?

— Regardez cette fenêtre, sergent. *Elle n'était pas verrouillée et elle n'a pas été forcée !* On l'a simplement fermée, puis on a fait sauter des éclats de bois à l'extérieur pour faire croire à une effraction.

Pollock examina de près le loquet et jura entre ses dents.

— Vous avez raison, monsieur, dit-il avec respect. Qui aurait pensé à ça !

— Quelqu'un qui voulait nous égarer mais qui n'y a pas réussi !

Le sergent Pollock lui fut reconnaissant pour ce « nous ». C'était par des petites attentions de ce genre que l'inspecteur se faisait aimer de ses subordonnés.

— Alors il ne s'agit pas d'un cambriolage ? Vous voulez dire que ce serait une affaire intérieure ?

L'inspecteur Narracott hocha la tête.

— Oui, dit-il. Mais ce qui est curieux, c'est que le meurtrier est bien entré par la fenêtre. Comme Graves et vous l'avez signalé, et comme je peux le constater moi-même, on voit encore des taches d'humidité là où la neige a fondu et a été piétinée par les bottes du meurtrier. Et on ne trouve ces taches que dans ce bureau. Graves affirme n'avoir rien vu de pareil dans le vestibule quand il y est passé avec le docteur Warren. Ici, il les a tout de suite remarquées. Il semble donc évident que le capitaine Trevelyan a fait entrer son assassin par la porte-fenêtre. Ce ne pouvait être qu'une personne qu'il connaissait. Vous qui êtes d'ici, sergent, pouvez-vous me dire si le capitaine se faisait facilement des ennemis ?

— Non, monsieur. Je dirais même qu'il n'en avait aucun. Un peu grippe-sou, un peu intraitable en matière de discipline peut-être — il avait horreur du laisser-aller et de l'impolitesse — mais, mon Dieu, il n'en retirait que plus de considération.

— Pas d'ennemis, répéta Narracott, pensif.

— Pas ici, en tout cas.

— Très juste. Les ennemis qu'il aurait pu se faire au cours de sa carrière militaire, nous l'ignorons. L'expérience m'a appris, sergent, qu'un homme qui se fait des ennemis quelque part s'en fera ailleurs aussi, mais je reconnais que nous ne pouvons pas écarter définitivement cette éventualité. Nous en arrivons logiquement au mobile suivant, le plus courant de tous en matière de crime : l'argent. J'ai cru comprendre que le capitaine Trevelyan était très riche ?

— Largement à l'abri du besoin, d'après ce qu'on dit. Mais serré. Pas facile à émouvoir avec une souscription...

— Ah ! fit Narracott, songeur.

— Dommage qu'il ait neigé comme ça, dit le sergent. Sans cela nous aurions eu au moins ses empreintes...

— Il n'y avait personne d'autre dans la maison ? demanda l'inspecteur.

— Non. Le capitaine a le même domestique depuis cinq ans, un ancien de la Marine. A Sittaford, une femme de ménage venait tous les jours, mais c'est ce type, Evans, qui faisait la cuisine et s'occupait de son maître. Il y a environ un mois, il s'est marié, ce qui a beaucoup contrarié le capitaine. Je crois que c'est une des raisons pour lesquelles il a loué Sittaford à cette dame sud-africaine. Il ne voulait pas d'une femme à demeure dans sa maison. Evans habite un peu plus loin dans Fore Street avec son épouse et il vient chaque jour travailler ici. Je l'ai convoqué pour que vous l'interrogiez. Selon sa déposition, il est parti à 2 heures et demie hier après-midi, car le capitaine n'avait plus besoin de lui.

— Oui, j'aimerais le voir. Il pourra peut-être nous dire quelque chose... d'utile.

Le sergent Pollock regarda son supérieur avec curiosité. Il avait employé un ton si bizarre...

— Vous pensez... commença-t-il.

— Je pense, en effet, dit l'inspecteur, que cette affaire est beaucoup plus complexe qu'il n'y paraît à première vue.

— Comment cela, monsieur ?

Mais l'inspecteur refusa de se laisser entraîner.

— Vous dites que cet Evans est là ?

— Il attend dans la salle à manger.

— Bien. Je vais le voir tout de suite. Quel genre de type est-ce ?

— Un retraité de la Marine. Un type qu'il vaudrait mieux avoir de son côté en cas de bagarre, si vous voyez ce que je veux dire, déclara le sergent, visiblement plus habile à rapporter des faits qu'à se lancer dans des descriptions.

— Il boit ?

— Cela n'a jamais été son plus grand défaut, que je sache.

— Que savez-vous de sa femme ? Ce n'était pas un flirt du capitaine, ou quelque chose dans ce genre-là ?

— Oh non, monsieur ! Le capitaine n'était pas du tout comme ça. Il avait même la réputation de détester les femmes.

— Et Evans était-il dévoué à son maître ?

— C'était l'opinion générale, monsieur, et cela se serait su si ça n'était pas le cas. Exhampton est une petite ville.

L'inspecteur Narracott hocha la tête.

— Bon, il n'y a plus rien à voir ici. Je vais interroger Evans, puis je jetterai un coup d'œil sur le reste de la maison ; après quoi nous irons aux *Trois Couronnes* voir le major Burnaby. C'est bizarre cette remarque qu'il a faite à propos de l'heure. 5 h 25, hein ? Il doit savoir quelque chose qu'il ne nous a pas dit, sinon, pourquoi suggérerait-il une heure aussi précise ?

Ils se dirigèrent tous les deux vers la porte.

— C'est une drôle d'histoire, dit le sergent en regardant le sol jonché de papiers. Toute cette mise en scène de cambriolage !

— Ce n'est pas ce que je trouve le plus étrange, dit Narracott. Etant donné les circonstances, c'était probablement la seule chose à faire. Non, ce qui me frappe le plus, c'est la fenêtre.

— La fenêtre, monsieur ?

— Oui. Pourquoi le meurtrier est-il passé par là ? A supposer que Trevelyan le connaissait et l'ait fait entrer, pourquoi ne s'est-il pas présenté à la porte ? Faire le tour de la maison jusqu'à cette fenêtre par une nuit pareille et avec une neige aussi épaisse, cela n'a pas dû être facile. Il doit y avoir une raison à ça.

— Il ne voulait peut-être pas qu'on le voie entrer dans la maison, suggéra Pollock.

— Il ne devait pas y avoir grand monde sur la route hier après-midi. Personne n'était dehors, à moins d'y être forcé. Non, il doit y avoir une autre raison. Eh bien, la lumière nous viendra peut-être en temps utile.

5

EVANS

Evans les attendait dans la salle à manger. Il se leva respectueusement en les voyant entrer.

C'était un petit bonhomme trapu. Il avait de très longs bras et l'habitude de se tenir les poings à demi serrés. Rasé de frais, avec de petits yeux porcins, il avait néanmoins un air de gaieté et d'efficacité qui rachetait son apparence de bouledogue.

L'inspecteur Narracott résuma mentalement son impression :

« Intelligent. Rusé et les pieds sur terre. Paraît secoué. »

Puis il déclara :

— Vous vous appelez Evans, hein ?

— Oui, monsieur.

— Prénoms ?

— Robert Henry.

— Ah ! Et maintenant, que savez-vous de cette affaire ?

— Rien du tout, monsieur. Ça m'a fichu un sacré coup. Penser qu'on a liquidé le capitaine !

— Quand avez-vous vu votre maître pour la dernière fois ?

— Il était à peu près 2 heures ; j'avais débarrassé la table et mis le couvert pour le dîner, comme vous voyez. Le capitaine m'a dit que je n'avais pas besoin de revenir.

— Que faites-vous d'habitude ?

— En général, je reviens vers 7 heures et je reste jusque vers 9 heures. Mais pas toujours. Des fois le capitaine me disait que c'était pas la peine.

— Alors, vous n'avez pas été surpris lorsqu'il vous a dit hier qu'il n'aurait plus besoin de vous ?

— Non, monsieur. Je n'étais pas revenu la veille non plus, à cause du temps. Un homme plein d'égards, le capitaine, du moment qu'on ne tirait pas au flanc. Je le connaissais bien, lui et ses manies.

— Que vous a-t-il dit exactement ?

— Eh bien, il a regardé par la fenêtre et il a dit : « Il ne faut pas compter sur Burnaby aujourd'hui. Je ne serais pas étonné que Sittaford soit tout à fait coupé du monde. Je ne me rappelle pas un hiver pareil depuis mon enfance. » Il parlait de son ami le major Burnaby qui habite à Sittaford. Il vient tous les vendredis le voir, et lui et le capitaine, ils jouent aux échecs ou aux acrostiches. Le mardi, c'est le capitaine qui va chez le major Burnaby. Il avait des habitudes régulières, le capitaine. Et puis il m'a dit : « Vous pouvez partir maintenant, Evans. Et vous n'avez pas besoin de revenir avant demain matin. »

— A part cette allusion au major Burnaby, il n'a pas parlé d'une visite qu'il attendait l'après-midi ?

— Non, monsieur, il n'en a pas dit un mot.

— Avez-vous remarqué quelque chose d'anormal dans son comportement ?

— Non monsieur, je n'ai rien remarqué.

— Ah ! maintenant dites-moi, Evans, j'ai cru comprendre que vous veniez de vous marier.

— Oui, monsieur. Il y a deux mois. Avec la fille de Mrs Belling, la patronne des *Trois Couronnes*.

— Et le capitaine n'en a pas été enchanté.

Evans eut un très léger sourire.

— Il s'est mis en rogne, le capitaine. Ma Rebecca est une gentille fille, monsieur, et une très bonne cuisinière. J'espérais qu'on pourrait travailler ensemble pour le capitaine, mais lui, il ne voulait pas en entendre parler. Il disait qu'il ne voulait pas avoir de domestiques femmes dans sa maison. En fait, monsieur, les choses étaient au point mort quand cette dame sud-africaine est arrivée et a voulu louer la maison pour l'hiver. Le capitaine a loué ici et je suis venu tous les jours. Je peux bien vous le dire, monsieur, j'avais l'espoir que, d'ici à la fin de l'hiver, le capitaine se serait habitué à l'idée et que Rebecca et moi on retournerait à Sittaford avec lui. Il n'aurait même pas su qu'elle était dans la maison. Elle serait restée à la cuisine et elle se serait débrouillée pour ne jamais le rencontrer dans l'escalier.

— Savez-vous pourquoi le capitaine détestait tellement les femmes ?

— Pour rien, monsieur. C'était juste une habitude, monsieur, c'est tout. J'en connais beaucoup comme lui. Si vous voulez mon avis, c'est rien d'autre que de la timidité. Une jeune fille ou une autre les repousse quand ils sont jeunes, et l'habitude est prise.

— Le capitaine n'était pas marié ?

— Bien sûr que non, monsieur !

— Savez-vous s'il avait de la famille ?

— Je crois qu'il avait une sœur à Exeter et il m'a semblé l'entendre parler d'un ou plusieurs neveux.

— Aucun d'eux ne venait lui rendre visite ?

— Non. Je crois qu'il s'était brouillé avec sa sœur d'Exeter.

— Comment s'appelle-t-elle ?

— Gardner, je crois, mais je suis pas sûr.

— Vous connaissez son adresse ?

— J'ai bien peur que non, monsieur.

— Eh bien, nous la trouverons sans doute quand nous examinerons les papiers du capitaine. Et vous-même, Evans, qu'avez-vous fait hier à partir de 4 heures.

— J'étais chez moi, monsieur.

— Où est-ce ?

— Juste au coin de la rue, monsieur, 85, Fore Street.

— Vous n'êtes pas sorti ?

— Pas de danger, monsieur. La neige tombait copieusement !

— Oui, oui. Quelqu'un peut-il confirmer vos déclarations ?

— Je vous demande pardon, monsieur ?

— Y a-t-il quelqu'un qui sache que vous étiez chez vous à ce moment-là ?

— Ma femme, monsieur.

— Vous étiez seuls dans la maison, elle et vous ?

— Oui, monsieur.

— Bien, bien, je n'en doute pas. Ce sera tout, Evans.

Le domestique hésita. Il se dandinait d'un pied sur l'autre.

— Est-ce que je peux faire quelque chose, monsieur... je veux dire, remettre un peu d'ordre ?

— Non, il ne faut toucher à rien pour l'instant.

— Je vois.

— Cependant, vous feriez mieux d'attendre que j'aie fini d'examiner les lieux, au cas où j'aurais une question à vous poser.

— Très bien, monsieur.

L'inspecteur Narracott promena son regard alentour.

L'interrogatoire s'était déroulé dans la salle à manger. La table était dressée pour le dîner : de la langue froide, des pickles, du fromage de Stilton, des biscuits salés et, sur un réchaud à gaz, près de la cheminée, une casserole de potage. Un siphon d'eau de Selz et deux bouteilles de bière étaient posés sur le buffet près de la cave à liqueurs. Il y avait aussi un étalage impressionnant de coupes en argent et, au milieu d'elles — tout à fait incongrus — trois livres tout neufs.

L'inspecteur examina les coupes et leurs inscriptions :

— Un sportif, ce capitaine Trevelyan, remarqua-t-il.

— Oui, monsieur, pour sûr. Il a fait de l'athlétisme toute sa vie.

L'inspecteur Narracott lut les titres des romans : *L'amour a frappé, Les Joyeux Lurons de Lincoln, Prisonnière de l'amour...*

— Hum ! les goûts littéraires du capitaine semblent quelque peu étonnants.

— Oh, ça, monsieur, dit Evans en riant, ce n'est pas pour lire, monsieur. Il les a gagnés dans un concours. Le capitaine a envoyé dix solutions sous dix noms différents, et le mien avec, parce qu'il disait que 85, Fore Street était une adresse qui devait remporter un prix. Plus le nom et l'adresse sont banals, plus on a des chances de gagner. C'était l'opinion du capitaine. Bien sûr, j'ai eu un prix, mais pas les deux mille livres sterling, seulement ces romans, et le genre de romans, à mon avis, pour lesquels personne ne donnerait de l'argent dans une librairie.

Narracott sourit et, après avoir de nouveau notifié à Evans d'attendre, continua son inspection. Dans un coin de la pièce se trouvait une espèce de grand placard. Presque une petite pièce à lui tout seul. A l'intérieur s'entassaient sans ordre : deux paires de skis, des avirons, une douzaine de dents d'hippopotame, divers articles de pêche, parmi lesquels des hameçons, des clubs de golf, une raquette de tennis, un pied d'éléphant empaillé et une peau de tigre. Il était clair que le capitaine ayant loué Sittaford House meublée et se méfiant de l'influence féminine, en avait retiré ses biens les plus précieux.

— Quelle drôle d'idée d'avoir emporté tout ça, dit l'inspecteur. Il n'avait loué la maison que pour quelques mois, non ?

— En effet, monsieur.

— Il n'aurait pas pu mettre ces objets sous clef à Sittaford ?

Pour la deuxième fois, Evans sourit.

— Ç'aurait été plus simple, c'est vrai, dit-il. Ce n'est pas qu'il y a pas beaucoup de placards à Sittaford House. L'architecte et le capitaine ont tracé les plans eux-mêmes, mais il faut une femelle pour comprendre la valeur d'un placard. N'empêche, comme vous dites, monsieur, que ç'aurait été plus raisonnable. Trimbaler ça jusqu'ici, ça a été du boulot — un sacré boulot ! Mais voilà, le capitaine ne pouvait pas supporter l'idée que quelqu'un trifouille dans ses affaires. Vous aurez beau tout enfermer à clef, il disait, une femme arrivera toujours à les dénicher. C'est la curiosité, il disait. Mieux vaut encore ne rien enfermer si vous ne voulez pas qu'elle y touche, il disait. Mais il vaut encore mieux les emporter si vous voulez en être tout à fait sûr. Alors nous les avons emportés et, comme je l'ai dit, ça a été du boulot, et c'est revenu cher aussi. Mais c'est que ces choses-là, pour le capitaine, c'était comme ses enfants.

Evans s'arrêta, hors d'haleine.

L'inspecteur Narracott hocha la tête d'un air pensif. Il y avait un autre point à propos duquel il désirait des informations et le moment lui parut bien choisi, le sujet étant venu de lui-même.

— Cette Mrs Willett, c'était une vieille connaissance ou une vieille amie du capitaine ? demanda-t-il avec désinvolture.

— Oh, non, monsieur, c'était une inconnue pour lui.

— Vous en êtes sûr ? demanda brusquement l'inspecteur.

— Eh bien... dit Evans, un peu désarçonné, le capitaine ne l'a jamais vraiment dit, mais... oui, j'en suis sûr.

— Si je vous le demande, expliqua l'inspecteur, c'est parce que je trouve curieux qu'on loue une maison à cette époque de l'année. En revanche, si cette Mrs Willett connaissait le capitaine et la maison, elle aurait pu lui écrire et lui proposer de la louer.

Evans secoua la tête.

— Non. C'est l'agence — Williamson — qui a écrit, pour dire qu'une dame leur avait fait une offre.

L'inspecteur Narracott fronça les sourcils. Cette histoire de location lui paraissait très bizarre.

— Le capitaine Trevelyan et Mrs Willett se sont rencontrés, je suppose ?

— Oh ! oui. Elle est venue voir la maison et il la lui a fait visiter.

— Et vous êtes certain qu'ils ne s'étaient jamais vus auparavant ?

— Oh ! tout à fait, monsieur.

— Est-ce qu'ils... euh... (l'inspecteur s'interrompit, cherchant à formuler sa question avec naturel). Ça c'est bien passé ? Etaient-ils aimables l'un avec l'autre ?

— La dame l'était, répondit Evans en ébauchant un sourire. Elle était toute à lui comme on dit. Elle admirait la maison, lui demandait s'il avait dessiné lui-même les plans. Elle en remettait, comme on dit.

— Et le capitaine ?

Le sourire s'élargit.

— Ce genre de femme exubérante ne lui fait

aucun effet. Il a été poli sans plus. Et il a refusé ses invitations.

— Ses invitations ?

— Oui, à se considérer encore comme chez lui, à passer quand il voudrait — c'est ce qu'elle a dit, à passer. Comme si on pouvait passer quelque part quand on habite à dix kilomètres de là !

— Elle avait l'air de tenir à... eh bien, à ce que le capitaine vienne la voir ?

Avait-elle loué la maison pour cette raison ? se demandait Narracott. Cela n'avait-il été que le moyen de faire la connaissance du capitaine Trevelyan ? Que cherchait-elle ? Elle n'avait sans doute pas prévu que le capitaine s'en irait vivre aussi loin. Elle avait dû penser qu'il s'installerait dans une des petites maisons, ou même qu'il partagerait celle du major Burnaby.

La réponse d'Evans ne lui fut pas d'un grand secours.

— C'est une dame très hospitalière, en tout cas. Elle a toujours quelqu'un à déjeuner ou à dîner.

Narracott hocha la tête. Il n'en apprendrait pas plus ici. Mais il décida d'avoir au plus vite une entrevue avec Mrs Willett. Son arrivée inopinée à Sittaford méritait qu'on y regardât de plus près.

— Venez, Pollock, allons jeter un coup d'œil là-haut, dit-il.

Ils abandonnèrent Evans pour monter au premier.

— Il a l'air de bonne foi, non ? demanda tout bas le sergent avec un signe de tête en direction de la salle à manger.

— Apparemment, répondit l'inspecteur, mais on ne sait jamais. Quel qu'il soit, ce type n'est pas idiot.

— Non, il est même intelligent dans son genre.

— Son histoire tient debout, poursuivit Narracott. Elle est claire et sans faille. Cependant, je le répète, on ne sait jamais.

Sur cette déclaration caractéristique de son esprit prudent et méfiant, il entreprit de fouiller le premier étage. Il comprenait trois chambres à coucher et une salle de bains. Deux chambres étaient vides, et, on n'y avait visiblement pas pénétré depuis des semaines. Dans la troisième, celle du capitaine, régnait un ordre parfait. L'inspecteur en fit le tour, ouvrant portes et tiroirs. Chaque chose était à sa place. C'était la chambre d'un maniaque d'ordre et de propreté. Narracott termina son inspection et jeta un coup d'œil dans la salle de bains attenante. Là aussi, tout était en ordre. Puis il lança un dernier regard au lit, soigneusement ouvert, avec un pyjama préparé.

Il secoua la tête.

— Rien du tout ici, dit-il.

— Non, tout a l'air parfaitement en ordre.

— Vous devriez examiner les papiers qui se trouvent dans le secrétaire du bureau, Pollock. Et dites à Evans qu'il peut s'en aller. J'irai peut-être le voir chez lui, plus tard.

— Très bien, monsieur.

— Vous pouvez faire emporter le corps. Au fait, il faudra que je voie Warren. Il habite près d'ici, je crois ?

— Oui, monsieur.

— De ce côté-ci des *Trois Couronnes* ou de l'autre ?

— De l'autre, monsieur.

— Dans ce cas, je passerai d'abord à l'auberge, sergent.

Pollock alla dans la salle à manger congédier Evans. L'inspecteur sortit et marcha rapidement en direction des *Trois Couronnes*.

6

AUX TROIS COURONNES

Avant que son destin ne le mette en présence du major Burnaby, l'inspecteur Narracott devait avoir un entretien prolongé avec Mrs Belling, la propriétaire de l'auberge des *Trois Couronnes*. C'était une grosse femme très nerveuse et si volubile qu'il n'y avait rien d'autre à faire qu'à l'écouter patiemment jusqu'à ce que son flot de paroles tarisse de lui-même.

— Et par une nuit comme on n'en a jamais connu, conclut-elle. Qui aurait pu penser à ce qui est arrivé à ce pauvre cher homme ! Ces sales rôdeurs ! Comme je l'ai déjà dit mille fois, je ne peux pas supporter ces sales rôdeurs. Ils supprimeraient n'importe qui ! Le capitaine n'avait même pas un chien pour le protéger. Peuvent pas voir les chiens, les rôdeurs. Eh bien, on ne sait jamais ce qui se passe à un jet de pierre de chez soi !

» Oui, Mr Narracott, poursuivit-elle, répondant à sa question, le major est en train de prendre son petit déjeuner. Vous le trouverez au salon. Quelle nuit il a dû passer, sans pyjama, sans rien, et moi, une malheureuse veuve, avec rien à lui prêter. Ça n'a pas d'importance, il m'a dit, il était tout retourné et tout bizarre, pas étonnant avec son meilleur ami assassiné. Des messieurs charmants tous les deux, même si le capitaine avait la réputation d'être près de ses sous. Eh bien, eh bien... moi qui pensais que c'était dangereux de vivre comme ça à Sittaford, à des kilomètres de tout, et voilà que le capitaine se fait attaquer en plein Exhampton ! C'est toujours ce à quoi on ne s'attend pas qui arrive dans la vie, n'est-ce pas, Mr Narracott ?

L'inspecteur reconnut qu'elle avait raison, sans aucun doute. Puis il demanda :

— Qui aviez-vous chez vous hier, Mrs Belling. Des étrangers ?

— Laissez-moi réfléchir. Il y avait Mr Moresby et Mr Jones, des voyageurs de commerce, et un jeune homme de Londres. Personne d'autre. C'est normal en cette saison. C'est très calme ici l'hiver. Oh ! et il y avait aussi un autre jeune homme, arrivé par le dernier train. Le fouinard, je l'appelle. Il dort encore.

— Le dernier train ? dit l'inspecteur. Celui qui arrive à 10 heures, hein ? Je pense que nous pouvons le laisser tranquille. Et l'autre ? Celui de Londres ? Vous le connaissez ?

— Je ne l'avais jamais vu de ma vie. C'est pas un voyageur de commerce, oh ! non, la classe au-dessus. Je ne me rappelle pas son nom mais vous le trouverez sur le registre. Il a pris le premier train pour Exeter, ce matin. Celui de 6 h 10. C'est bizarre. Qu'est-ce qu'il est venu faire ici d'ailleurs, j'aimerais bien le savoir.

— Il n'a pas parlé de son travail ?

— Pas un mot.

— Il est sorti à un moment donné ?

— Il est arrivé pour le déjeuner, il est sorti vers 4 heures et demie et il est rentré vers 6 h 20.

— Où est-il allé ?

— Je n'en ai pas la moindre idée, monsieur. Peut-être juste faire un tour. C'était avant que la neige arrive, mais on ne pouvait pas dire que le temps invitait à la promenade.

— Il est sorti à 4 heures et demie et est rentré à 6 h 20, répéta l'inspecteur d'un ton pensif. C'est curieux. Il n'a pas parlé du capitaine Trevelyan ?

Mrs Belling secoua résolument la tête.

— Non, Mr Narracott, il n'a parlé de personne. Communiquait guère qu'avec lui-même. Un beau jeune homme, mais inquiet, je dirais.

L'inspecteur hocha la tête et alla examiner le registre.

— James Pearson, de Londres, dit-il. Eh bien, voilà qui ne nous apprend pas grand-chose. Il va falloir prendre quelques renseignements sur ce James Pearson.

Là-dessus, il partit à la recherche du major Burnaby. Il le trouva tout seul dans le salon, en train de boire un café à l'aspect plutôt boueux, le *Times* déployé devant lui.

— Major Burnaby ?

— C'est mon nom.

— Inspecteur Narracott, de la police d'Exeter.

— Bonjour, inspecteur. Votre enquête progresse ?

— Oui, monsieur, un peu. Je crois pouvoir le dire.

— Je suis content de l'apprendre, dit le major d'un ton ironique, avec un air d'incrédulité résignée.

— Il y a juste un ou deux points que j'aimerais éclaircir, major, et vous pouvez sans doute m'aider.

— Je ferai de mon mieux.

— A votre connaissance, le capitaine Trevelyan avait-il des ennemis ?

— Pas un ennemi au monde, répondit Burnaby sans hésiter.

— Cet Evans. Vous considérez qu'il est honnête ?

— Il me semble. Je sais que Trevelyan lui faisait confiance.

— Il ne lui en voulait pas de s'être marié ?

— Il ne lui en voulait certainement pas. Ça l'avait contrarié... il n'aimait pas que l'on bouleverse ses habitudes. C'était un vieux garçon, vous le savez.

— A propos de célibat, j'ai une autre question. Le capitaine n'était pas marié. Savez-vous s'il avait fait un testament ? Et s'il n'en avait pas fait, savez-vous qui hérite de ses biens ?

— Trevelyan avait fait un testament, répondit promptement Burnaby.

— Ah ! vous savez ça.

— Oui. Il m'a nommé exécuteur testamentaire. Il me l'a dit.

— A combien se monte sa fortune ?

— Ça, je ne sais pas.

— J'ai cru comprendre qu'il était plutôt à l'aise.

— Trevelyan était un homme riche, répliqua Burnaby, plus riche qu'on ne le pense généralement ici.

— Savez-vous s'il avait de la famille ?

— Il avait une sœur et quelques neveux et nièces, je crois. Il ne les voyait pas souvent mais ils n'étaient pas brouillés.

— Ce testament, savez-vous à qui il a été confié ?

— A l'étude Walter et Kirkwood, les notaires d'Exhampton. Ce sont eux qui l'ont rédigé.

— Dans ce cas, major Burnaby, puisque vous êtes son exécuteur testamentaire, pourriez-vous venir tout de suite avec moi chez Walter et Kirkwood ?

J'aimerais connaître le contenu de ce testament au plus vite.

Le major leva les yeux, l'attention en éveil.

— Qu'est-ce que cela signifie ? Qu'est-ce que ce testament a à voir avec cette histoire ?

L'inspecteur n'était pas disposé à montrer son jeu trop tôt.

— Cette affaire est plus complexe qu'elle n'en a l'air, dit-il. Au fait, j'ai une autre question à vous poser. J'ai cru comprendre, major Burnaby, que vous avez demandé au docteur Warren si la mort avait pu survenir à 5 h 25.

— Bon, et alors ? répliqua le major avec brusquerie.

— Pourquoi avez-vous choisi ce moment précis, major ?

— Pourquoi pas ? riposta Burnaby.

— Ma foi... l'idée vous est bien venue de quelque part...

Le major ne répondit pas tout de suite. Ce qui éveilla la curiosité de l'inspecteur. De toute évidence, le major voulait lui cacher quelque chose. Il était comique à observer.

— Pourquoi ne pouvais-je pas dire 5 h 25 ? demanda-t-il brutalement, ou 6 heures moins 25, ou 4 h 20 si j'en avais envie ?

— Bien sûr, monsieur, répondit l'inspecteur d'un ton apaisant.

Ce n'était pas le moment de contrarier le major. Il se promit de résoudre cette question avant la fin du jour.

— Il y a une chose que je trouve très curieuse, monsieur, continua-t-il.

— Oui ?

— Cette histoire de location de Sittaford House. Je ne sais pas ce que vous en pensez, mais je trouve ça assez bizarre.

— Si vous voulez mon avis, c'est bigrement bizarre.

— C'est ce que vous pensez ?

— Ce que tout le monde pense.

— A Sittaford ?

— A Sittaford, et à Exhampton aussi. Cette femme doit être folle.

— Eh bien, je suppose que tous les goûts sont dans la nature, remarqua l'inspecteur.

— Drôles de goûts pour une femme de ce genre...

— Vous connaissez la dame ?

— Je la connais. J'étais chez elle quand...

— Quand quoi ? demanda Narracott alors que le major s'interrompait brusquement.

— Rien, dit Burnaby.

L'inspecteur lui lança un regard pénétrant. Il y avait quelque chose, là, qu'il aurait voulu comprendre. L'embarras du major ne lui avait pas échappé, il avait été sur le point de dire... quoi ? « Chaque chose en son temps, pensa Narracott. Ce n'est pas le moment de le prendre à rebrousse-poil. »

Tout haut, il reprit innocemment :

— Vous disiez, monsieur, que vous êtes allé à Sittaford House. Cette dame y vit maintenant depuis... combien de temps ?

— Environ deux mois.

Anxieux de rattraper ses paroles imprudentes, le major se montra plus loquace que d'habitude.

— Une veuve avec sa fille ?

— C'est ça.

— A-t-elle expliqué les raisons de son choix ?

— Eh bien, dit le major en se frottant le nez d'un air dubitatif, elle parle beaucoup — c'est le genre — des beautés de la nature, de se retirer du monde, de choses comme ça. Mais...

Il s'arrêta, visiblement gêné. L'inspecteur vint à son secours.

— Cela ne vous semble pas très naturel ?

— Ma foi... c'est une femme très élégante. Toujours sur son trente et un. La fille est jolie, à la mode. Je les verrais plutôt au Ritz, ou au Claridge, quelque part dans un grand hôtel. Vous voyez le genre.

Narracott hocha la tête.

— Elles ne vivent pas repliées sur elles-mêmes ? demanda-t-il. Vous ne pensez pas qu'elles... euh... se cachent ?

— Oh ! non elles sont très sociables, au contraire,

un peu trop sociables même. Je veux dire que, dans un petit village comme Sittaford, on peut difficilement prétexter un autre engagement et quand les invitations pleuvent sur vous, c'est un peu gênant. Elles sont très aimables et hospitalières — un peu trop hospitalières du point de vue d'un Anglais.

— L'empreinte des colonies, dit l'inspecteur.

— Oui, sans doute.

— Rien ne vous fait penser qu'elles connaissaient déjà le capitaine Trevelyan ?

— Certainement pas.

— Vous en êtes si sûr ?

— Joe m'en aurait parlé.

— Et vous ne croyez pas qu'elles auraient pu... eh bien, chercher à faire sa connaissance ?

Visiblement, l'idée ne lui en était jamais venue. Le major réfléchit un instant.

— Ma foi, je n'y ai jamais pensé. Elles étaient très démonstratives, c'est vrai. Et il n'y avait aucune chance que Joe leur rende la pareille. Tout compte fait, non, je crois que c'était leurs manières habituelles. Trop aimables, vous voyez, comme des coloniaux, ajouta l'insulairissime militaire.

— Je vois. Venons-en à la maison. Le capitaine l'avait fait construire lui-même, si j'ai bien compris.

— Oui.

— Et personne ne l'avait habitée auparavant ? Je veux dire, il ne l'avait jamais louée ?

— Jamais.

— Dans ce cas, il est peu probable qu'elles aient été attirées par quelque chose qui s'y trouvait. C'est un mystère. Il y a neuf chances sur dix pour que cela n'ait rien à voir avec l'affaire, mais c'est quand même une étrange coïncidence. Hazelmoor, cette maison que le capitaine avait louée, à qui appartient-elle ?

— A miss Larpent. Une dame d'âge mûr qui est allée passer l'hiver dans une pension de Cheltenham. Comme tous les ans. D'habitude, elle ferme sa maison, mais elle la loue quand elle peut, ce qui n'arrive pas souvent.

Rien de bien intéressant à attendre de là, semblait-il. L'inspecteur secoua la tête, découragé.

— C'est l'agence Williamson qui s'en est occupée. Si j'ai bien compris, dit-il.

— Oui.

— Leurs bureaux se trouvent à Exhampton ?

— Juste à côté de Walter et Kirkwood.

— Ah ! Dans ce cas, si vous n'y voyez pas d'inconvénient, major, nous pourrions y faire un saut en passant.

— Bien sûr. De toute façon, vous ne trouverez pas Kirkwood à son bureau avant 10 heures. Vous connaissez les notaires...

— Alors, allons-y.

Ayant fini de déjeuner depuis un certain temps, le major hocha la tête et se leva.

7

LE TESTAMENT

A l'agence Williamson, un jeune homme fringant se leva pour les accueillir.

— Bonjour, major Burnaby.

— Bonjour.

— Quelle horrible histoire, dit le jeune homme, volubile. Il n'est rien arrivé de pareil à Exhampton depuis des années !

Son excitation arracha une grimace au major.

— Voici l'inspecteur Narracott, dit-il.

— Ah, oui ? répondit le jeune homme, visiblement enchanté.

— J'ai quelques renseignements à vous demander, dit Narracott. J'ai cru comprendre que c'était vous qui aviez loué Sittaford House.

— A Mrs Willett ? Oui, en effet.

— Pourriez-vous me donner des détails sur la

façon dont ça s'est passé ? Cette dame est-elle venue en personne ou vous a-t-elle écrit ?

— Elle nous a écrit. Sa lettre venait de... laissez-moi voir... (Il ouvrit un tiroir et en sortit un dossier)... Oui, de l'hôtel Carlton, à Londres.

— Cette lettre mentionne-t-elle précisément Sittaford House ?

— Non, cette dame disait simplement qu'elle souhaitait louer pour l'hiver une maison d'au moins huit chambres à coucher dans la région de Dartmoor. La proximité d'une gare de chemin de fer ou d'une grande ville lui importait peu.

— Sittaford House figurait sur vos listes ?

— Non, mais c'était la seule maison de la région qui remplissait ces conditions. Comme cette dame précisait dans sa lettre qu'elle était prête à payer jusqu'à douze guinées, j'ai cru bon d'écrire au capitaine Trevelyan pour lui demander s'il envisagerait de louer. Il a répondu par l'affirmative et nous avons conclu l'affaire.

— Sans que Mrs Willett ne visite la maison ?

— Elle a accepté de la prendre sans la voir et a signé le contrat. Puis un jour elle est arrivée, elle est montée à Sittaford, a vu le capitaine, s'est arrangée avec lui pour le linge, la vaisselle, etc., et a visité la maison.

— Elle a été satisfaite ?

— En revenant, elle nous a dit qu'elle était ravie.

— Et qu'avez-vous pensé ? demanda l'inspecteur en le regardant avec attention.

— Dans ce métier, on apprend à ne s'étonner de rien, répondit-il en haussant les épaules.

Sur cette note philosophique, le policier et le major s'en allèrent en remerciant le jeune homme pour son aide.

— Mais de rien, c'est avec plaisir, répondit celui-ci en les raccompagnant poliment jusqu'à la porte.

L'étude Walter et Kirkwood se trouvait, comme l'avait dit le major Burnaby, dans la maison voisine. On les fit entrer dans le bureau de Mr Kirkwood, qui venait d'arriver.

C'était un homme d'âge mûr, à l'air bienveillant.

Natif d'Exhampton, il avait pris la succession de son père et de son grand-père.

Il se leva, prit une mine de circonstance et serra la main du major.

— Bonjour, major Burnaby, dit-il. C'est atroce. Vraiment atroce ! Pauvre Trevelyan !

Il eut un regard interrogateur pour l'inspecteur. Le major Burnaby lui expliqua en quelques mots les raisons de sa présence.

— Vous êtes chargé de l'enquête, inspecteur Narracott ?

— Oui, Mr Kirkwood. Dans le cadre de mes investigations, je suis venu vous demander quelques renseignements.

— Je vous donnerai volontiers tous les renseignements qu'il m'est permis de divulguer, répondit le notaire.

— Il s'agit du testament de feu le capitaine Trevelyan, dit Narracott. Je crois savoir qu'il se trouve en votre possession.

— C'est exact.

— Il a été fait il y a longtemps ?

— Cinq ou six ans. Je ne pourrais pas vous donner la date exacte à l'instant.

— Ah ! Mr Kirkwood, j'ai besoin de connaître son contenu aussi vite que possible. Cela a peut-être un rapport avec l'affaire.

— Vraiment ? Je ne l'aurais pas cru, mais bien sûr, vous savez ce que vous avez à faire, inspecteur. Eh bien, dit-il en lui jetant un coup d'œil, le major Burnaby et moi nous sommes les exécuteurs testamentaires du capitaine. S'il n'y voit pas d'objection...

— Aucune.

— Dans ce cas, je ne vois aucune raison de ne pas accéder à votre requête, inspecteur.

Le notaire donna des ordres par téléphone et, quelques minutes plus tard, un clerc lui apportait une enveloppe scellée. Le clerc parti, Mr Kirkwood ouvrit l'enveloppe à l'aide d'un coupe-papier, en sortit un imposant document, s'éclaircit la gorge et commença à lire :

« Je, soussigné Joseph Arthur Trevelyan, demeurant Sittaford House, à Sittaford, comté du Devon, déclare que ceci est mon testament, fait en date du treize août 1926.

» 1) Je nomme John Edward Burnaby, habitant au numéro 1, « Les Cottages », à Sittaford, et Frederick Kirkwood, notaire à Exhampton, mes exécuteurs testamentaires.

» 2) Je lègue à Robert Henry Evans, mon fidèle domestique, la somme de 100 livres sterling (cent livres), libre de tout droit de succession, à la condition qu'il soit toujours à mon service le jour de ma mort et qu'il n'ait pas donné ou reçu son congé.

» 3) Je lègue au susnommé John Edward Burnaby, en témoignage de ma profonde amitié et de mon estime, tous mes trophées sportifs, y compris ma collection de têtes d'animaux et de peaux de gros gibier, ainsi que toutes les coupes, tous les prix sportifs et butins de chasse en ma possession.

» 4) Je lègue tous mes biens mobiliers et immobiliers, dont il n'a pas été disposé autrement selon les termes de ce testament ou d'un codicille, à mes exécuteurs, à condition que mes exécuteurs les réalisent et les convertissent en argent.

» 5) L'argent résultant de cette réalisation de mes biens servira à couvrir les frais d'obsèques et de succession et à rembourser mes dettes éventuelles.

» 6) Les liquidités ou investissements restants seront divisés par mes exécuteurs en quatre parts égales.

» 7) Une de ces parts sera versée à ma sœur Jennifer Gardner, et à elle seule, pour son usage personnel. Les trois autres parts seront attribuées aux trois enfants de ma défunte sœur Mary Pearson, et à leur profit exclusivement.

» Je déclare avoir rédigé cet acte en présence des témoins susnommés et appose ma signature en leur présence, tous deux ayant apposé leur signature en leurs présences respectives en qualité de témoins. »

Mr Kirkwood tendit le document à l'inspecteur.

— Deux de mes clercs ont assisté à la signature, ajouta-t-il.

L'inspecteur le parcourut des yeux d'un air songeur.

— Ma défunte sœur, Mary Pearson, dit-t-il. Que pouvez-vous me dire à propos de cette Mrs Pearson, Mr Kirkwood ?

— Pas grand-chose. Je crois qu'elle est décédée il y a environ dix ans. Son mari, un agent de change, était mort avant elle. A ma connaissance, elle n'est jamais venue voir le capitaine Trevelyan ici.

— Pearson... répéta l'inspecteur, puis il ajouta : le testament ne précise pas à combien se monte la fortune du capitaine. A combien l'estimez-vous ?

— C'est difficile à dire exactement, répondit le notaire qui, comme tous les hommes de loi, adorait compliquer les questions les plus simples. Il faut distinguer les biens mobiliers et immobiliers. Outre Sittaford House, le capitaine possédait une propriété près de Plymouth, et il avait effectué divers placements dont la valeur a beaucoup fluctué.

— Je voudrais juste en avoir une idée approximative, dit l'inspecteur.

— Je ne voudrais pas trop m'avancer...

— Juste une grossière estimation. Est-ce que vingt mille livres seraient loin du compte ?

— Vingt mille livres ! Mais, cher monsieur, la fortune du capitaine se monte au moins à quatre fois ça ! Quatre-vingt ou même quatre-vingt-dix mille livres seraient plus proches de la vérité.

— Je vous avais bien dit que Trevelyan était riche, déclara le major.

L'inspecteur se leva.

— Merci beaucoup pour tous ces renseignements, Mr Kirkwood.

— Vous pensez qu'ils vous seront utiles, hein ?

Visiblement, le notaire brûlait de curiosité, mais l'inspecteur Narracott n'était pas d'humeur à la satisfaire.

— Dans une affaire comme celle-ci, il ne faut rien négliger, dit-il sans se compromettre. Au fait, connaissez-vous le nom et l'adresse de Jennifer Gardner, et de la famille Pearson ?

— Je ne sais rien des Pearson. Mrs Gardner habite « Les Lauriers », route de Waldon à Exeter.

L'inspecteur le nota sur son carnet.

— Cela ira pour commencer, dit-il. Vous ne savez pas combien d'enfants la défunte Mrs Pearson a laissés ?

— Trois, il me semble, deux filles et un garçon, à moins que ce ne soit deux garçons et une fille, je ne sais plus.

Narracott hocha la tête, rangea son carnet, remercia une fois de plus le notaire et prit congé.

Une fois dans la rue, il se tourna brusquement vers le major.

— Et maintenant, monsieur, je veux la vérité à propos de cette histoire de 5 h 25 !

Mécontent, le major Burnaby rougit.

— Je vous ai déjà dit...

— Vous ne me ferez pas avaler ça. De la rétention d'information, voilà ce que vous êtes en train de faire, major Burnaby ! Vous deviez avoir une idée en tête quand vous avez donné cette heure précise au docteur Warren... Et je me doute un peu de ce que ça doit être.

— Eh bien, si vous le savez, pourquoi me posez-vous la question ? grommela le major.

— A mon avis, vous étiez au courant d'un rendez-vous que le capitaine Trevelyan aurait eu quelque part à cette heure-là. C'est bien ça ?

Le major Burnaby le regarda avec étonnement.

— Pas du tout ! répliqua-t-il d'une voix rageuse. Pas du tout !

— Attention, major ! Et James Pearson ?

— James Pearson ? Qui est James Pearson ? Vous parlez de l'un des neveux de Trevelyan ?

— J'imagine qu'il s'agit de l'un de ses neveux. Il en avait un qui s'appelait James, non ?

— Je n'en ai pas la moindre idée. Trevelyan avait des neveux, ça je le sais. Quant à connaître leurs noms...

— Le jeune homme en question a passé la nuit dernière aux *Trois Couronnes*. Vous l'avez sans doute reconnu.

— Je n'ai reconnu personne, ronchonna le major. Je n'aurais d'ailleurs pas pu, je n'ai jamais vu de ma vie les neveux de Trevelyan.

— Mais vous saviez que le capitaine attendait la visite de l'un d'eux, hier après-midi !

— Je ne le savais pas ! rugit le major.

Des passants se retournèrent pour le regarder.

— Bon Dieu ! Pourquoi n'acceptez-vous pas la simple vérité ? Je n'ai jamais entendu parler d'un rendez-vous. Les neveux de Trevelyan auraient tout aussi bien pu se trouver à Tombouctou, pour ce que j'en savais !

L'inspecteur fut un peu désarçonné. Les dénégations véhémentes du major étaient trop évidemment sincères pour laisser place au doute.

— Alors pourquoi 5 h 25 ?

— Oh ! bon... je ferais mieux de vous le dire, répondit Burnaby en toussotant, embarrassé. Mais toute cette histoire est proprement stupide ! Des balivernes, monsieur. Comment un homme ayant toute sa tête peut-il avaler des sornettes pareilles !

L'inspecteur Narracott était de plus en plus surpris. Le major Burnaby paraissait plus gêné et plus honteux de minute en minute.

— Vous savez ce que c'est, inspecteur. Vous vous sentez obligé de vous joindre aux autres pour faire plaisir à la dame. Mais je n'ai jamais cru qu'il pouvait y avoir quelque chose de vrai là-dedans.

— Dans quoi, major Burnaby ?

— Dans les tables tournantes.

— *Les tables tournantes ?*

Narracott s'attendait à tout sauf à ça. Le major commença à s'expliquer. De façon heurtée, et non sans proclamer à maintes reprises son incrédulité, le major lui rapporta ce qui s'était passé la veille et la teneur du message qu'il avait reçu.

— Vous voulez dire, major, que la table a épelé le nom de Trevelyan et vous a informé qu'il était mort... assassiné ?

Le major Burnaby s'essuya le front.

— C'est exactement ce qui est arrivé. Bien entendu, je n'y ai pas cru, non, je n'y ai pas cru, dit-il, l'air honteux. Mais, ma foi, on était vendredi, et j'ai pensé qu'après tout je pouvais y aller et m'assurer que tout allait bien.

En pensant aux difficultés de cette marche de dix kilomètres dans les congères, avec la perspective d'une nouvelle chute de neige, l'inspecteur se dit que, quelles que soient ses dénégations, le major Burnaby avait dû être profondément impressionné par ce message des esprits.

L'inspecteur réfléchit. C'était bizarre. Très bizarre. Difficile d'expliquer ça de façon satisfaisante. Peut-être y avait-il quelque chose de vrai dans ces histoires de spiritisme, après tout. C'était la première fois qu'il rencontrait un cas de ce genre.

Une histoire très étrange, mais si elle expliquait l'attitude du major Burnaby, elle ne le concernait pratiquement en rien. Il avait affaire à un monde physique, et non psychique.

Son travail consistait à débusquer le meurtrier.

Et pour y arriver, il n'avait pas besoin des conseils du monde des esprits.

8

CHARLES ENDERBY

L'inspecteur jeta un coup d'œil sur sa montre : en se pressant, il avait tout juste le temps d'attraper le train pour Exeter. Il était impatient d'interroger la sœur du capitaine Trevelyan et de lui demander l'adresse des autres membres de la famille. Après un rapide adieu au major Burnaby, il se précipita à la gare.

Le major retourna aux *Trois Couronnes*. A peine en avait-il franchi le seuil qu'il fut abordé par un sémillant jeune homme, aux cheveux gominés et au visage poupin.

— Major Burnaby ?

— Oui.

— Du numéro 1, « Les Cottages » à Sittaford ?

— Oui.

— Je suis envoyé par le *Daily Wire*, et je...

Il n'alla pas plus loin. En vrai militaire de la vieille école, le major explosa :

— Pas un mot de plus ! rugit-il. Je vous connais, vous et vos pareils ! Aucune décence. Aucune pudeur. Vous tournez autour du meurtre comme les vautours autour d'une carcasse ! Je vous préviens, vous ne tirerez rien de moi. Pas un mot. Pas d'anecdote pour votre maudit journal ! Si vous voulez savoir quelque chose, adressez-vous à la police et ayez la correction de laisser en paix les amis de la victime.

Le jeune homme ne parut pas démonté ! Il sourit de plus belle.

— Je crois, monsieur, que vous avez attrapé le bâton par le mauvais bout. Je ne sais rien de cette histoire de meurtre.

En fait, ce n'était pas tout à fait vrai. Personne à Exhampton ne pouvait ignorer un événement qui avait bouleversé de fond en comble cette paisible petite ville.

— Je suis envoyé par le *Daily Wire*, reprit le journaliste, pour vous remettre ce chèque de 5 000 livres et pour vous féliciter d'avoir été le seul à trouver la bonne réponse à notre concours sur le football !

Le major Burnaby était complètement abasourdi.

— Vous avez dû recevoir une lettre hier matin, vous annonçant la bonne nouvelle.

— Une lettre ? dit Burnaby. Vous rendez-vous compte, jeune homme, que Sittaford est enseveli sous plusieurs mètres de neige ? Combien de lettres pensez-vous que nous ayons reçues ces derniers jours ?

— Vous avez tout de même vu que vous étiez cité comme le vainqueur dans le *Daily Wire*, ce matin ?

— Non, dit le major, je n'y ai pas jeté un coup d'œil, ce matin.

— Ah ! bien sûr... Quelle triste histoire... La victime était de vos amis, je crois.

— Mon meilleur ami.

— Pas de veine ! dit le journaliste en détournant pudiquement les yeux.

Puis il sortit de sa poche un petit morceau de papier mauve plié en deux qu'il tendit au major en s'inclinant.

— Avec les compliments du *Daily Wire.*

Burnaby le prit et, étant donné les circonstances, fut bien obligé d'ajouter :

— Vous boirez bien quelque chose avec moi, Mr... euh...

— Enderby. Charles Enderby. Je suis arrivé cette nuit, expliqua-t-il. J'ai demandé à me rendre à Sittaford. Nous tenons à remettre les récompenses à nos gagnants en main propre. Et nous publions toujours une petite interview. Cela intéresse nos lecteurs. Mais tout le monde m'a dit qu'il était hors de question que j'aille à Sittaford. Avec toute cette neige, c'était tout bonnement impossible, et puis, par le plus heureux des hasards, je vous ai trouvé ici, aux *Trois Couronnes.* Je n'ai pas eu de mal à vous identifier. Tout le monde a l'air de connaître tout le monde dans ce coin du monde.

— Que prendrez-vous ? demanda le major.

— Une bière, répondit Enderby.

Le major commanda deux bières.

— Toute la ville a l'air sens dessus dessous avec ce meurtre, remarqua Enderby. C'est une affaire bien mystérieuse en tout cas.

Le major émit un grognement. Il était bien embarrassé. Ses sentiments envers les journalistes n'avaient pas changé, mais un homme qui vient de vous faire cadeau d'un chèque de 5 000 livres est dans une situation privilégiée. Vous pouvez difficilement le prier d'aller au diable.

— Il n'avait pas d'ennemis ? s'enquit le jeune homme.

— Non.

— Mais j'ai entendu dire que la police ne croit pas à un cambriolage.

— Comment le savez-vous ?

Mr Enderby n'était pas disposé à révéler la source de ses informations.

— On dit que c'est vous qui avez découvert le cadavre, monsieur, continua-t-il.

— C'est exact.

— Cela a dû être un choc horrible !

La conversation se poursuivit. Le major était toujours déterminé à ne fournir aucun renseignement au journaliste, mais il n'était pas de taille à résister à son habileté. Enderby procédait par affirmations, que le major était obligé de confirmer ou de réfuter, lui donnant par là l'information qu'il désirait. Cependant, ce jeune homme était si charmant que l'entretien était loin d'être désagréable, et le major se prit même de sympathie pour ce naïf jeune homme.

Au bout d'un moment, Enderby se leva et annonça qu'il devait se rendre à la poste.

— Je vous demanderai de me donner un reçu pour le chèque, monsieur.

Le major s'assit au bureau, le rédigea et le lui tendit.

— Parfait ! dit Enderby en le glissant dans sa poche.

— Vous repartez pour Londres aujourd'hui ? demanda Burnaby.

— Oh non ! J'aimerais prendre quelques photos, vous savez, de votre maison à Sittaford, de vous nourrissant vos cochons, arrachant les pissenlits, ou vous livrant à toute autre activité qui vous chantera. Vous ne pouvez pas savoir à quel point nos lecteurs apprécient ce genre de choses. J'aimerais aussi que vous me disiez quelques mots concernant « ce que je vais faire de mes 5 000 livres ». Quelque chose qui ait du punch ! Sinon, vous n'imaginez pas à quel point nos lecteurs seraient déçus.

— Peut-être, mais vous savez, il est impossible d'aller à Sittaford par ce temps. Il a neigé de façon exceptionnelle. La route est impraticable depuis trois jours, et il en faudra encore au moins trois pour que la neige fonde.

— Je sais, dit Enderby. C'est très ennuyeux. Il va falloir se résigner à poireauter à Exhampton ! On est très bien soigné aux *Trois Couronnes*. A plus tard, monsieur !

Il sortit dans la grand-rue et se dirigea vers le bureau de poste, d'où il télégraphia à son journal que, par le plus heureux des hasards, il était en mesure de leur fournir des détails savoureux et exclusifs sur le meurtre d'Exhampton.

Après réflexion, il décida d'aller interroger Evans, le domestique du capitaine Trevelyan, dont le nom était tombé des lèvres du major Burnaby sans qu'il s'en aperçoive.

Quelques questions suffirent pour le conduire 85, Fore Street. Le domestique de l'homme assassiné était devenu un personnage important, maintenant. Les gens ne demandaient qu'à lui indiquer où il habitait.

Enderby frappa un rapide toc-toc sur la porte. L'homme qui l'ouvrit avait si typiquement l'allure d'un vieux marin que le journaliste n'eut aucun doute sur son identité.

— Evans, n'est-ce pas ? dit-il avec entrain. Je viens de la part du major Burnaby.

— Ah ! dit Evans d'un ton hésitant. Entrez, monsieur.

Enderby accepta l'invitation. Une jeune femme brune, aux formes généreuses et aux joues rouges, allait et venait dans le fond.

La jeune Mrs Evans probablement.

— C'est triste, ce qui est arrivé à votre maître, dit Enderby.

— C'est horrible, monsieur, voilà ce que c'est.

— Qui a fait ça, vous pensez ? demanda le jeune homme de l'air innocent de quelqu'un qui se renseigne.

— Un de ces vils rôdeurs, sans doute.

— Oh ! non, mon cher monsieur. Cette hypothèse a été rejetée.

— Hein ?

— C'est une mise en scène. La police l'a compris tout de suite.

— Qui vous a dit ça, monsieur ?

Le véritable informateur d'Enderby était la femme de chambre des *Trois Couronnes*, dont la sœur était l'épouse du brigadier Graves, mais il répondit :

— C'est un tuyau du quartier général. Oui, le cambriolage était une mise en scène.

— A qui pensent-ils alors ? demanda Mrs Evans en s'approchant, à la fois effrayée et excitée.

— Allons, Rebecca, ne t'en fais pas comme ça, lui dit son mari.

— Les policiers sont des idiots cruels. Ça leur est bien égal qui ils ramassent pourvu qu'ils tiennent quelqu'un, dit-elle en louchant sur Enderby. Vous êtes de la police, monsieur ?

— Moi ? Oh non ! Je suis journaliste au *Daily Wire*. Je suis venu voir le major Burnaby. Il vient de gagner 5 000 livres à notre grand concours sur le football.

— Quoi ! s'exclama Evans. Bon Dieu ! Alors ces trucs-là sont honnêtes, malgré tout !

— Vous en doutiez ? demanda Enderby.

— C'est que... Le monde est méchant, monsieur, dit Evans un peu gêné, craignant d'avoir manqué de tact. J'ai entendu dire qu'il y avait pas mal de triche-rie. Le défunt capitaine, il disait qu'un prix n'arrive jamais à la bonne adresse. C'est pourquoi il utilisait la mienne, de temps en temps.

Naïvement, il raconta comment le capitaine Trevelyan avait gagné trois romans.

Enderby l'encourageait à parler. Il voyait déjà l'article qu'il pourrait tirer d'Evans. Le serviteur fidèle, le côté vieux loup de mer. Il se demandait seulement pourquoi Mrs Evans avait l'air si nerveuse. Il mit cela sur le compte de la méfiance instinctive propre aux gens de sa condition.

— Il faut trouver l'ordure qui a fait ça ! dit Evans. Les journalistes peuvent faire beaucoup, il paraît, dans la chasse aux criminels.

— C'était un cambrioleur, dit Mrs Evans, voilà ce que c'était.

— Evidemment que c'était un cambrioleur, renchérit Evans. Y a personne à Exhampton qui aurait voulu faire du mal au capitaine.

Enderby se leva.

— Eh bien, il faut que je m'en aille. Je passerai de temps en temps pour bavarder un peu avec vous, si cela ne vous dérange pas. Puisque le capitaine a gagné trois romans à un concours du *Daily Wire*, le *Daily Wire* doit avoir à cœur de retrouver son assassin.

— C'est bien vrai ce que vous dites là, monsieur, c'est bien vrai.

Le journaliste s'en alla en leur souhaitant une bonne journée.

« Je me demande qui a liquidé le pauvre diable, murmura-t-il à part lui. Je ne pense pas que ce soit notre ami Evans. Et si c'était un cambrioleur, après tout ? Quelle déception, dans ce cas. Il n'y a pas l'air d'y avoir de femme dans l'histoire, c'est bien dommage. Il faut absolument que cette affaire prenne une tournure sensationnelle, sinon, elle va s'évanouir en fumée. Ce serait bien ma veine... C'est la première fois que je me trouve sur les lieux d'un crime. Je dois en profiter. Charles, mon garçon, ta chance est là. Ne la gâche pas. Notre ami le militaire me mangera bientôt dans la main pourvu que je lui témoigne du respect et lui donne du “monsieur” assez souvent. Je me demande s'il a participé à la révolte des Cipayes. Non, bien sûr, il n'est pas assez vieux pour ça. A la guerre du Transvaal, c'est ça. Pose-lui des questions sur la guerre du Transvaal, ça va l'apprivoiser. »

Tout en méditant ces résolutions, Charles Enderby retourna aux *Trois Couronnes* d'un pas nonchalant.

9

« Les Lauriers »

Il faut environ une demi-heure pour se rendre d'Exhampton à Exeter par le train. A midi moins cinq, l'inspecteur Narracott sonnait à la porte des « Lauriers ».

C'était une maison plutôt délabrée, qui avait grand besoin d'une couche de peinture. Le jardin, abandonné, était envahi par les mauvaises herbes, et la grille, sortie de ses gonds, était de guingois.

« On ne roule pas sur l'or, ici, se dit l'inspecteur. La vie est dure. »

C'était un homme impartial, et tout semblait indiquer que le capitaine Trevelyan n'avait pas été abattu par un ennemi. D'un autre côté, quatre personnes avaient beaucoup à gagner à sa mort. Il lui faudrait étudier de très près les faits et gestes de chacune d'entre elles. Le nom de Pearson sur le registre des *Trois Couronnes* donnait à penser, mais après tout, Pearson était un nom très commun. L'inspecteur était soucieux de ne pas tirer de conclusions trop hâtives, et de garder l'esprit ouvert, tout en déblayant le terrain aussi rapidement que possible.

Une bonne assez peu soignée répondit à son coup de sonnette.

— Bonjour, dit-il. J'aimerais voir Mrs Gardner. C'est à propos de la mort de son frère, le capitaine Trevelyan, à Exhampton.

Il omit à dessein de lui montrer sa carte. Il savait par expérience que le simple fait qu'il appartenait à la police la rendrait peu coopérative et lui lierait la langue.

— Elle est au courant de son décès ? demanda-t-il avec naturel, tandis que la bonne s'effaçait pour le laisser entrer.

— Oui, elle a reçu un télégramme. Du notaire, Mr Kirkwood.

— C'est bien ça.

Elle le fit entrer au salon. Comme l'extérieur de la maison, cette pièce avait sérieusement besoin qu'on dépense un peu d'argent pour elle, mais, en dépit de tout, elle avait un charme dont l'inspecteur aurait été bien incapable d'analyser les causes et les raisons.

— Cela a dû être un choc pour votre maîtresse, remarqua-t-il.

La fille se montra assez vague :

— Ils ne se voyaient pas beaucoup, répondit-elle.

— Fermez la porte et venez ici, lui dit l'inspecteur Narracott.

Il voulait provoquer un effet de surprise.

— Le télégramme parlait-il d'un meurtre ? demanda-t-il.

— D'un meurtre ?

La fille ouvrit de grands yeux qui exprimaient un mélange d'horreur et de joie intense.

— Il a été assassiné ?

— Ah, dit l'inspecteur, je pensais bien que vous l'ignoriez ! Mr Kirkwood n'a pas voulu annoncer la nouvelle trop brutalement à Mrs Gardner, mais voyez-vous, mon petit... comment vous appelez-vous, à propos ?

— Béatrice, monsieur.

— Eh bien, voyez-vous, Béatrice, ce sera ce soir dans les journaux.

— Eh bien, si jamais... Assassiné... c'est horrible, non ? On lui a cogné la tête, on a tiré sur lui ou quoi ?

L'inspecteur donna satisfaction à son goût pour le détail et ajouta d'un air détaché :

— Il me semble que votre maîtresse avait l'intention de se rendre à Exhampton hier après-midi. Mais elle aura sans doute jugé qu'il faisait trop mauvais.

— Je n'ai jamais entendu parler de ça, dit Béatrice. Vous devez vous tromper. Madame est sortie hier après-midi faire des courses, et puis elle est allée au cinéma.

— A quelle heure est-elle rentrée ?

— Vers 6 heures.

Ce qui mettait Mrs Gardner hors de cause.

— Je ne connais pas beaucoup cette famille, poursuivit-il du même ton. Mrs Gardner est-elle veuve ?

— Oh non, monsieur, il y a le maître.

— Et que fait-il ?

— Il ne fait rien, dit Béatrice en écarquillant les yeux. Il ne peut pas. Il est invalide.

— Invalide Oh ! je suis désolé, je l'ignorais.

— Il ne peut pas marcher. Il reste au lit toute la

journée. On a une infirmière à domicile. Y en a pas beaucoup comme moi qui resteraient avec une infirmière tout le temps dans la maison. Sans arrêt à réclamer qu'on monte des plateaux et qu'on prépare du thé.

— Ce doit être très pénible, dit l'inspecteur d'un ton apaisant. Maintenant, voulez-vous aller dire à votre maîtresse que je suis là, de la part de Mr Kirkwood, d'Exhampton.

Béatrice se retira. Quelques instants plus tard, la porte s'ouvrit sur une grande femme à l'allure autoritaire. Elle avait un visage peu commun, le front large et des cheveux noirs, légèrement grisonnants sur les tempes, qu'elle coiffait tout à fait tirés en arrière. Elle regarda l'inspecteur d'un air interrogateur.

— Vous venez de la part de Mr Kirkwood, d'Exhampton ?

— Pas exactement, Mrs Gardner. Je me suis présenté ainsi à votre bonne. Votre frère, le capitaine Trevelyan, a été assassiné hier après-midi et je suis l'inspecteur divisionnaire Narracott, chargé de l'enquête.

Mrs Gardner était en tout cas une femme aux nerfs d'acier. Elle fronça les sourcils, respira fortement, fit signe à l'inspecteur de s'asseoir et s'assit également.

— Assassiné ? C'est incroyable ! Quelle est la personne au monde qui pouvait vouloir tuer Joe ?

— C'est ce que je cherche à savoir, Mrs Gardner.

— Bien sûr. J'aimerais pouvoir vous aider, mais je ne vois pas comment. Mon frère et moi, nous nous sommes très peu vus, ces dix dernières années. Je ne sais rien de ses amis ni des liens qu'il a pu tisser.

— Excusez ma question, Mrs Gardner, mais vous étiez-vous disputés avec votre frère ?

— Non, pas disputés. Détachés serait un mot plus juste pour expliquer nos rapports. Je ne voudrais pas entrer dans des histoires familiales, mais mon frère désapprouvait mon mariage. Un frère approuve rarement le choix de sa sœur, j'imagine, mais il le cache mieux. Comme vous le savez peut-être, Joe a hérité de la fortune d'une de nos tantes. Ma sœur et moi avons épousé des hommes pauvres. Quand mon mari a quitté l'armée, paralysé à la suite d'une commotion cérébrale, une petite assistance financière aurait été d'un grand soulagement, et m'aurait permis de lui faire suivre un traitement onéreux dont il ne pouvait pas profiter autrement. J'ai demandé à mon frère de nous prêter un peu d'argent. Il a refusé. Bien sûr, c'était son droit. Mais, depuis, nous nous voyons très rarement et ne nous écrivons guère.

C'était une déclaration claire et succincte.

Un curieux personnage, cette Mrs Gardner, pensa l'inspecteur. Il n'arrivait pas à la comprendre. Son calme n'était pas normal. Son compte rendu tout prêt des faits non plus. Il était frappé aussi par le fait que, si surprise qu'elle parut être, elle n'avait demandé aucune précision sur la façon dont son frère était mort. C'était quand même assez extraordinaire.

— Peut-être désirez-vous savoir ce qui s'est exactement passé à Exhampton ?

Elle fronça les sourcils.

— Est-ce bien nécessaire ? Mon frère a été tué... Sans douleur, j'espère.

— Oui, sans douleur.

— Alors, je vous en prie, épargnez-moi les détails épouvantables.

« Ce n'est pas normal, pensa l'inspecteur. Non, décidément, pas normal. »

Comme si elle lisait dans ses pensées, elle reprit, avec les mots mêmes qu'il avait dans l'esprit :

— Cela ne doit pas vous paraître normal, inspecteur, mais j'ai déjà entendu beaucoup d'horreurs. Mon mari, quand ça n'allait pas, m'a raconté de ces choses... (elle frissonna). Si vous connaissiez mieux ma situation, vous me comprendriez.

— Oh, certainement, Mrs Gardner, certainement. En vérité, ce que je suis venu vous demander, ce sont quelques renseignements sur votre famille.

— Oui ?

— A part vous, savez-vous combien votre frère a de parents vivants ?

— Comme parents proches, il n'y a que les Pearson. Les enfants de ma sœur Mary.

— C'est-à-dire ?

— James, Sylvia et Brian.

— James ?

— C'est l'aîné. Il travaille pour une compagnie d'assurances.

— Quel âge a-t-il ?

— Vingt-huit ans.

— Il est marié ?

— Non, mais il est fiancé. A une jeune fille charmante, paraît-il. Je ne la connais pas encore.

— Son adresse ?

— 21, rue Cromwell, à Londres.

L'inspecteur la nota.

— Et, Mrs Gardner... ?

— Ensuite, il y a Sylvia. Elle est mariée avec Martin Dering. Vous avez peut-être lu ses livres ? C'est un auteur un peu connu.

— Merci. Et leur adresse ?

— « Le Refuge », route du Surrey, Wimbledon.

— Et puis ?

— Brian, le plus jeune, il vit en Australie. Je ne connais pas son adresse, mais son frère ou sa sœur vous l'indiqueront.

— Merci, Mrs Gardner. Pour la forme, me permettez-vous de vous demander comment vous avez passé l'après-midi d'hier ?

Elle parut surprise.

— Laissez-moi réfléchir... Je suis allée faire des courses, oui... puis je suis allée au cinéma. Je suis rentrée vers 6 heures et je suis restée allongée sur mon lit jusqu'au dîner parce que ce film m'avait donné mal à la tête.

— Merci, Mrs Gardner.

— Vous avez d'autres questions ?

— Non, je crois que ce sera tout. Maintenant, je vais prendre contact avec vos neveux et nièce. J'ignore si Mr Kirkwood vous en a déjà informée, mais vous êtes, conjointement avec les Pearson, les héritiers de la fortune du capitaine Trevelyan.

Ses joues prirent progressivement une couleur rouge vif.

— C'est merveilleux, dit-elle tranquillement. La vie a été dure... Si dure... Toujours gratter, économiser, désirer...

Une voix plaintive leur parvint d'en haut qui la fit sursauter :

— Jennifer, Jennifer, où es-tu ?

— Excusez-moi, dit-elle.

Comme elle ouvrait la porte, la voix se fit entendre de nouveau, plus forte et plus impérieuse :

— Jennifer, où es-tu ? J'ai besoin de toi, Jennifer !

L'inspecteur l'avait suivie jusqu'à la porte. Il la regarda monter l'escalier à la hâte.

— J'arrive, chéri ! cria-t-elle.

L'infirmière qui descendait s'écarta pour la laisser passer.

— Je vous en prie, allez voir Mr Gardner, il est très énervé. Vous arrivez toujours à le calmer.

L'inspecteur Narracott barra délibérément le chemin à l'infirmière au bas de l'escalier.

— Puis-je vous parler un instant ? Ma conversation avec Mrs Gardner a été interrompue.

L'infirmière entra avec empressement dans le salon.

— La nouvelle du meurtre a bouleversé mon patient, expliqua-t-elle en ajustant ses manchettes amidonnées. Cette idiote de Béatrice est arrivée en courant et, étourdiment, a tout lâché.

— Je suis désolé, dit l'inspecteur. C'est ma faute, j'en ai peur.

— Oh, vous ne pouviez pas savoir... dit aimablement l'infirmière.

— Mr Gardner est gravement malade ? demanda l'inspecteur.

— C'est un cas bien triste, dit-elle. Bien sûr, dans un certain sens, il n'est pas vraiment malade. Il a complètement perdu l'usage de ses membres à la suite d'un choc nerveux. Mais il n'a aucune infirmité apparente.

— Il n'a pas eu d'ennui ou de choc particulier, hier après-midi ?

— Pas à ma connaissance, répondit l'infirmière, plutôt surprise.

— Vous êtes restée avec lui tout l'après-midi ?

— J'en avais l'intention, mais, en fait, le capitaine Gardner a absolument voulu que j'aille changer deux livres pour lui à la bibliothèque. Il avait oublié de demander à sa femme de le faire avant qu'elle ne sorte. Alors, pour lui rendre service, j'y suis allée et il m'a chargée en même temps de faire quelques petites courses — des cadeaux pour sa femme. Il a été très gentil et m'a encouragée à prendre le thé chez Boots à ses frais. Il m'a dit qu'une infirmière ne pouvait pas se passer de son thé. C'est une de ses plaisanteries, vous savez. Il était plus de 4 heures quand je suis sortie et, avec la foule qu'il y a dans les magasins juste avant Noël et tout le reste, je ne suis rentrée qu'après 6 heures. Le pauvre homme allait bien. En fait, il m'a dit qu'il avait dormi presque tout le temps.

— Mrs Gardner était déjà rentrée ?

— Oui. Je crois qu'elle se reposait sur son lit.

— Elle est très dévouée à son mari, n'est-ce pas ?

— Elle le vénère ! Je crois qu'elle ferait n'importe quoi pour lui. C'est très touchant, et bien différent de ce que j'ai pu voir ailleurs. Tenez, le mois dernier...

L'inspecteur écarta avec habileté le scandale du mois dernier qui le menaçait. Il regarda sa montre et poussa une exclamation.

— Seigneur Dieu ! Je vais rater mon train. La gare n'est pas très loin, n'est-ce pas ?

— St David est à trois minutes de marche, si c'est bien St David que vous voulez. Ou pensiez-vous à Queen Street ?

— J'y cours, dit l'inspecteur. Vous direz à Mrs Gardner que je suis désolé de ne pas avoir pu lui faire mes adieux. Ravi d'avoir eu cette petite conversation avec vous, madame.

Plutôt bel homme, se dit l'infirmière en fermant la

porte derrière lui. Vraiment très bel homme. Et si sympathique...

Avec un léger soupir, elle remonta auprès de son patient.

10

La famille Pearson

L'inspecteur Narracott alla ensuite faire son rapport au superintendant Maxwell.

Celui-ci écouta avec intérêt le récit de l'inspecteur.

— C'est une affaire importante, dit-il, songeur. Elle va faire les gros titres des journaux.

— Je suis de votre avis, monsieur.

— Il faudra être prudent. Ne pas commettre d'erreurs. Mais je pense que vous êtes sur la bonne voie. Il faut mettre la main au plus vite sur ce James Pearson pour savoir où il se trouvait hier après-midi. Comme vous dites, c'est un nom assez commun, mais il y a aussi le prénom. Le fait qu'il ait signé ouvertement le registre prouve à l'évidence qu'il n'y a pas eu préméditation. Il n'aurait pas été si stupide. Je vois ça comme un coup porté soudain au cours d'une dispute. Si c'est bien notre homme, il a dû apprendre la mort de son oncle la nuit dernière. Mais dans ce cas, pourquoi s'est-il éclipsé par le train de 6 heures du matin, sans un mot à personne ? Non, cela sent mauvais. A supposer qu'il ne s'agisse pas d'une coïncidence... Il faut tirer cela au clair le plus vite possible, inspecteur.

— C'est aussi ce que je pense, monsieur. Je vais rentrer en ville par le train de 2 heures moins le quart. Il va falloir que j'aie un entretien avec cette Mrs Willett, celle qui a loué la maison du capitaine. Il y a quelque chose de louche dans cette histoire. Mais je ne peux pas aller à Sittaford pour l'instant, la route est impraticable. De toute façon, elle ne peut pas avoir un rapport direct avec le crime. Elle et sa fille étaient en train de... ma foi, de faire tourner une table à l'heure où il a été commis. A ce propos, il s'est passé quelque chose de bizarre...

L'inspecteur lui rapporta l'histoire que lui avait racontée le major Burnaby.

— Ça ne tient pas debout ! s'exclama le superintendant. Vous croyez que ce vieux bonhomme vous a dit la vérité ? C'est le genre d'histoire que les gens qui croient aux revenants et aux trucs de ce genre fabriquent après coup.

— Je pense quand même que c'est vrai, dit Narracott avec un sourire. J'ai eu beaucoup de mal à lui sortir cette histoire. Il ne croit pas aux revenants, au contraire. C'est le vieux militaire qui traite tout ça de satanées bêtises.

Le superintendant hocha la tête.

— En effet, c'est étrange, mais cela ne nous mène nulle part, dit-il pour conclure.

— Bon, je vais prendre le train de 2 heures moins le quart pour Londres.

En arrivant à destination, Narracott se rendit directement au 21, Cromwell Street. On lui apprit que Mr Pearson se trouvait à son bureau et qu'il serait de retour vers 7 heures.

Narracott hocha distraitement la tête, comme si cette information était sans valeur pour lui.

— Je repasserai si je peux, c'est sans importance, dit-il en partant aussitôt, sans laisser son nom.

Il décida, non pas d'aller à la compagnie d'assurances où travaillait Pearson, mais à Wimbledon afin d'avoir un entretien avec Mrs Martin Dering, ex-Sylvia Pearson. « Le Refuge » n'était pas une maison délabrée. « Une construction neuve et bon marché », se dit l'inspecteur.

Mrs Dering était chez elle. Une domestique à l'air mutin et tout de mauve vêtue l'introduisit dans un salon surencombré. Il lui remit sa carte pour qu'elle l'apporte à sa maîtresse.

Mrs Dering arriva aussitôt, sa carte à la main.

— Vous venez sans doute à propos de ce pauvre oncle Joe, dit-elle en guise de salutation. C'est affreux, vraiment affreux ! J'ai si peur des cambrioleurs moi-même ! La semaine dernière, j'ai fait poser deux verrous supplémentaires à la porte de derrière, ainsi que des loquets de sûreté aux fenêtres.

L'inspecteur savait par Mrs Gardner que Sylvia Dering n'avait que vingt-cinq ans, mais elle en paraissait beaucoup plus de trente. Petite, blonde, l'air anémique, elle semblait inquiète et épuisée. Sa voix avait ce léger ton plaintif qui est bien l'intonation la plus exaspérante que puisse prendre la voix humaine. Sans laisser à l'inspecteur le temps de placer un mot, elle poursuivit :

— Si je peux faire quelque chose pour vous aider, bien sûr, j'en serai ravie, mais je voyais très rarement mon oncle Joseph. Il n'était pas très gentil, et il ne l'avait jamais été. Ce n'était pas quelqu'un à qui on pouvait s'adresser en cas de besoin, toujours à trouver à redire et à critiquer. Le genre d'homme qui ne comprenait rien à la littérature. Le succès, le vrai succès, ne se mesure pas toujours en termes d'argent, inspecteur.

Elle se tut enfin et l'inspecteur, à qui ces remarques venaient d'ouvrir certains champs de conjecture, prit la parole à son tour.

— Vous avez été mise très vite au courant de la tragédie, Mrs Dering ?

— Tante Jennifer m'a envoyé un télégramme.

— Je vois.

— Je suppose qu'on en parlera dans les journaux du soir ? C'est horrible, n'est-ce pas ?

— Vous n'avez pas vu votre oncle ces dernières années, je crois ?

— Depuis mon mariage, je ne l'ai vu que deux fois. La deuxième, il a été très grossier avec Martin. Bien sûr, c'était un philistin fini, dans tous les sens du terme — un fervent de sport. Aucun goût, comme je vous le disais, pour la littérature.

« Son mari a dû lui demander un prêt et il le lui a refusé », commenta Narracott en son for intérieur.

— Pour la forme, Mrs Dering, pouvez-vous me

faire le compte rendu de vos faits et gestes hier après-midi ?

— Mes faits et gestes ? En voilà une drôle de manière de dire ça, inspecteur. J'ai joué au bridge presque tout l'après-midi et une amie est venue passer la soirée avec moi, parce que mon mari était absent.

— Absent ? En voyage ?

— Une soirée littéraire, expliqua Mrs Dering d'un air important. Il a déjeuné avec un éditeur américain, et il avait ce dîner le soir.

— Je vois.

La réponse paraissait claire et honnête.

— Votre jeune frère vit en Australie, je crois, Mrs Dering ?

— Oui.

— Vous avez son adresse ?

— Oh, je peux vous la trouver, si vous le désirez. C'est un nom bizarre... Il m'échappe pour l'instant. Quelque part en Nouvelle-Galles du Sud.

— Et votre frère aîné ?

— Jim ?

— Oui. J'aimerais le rencontrer.

Mrs Dering s'empressa de lui fournir son adresse, la même que celle que lui avait indiquée Mrs Gardner. Puis, estimant que tout avait été dit des deux côtés, l'inspecteur coupa court à l'entretien.

Regardant sa montre, il calcula que le temps de rentrer en ville, il serait 7 heures, le moment espérait-il, de trouver James Pearson chez lui.

La porte du numéro 21, Cromwell Street, lui fut ouverte par la même femme d'âge mûr et d'allure hautaine. Oui, Mr Pearson était à la maison, maintenant. Il se trouvait au deuxième étage, si monsieur voulait bien se donner la peine de monter.

Elle le précéda, frappa à une porte et murmura sur un ton d'excuse :

— C'est le gentleman qui voulait vous voir, monsieur.

Puis elle s'effaça pour laisser entrer l'inspecteur. Un jeune homme en tenue de soirée était debout, au milieu de la pièce. Il avait belle allure, il était même beau si l'on faisait abstraction de sa bouche un peu molle et de son regard oblique et hésitant. Il avait l'air inquiet, défait et paraissait ne pas avoir dormi depuis longtemps.

Il lança un regard interrogateur à l'inspecteur.

— Je suis l'inspecteur Narracott, commença celui-ci, mais il n'alla pas plus loin.

Avec un cri rauque, le jeune homme se laissa tomber sur une chaise, jeta ses bras devant lui, sur la table, y enfouit sa tête et marmonna :

— Oh ! mon Dieu, ça y est...

Au bout de quelques minutes, il releva la tête et dit :

— Eh bien, qu'est-ce que vous attendez ?

L'inspecteur Narracott se composa son visage de bois le plus borné.

— J'enquête sur la mort de votre oncle, le capitaine Joseph Trevelyan. Puis-je vous demander si vous avez quelque chose à déclarer à ce sujet ?

Le jeune homme se remit lentement sur ses pieds et demanda d'une voix basse et contrainte :

— Vous allez... m'arrêter ?

— Non, monsieur... Si j'avais voulu vous arrêter, je vous aurais informé de vos droits. Je vous demande simplement de me faire le compte rendu de vos faits et gestes, hier après-midi. Vous pouvez me répondre ou non, comme vous le jugerez bon.

— Mais si je n'y réponds pas, cela pourra se retourner contre moi. Oh ! oui, je sais comment vous êtes. Alors, vous avez découvert que j'étais là-bas hier ?

— Vous vous êtes inscrit sur le registre de l'hôtel, Mr Pearson.

— Oh ! J'imagine qu'il ne me servirait à rien de le nier. J'étais là-bas. Pourquoi pas ?

— En effet. Mais pourquoi ? demanda doucement l'inspecteur.

— Je suis allé voir mon oncle.

— Sur rendez-vous ?

— Comment ça, sur rendez-vous ?

— Votre oncle savait que vous veniez ?

— Je... non... il ne le savait pas. Ce... ce fut une impulsion soudaine.

— Pour une raison particulière ?

— Je... pour une raison ? Non... non, quelle raison ? Je... je voulais juste voir mon oncle.

— Très bien monsieur. Et vous l'avez vu ?

Il y eut un silence, un très long silence. Tous les traits du visage de ce jeune homme exprimaient l'indécision. L'inspecteur Narracott, qui l'observait, se sentit pris d'une espèce de pitié pour lui. Ne voyait-il pas, le pauvre garçon, que cette indécision presque tangible équivalait à un aveu ? Enfin, James Pearson poussa un profond soupir.

— Je... je crois que je ferais aussi bien de me soulager de ce poids. Oui... je l'ai vu. J'ai demandé à la gare comment je pouvais me rendre à Sittaford. On m'a répondu que c'était hors de question. Les routes étaient impraticables pour n'importe quel véhicule. Alors j'ai dit que c'était urgent.

— Urgent ? murmura l'inspecteur.

— Je... Je tenais absolument à voir mon oncle.

— C'est ce qu'on dirait, monsieur.

— Le portier a continué à secouer la tête et à m'affirmer que c'était impossible. J'ai donné le nom de mon oncle, et aussitôt son visage s'est éclairé. Il m'a appris que mon oncle se trouvait en fait à Exhampton, et il m'a indiqué comment me rendre chez lui.

— Quelle heure était-il, monsieur ?

— Environ 1 heure, je pense. Je suis allé à l'auberge des *Trois Couronnes*, réserver une chambre et déjeuner. Après quoi je... je me suis rendu chez mon oncle.

— Tout de suite après ?

— Non, pas tout de suite.

— A quelle heure ?

— Ma foi... Je ne sais pas au juste.

— 3 heures et demie ? 4 heures ? 4 heures et demie ?

— Je... je ne crois pas qu'il était si tard que ça, dit-il, balbutiant de plus belle.

— La patronne de l'auberge, Mrs Belling, m'a dit que vous êtes sorti à 4 heures et demie.

— Vraiment ? Je... Je pense qu'elle se trompe. Il ne pouvait pas être si tard.

— Que s'est-il passé ensuite ?

— J'ai trouvé la maison, j'ai bavardé un peu avec mon oncle et je suis rentré à l'auberge.

— Comment êtes-vous entré dans la maison de votre oncle ?

— J'ai sonné et il a ouvert lui-même la porte.

— Il n'a pas été surpris de vous voir ?

— Si... oui, il a été plutôt surpris.

— Combien de temps êtes-vous resté avec lui, Mr Pearson ?

— Un quart d'heure, vingt minutes. Mais, écoutez, il allait très bien quand je l'ai quitté. Parfaitement bien. Je le jure !

— A quelle heure l'avez-vous quitté ?

Le jeune homme baissa les yeux. De nouveau, l'hésitation fut palpable dans sa voix :

— Je ne sais pas exactement.

— Je pense que vous le savez, Mr Pearson.

La fermeté de son ton produisit son effet. Le jeune homme répondit à voix basse :

— Il était 5 heures et quart.

— Vous êtes rentré aux *Trois Couronnes* à 6 heures moins le quart. Il ne faut pas plus de sept ou huit minutes pour aller de la maison de votre oncle jusque-là.

— Je ne suis pas rentré directement. Je me suis un peu promené en ville.

— Par ce temps glacial ! Sous la neige ?

— Il ne neigeait pas à ce moment-là. Il a neigé plus tard.

— Je vois. Et de quoi avez-vous parlé avec votre oncle ?

— Oh, de tout et de rien ! Je... je voulais juste parler au vieux, voir comment il allait, ce genre de choses, vous voyez.

« Quel piètre menteur il fait, se dit l'inspecteur. Je m'en tirerais mieux que lui ! »

A haute voix, il reprit :

— Très bien, monsieur. Maintenant puis-je vous demander pourquoi, quand vous avez entendu parler du meurtre, vous avez quitté Exhampton en dissimulant votre lien de parenté avec la victime ?

— J'étais terrifié, répondit franchement Pearson. J'avais entendu dire qu'il avait été tué à peu près à l'heure à laquelle je l'avais quitté. Nom d'un petit bonhomme, ça suffirait pour faire peur à n'importe qui, non ? Je me suis affolé et j'ai sauté dans le premier train. Oh ! Je me rends compte que je me suis conduit comme un imbécile. Mais vous savez ce que c'est quand on est pris de panique. Et qui n'aurait pas été pris de panique dans ces conditions ?

— Et c'est tout ce que vous avez à me dire ?

— Euh... oui, bien sûr.

— Dans ce cas, si vous n'y voyez pas d'objection, je vous demanderai de m'accompagner afin de mettre votre déposition par écrit, après quoi on vous la lira et vous la signerez.

— C'est... C'est tout ?

— Il est possible, Mr Pearson, que nous soyons obligés de vous garder jusqu'à la fin de l'enquête.

— Oh, mon Dieu ! s'exclama Jim Pearson. Personne ne peut m'aider ?

La porte s'ouvrit à ce moment-là et une jeune femme entra.

L'œil exercé de l'inspecteur Narracott remarqua aussitôt qu'il s'agissait de quelqu'un d'exceptionnel. Elle n'était pas d'une beauté saisissante, mais elle avait un visage frappant, peu commun, un visage qu'on ne pouvait plus oublier quand on l'avait vu une fois. Elle donnait une impression de bon sens, de savoir-faire, de volonté inébranlable. Elle était fascinante.

— Jim ! s'écria-t-elle. Que se passe-t-il ?

— Je suis fichu, Emily, dit le jeune homme. Il croit que j'ai tué mon oncle.

— Qui croit cela ? demanda Emily.

Le jeune homme désigna son visiteur du geste.

— L'inspecteur Narracott. Mademoiselle Emily Trefusis, ajouta-t-il, faisant une morne tentative de présentation.

— Oh ! dit Emily Trefusis.

Elle examina l'inspecteur Narracott d'un regard pénétrant.

— Jim est un idiot fini. Mais il n'assassine pas les gens.

Narracott ne répondit pas. Emily se tourna vers James Pearson.

— J'imagine que tu as dit les choses les plus imprudentes. Si tu lisais plus souvent les journaux, tu saurais qu'il ne faut jamais parler à un policier sans avoir un avocat assis à côté de soi qui élève une objection à chaque mot. Que se passe-t-il ? Vous allez l'arrêter, inspecteur Narracott ?

L'inspecteur leur expliqua clairement sur quoi se fondait sa démarche.

— Emily s'écria le jeune homme. Tu ne crois pas que j'aie fait ça ? Tu ne le croiras jamais, n'est-ce pas ?

— Non, mon chéri, répondit doucement Emily. Bien sûr que non. Tu n'en aurais jamais eu le cran, ajouta-t-elle d'un ton méditatif.

— J'ai l'impression de ne pas avoir un seul ami au monde, gémit-il.

— Mais si, dit Emily. Je suis là ! Courage Jim, regarde le diamant qui clignote au deuxième doigt de ma main gauche. La fiancée fidèle se dresse devant toi. Pars avec l'inspecteur et laisse-moi faire.

Jim Pearson se leva, l'air toujours hébété. Son pardessus était posé sur une chaise. Il l'endossa. L'inspecteur lui tendit son chapeau qui traînait sur un bureau. Ils se dirigèrent vers la porte et l'inspecteur dit poliment :

— Bonsoir, miss Trefusis.

— *Au revoir*, inspecteur, répondit gentiment Emily.

S'il avait mieux connu miss Emily Trefusis, il aurait compris ce qu'il y avait dans ces trois mots : un défi.

11

EMILY SE MET À L'ŒUVRE

L'enquête du coroner s'ouvrit le lundi matin. Mais cet événement sensationnel tourna court : l'affaire fut aussitôt ajournée d'une semaine, à la grande déception de nombreuses personnes. Entre le samedi et le lundi, Exhampton était devenu célèbre. Quand on avait appris l'arrestation en rapport avec le meurtre du neveu de la victime, cette affaire était passée de l'entrefilet en dernière page à la une de tous les journaux. Le lundi, les journalistes étaient arrivés en masse à Exhampton, et Charles Enderby ne put que se féliciter une fois de plus de la situation privilégiée que lui avaient value les hasards d'un concours sur le football.

Il avait bien l'intention de coller au major Burnaby comme une sangsue et, sous prétexte de photographier sa maison, d'obtenir des informations exclusives sur les habitants de Sittaford et leurs rapports avec la victime.

A l'heure du déjeuner, Mr Enderby remarqua qu'une très séduisante jeune fille occupait une petite table, près de la porte. Il se demanda ce qu'elle pouvait bien faire à Exhampton. Habillée avec une provocante sobriété, elle n'avait pas l'air d'être une parente du défunt, et encore moins d'une personne curieuse et désœuvrée.

« Va-t-elle rester là longtemps ? se demanda Mr Enderby. Dommage que je sois obligé d'aller à Sittaford, cet après-midi. C'est bien ma veine ! Enfin ! On ne peut pas gagner sur les deux tableaux, j'imagine. »

Mais peu après le repas, Mr Enderby eut une agréable surprise. Alors que, debout sur le perron des *Trois Couronnes*, il regardait la neige qui fondait rapidement et jouissait des rayons léthargiques du soleil hivernal, il s'entendit interpeller par une très charmante voix.

— Excusez-moi, pourriez-vous me dire s'il y a quelque chose à voir à Exhampton ?

Enderby sauta sur l'occasion.

— Je crois qu'il y a un château, répondit-il. Rien d'extraordinaire, mais enfin... Peut-être me permettrez-vous de vous montrer le chemin ?

— Ce serait terriblement gentil de votre part — si vous n'avez pas autre chose à faire.

Charles Enderby écarta aussitôt l'idée qu'il pourrait avoir quelque chose à faire.

Ils se mirent en route.

— Vous êtes Mr Enderby, n'est-ce pas ? lui demanda la jeune fille.

— Oui, comment le savez-vous ?

— C'est Mrs Belling qui m'a renseignée.

— Ah, je vois.

— Mon nom est Emily Trefusis. Mr Enderby, j'ai besoin de votre aide.

— De mon aide ? Certainement, mais...

— Voyez-vous, je suis la fiancée de James Pearson.

— Ah ! fit Mr Enderby, entrevoyant déjà là des développements journalistiques.

— La police va l'arrêter. Je le sais. Mr Enderby, je *sais* que Jim n'a pas fait ça. Je suis venue ici pour le prouver. Mais quelqu'un doit m'aider. On ne peut rien faire sans un homme. Les hommes savent beaucoup de choses et ils ont toutes sortes de moyens d'obtenir des informations qui sont refusés aux femmes.

— Eh bien... je... oui, c'est sans doute vrai, dit Mr Enderby avec satisfaction.

— J'observais tous ces journalistes, ce matin, continua Emily. Pour la plupart, ils ont des têtes d'imbéciles. Vous êtes le seul à m'avoir paru vraiment intelligent.

— Oh, je ne pense pas que ce soit vrai, déclara le jeune homme, de plus en plus satisfait.

— Je voudrais vous proposer une espèce d'association. Elle présenterait des avantages pour nous deux. Il y a certaines choses que je voudrais savoir et qui nécessitent une enquête. C'est là où, en votre qualité de journaliste, vous pouvez m'aider. Je voudrais...

Emily s'arrêta. Ce qu'elle voulait réellement c'était se servir d'Enderby comme d'un détective privé à son service. Qu'il aille où elle lui dirait d'aller, qu'il pose les questions qu'elle avait envie de poser, bref en faire son esclave. Mais elle était consciente de la nécessité de formuler ces propositions en termes à la fois plaisants et flatteurs. Il s'agissait d'obtenir qu'elle soit le patron, mais cela exigeait qu'on s'y prenne avec tact.

— Je voudrais, reprit-elle, sentir que je peux me reposer entièrement sur vous.

Elle avait une voix délicieuse, limpide et attirante. Sa dernière phrase éveilla dans le cœur de Mr Enderby le sentiment que cette jeune fille adorable et sans défense pourrait compter sur lui jusqu'à la mort.

— Ce doit être affreux, dit-il en lui prenant la main et en la lui serrant avec ferveur. Mais, vous savez, poursuivit-il par un réflexe de journaliste, je ne fais pas exactement ce que je veux. Je veux dire que je dois aller où mon journal m'envoie, et tout ça.

— Je sais, dit-elle, j'y avais songé et c'est ici que j'interviens. Je suis ce qu'on appelle un « scoop », non ? Vous pourrez m'interviewer tous les jours et me faire dire tout ce qui plaira à vos lecteurs. « *La fiancée de Jim Pearson. La jeune fille qui croit passionnément en son innocence ! Elle nous raconte l'enfance de l'inculpé.* » Je ne connais rien de son enfance, vous savez, mais ça n'a aucune importance.

— Vous êtes merveilleuse, dit Mr Enderby. Tout simplement merveilleuse.

— Sans compter, déclara Emily, poursuivant son avantage, que je suis en relations avec la famille de Jim. Je peux vous introduire auprès d'eux, alors que, sans cela, ils vous fermeraient selon toute vraisemblance la porte au nez.

— Je ne le sais que trop, dit Enderby en se rappelant les diverses rebuffades qu'il avait essuyées dans le passé.

De magnifiques perspectives s'ouvraient devant

lui. Depuis le début de cette affaire, il avait eu beaucoup de chance. D'abord le bienheureux hasard du concours de football, et maintenant ça.

— Marché conclu ! dit-t-il avec ferveur.

— Bien ! dit Emily d'un ton vif, très femme d'affaires soudain. Par quoi allons-nous commencer ?

— Je dois aller à Sittaford, cet après-midi.

Il lui raconta l'heureuse circonstance qui lui avait permis de se trouver dans une position si avantageuse vis-à-vis du major Burnaby.

— Parce qu'imaginez-vous que c'est un vieux fossile qui hait les journalistes. Mais on ne peut quand même pas envoyer promener le type qui vient de vous donner 5 000 livres, non ?

— En effet, c'est difficile. Eh bien, si vous allez à Sittaford, je viens avec vous.

— Epatant ! dit Enderby. Toutefois je ne sais pas s'il y a un endroit où loger, là-bas. Pour autant que je sache, il n'y a que Sittaford House et quelques vieilles maisons appartenant à des gens comme Burnaby.

— Nous trouverons quelque chose, dit Emily. Je trouve toujours quelque chose.

Mr Enderby la crut sans peine. Emily Trefusis était le genre de personne qui triomphe de tous les obstacles.

Arrivés au château en ruine, ils s'assirent sur un pan de mur sans lui prêter la moindre attention et, sous un hypothétique soleil, Emily continua à lui exposer ses idées.

— J'envisage cette affaire d'un point de vue pratique, Mr Enderby, sans aucune espèce de sentimentalité. Pour commencer, vous devez me croire quand je vous dis que Jim n'a pas commis ce meurtre. Et si je le dis, ce n'est pas parce que je l'aime, que j'ai confiance dans son merveilleux naturel ou quoi que ce soit de ce genre. C'est simplement parce que... eh bien, je le sais. Voyez-vous, je vis seule depuis l'âge de seize ans. Je n'ai jamais eu beaucoup de rapports avec les femmes, mais j'ai une certaine expérience des hommes. Une fille qui n'est pas capable de juger proprement un homme, de comprendre à qui elle a affaire ne fera jamais son chemin. J'ai été engagée comme mannequin chez *Lucie*, et je peux vous assurer, Mr Enderby, que c'est une prouesse. Comme je vous l'ai dit, je comprends assez bien les hommes. Jim est un faible à bien des égards. Je ne suis pas sûre que ce ne soit pas ce qui me plaît en lui, poursuivit-elle, oubliant un instant son rôle d'admiratrice de l'homme qui peut tout. J'ai l'impression que je peux le guider, en faire quelqu'un. Si on l'y poussait, je le crois capable de pas mal de choses, même d'actes plus ou moins criminels, mais pas d'un meurtre. Il ne pourrait tout simplement pas attraper un sac de sable et en frapper un vieillard sur la nuque. Il raterait son coup et frapperait là où il ne faut pas. C'est un... c'est un gentil garçon, Mr Enderby. Il répugne même à tuer une guêpe. Il essaye toujours de la faire sortir par la fenêtre sans lui faire de mal, et en général il se fait piquer. Mais tout ce que je dis là est inutile. Vous devez me croire sur parole et vous mettre en tête pour commencer que Jim est innocent.

— Pensez-vous que quelqu'un essaye délibérément de lui faire endosser le crime ? demanda Enderby, en bon professionnel du journalisme.

— Je ne pense pas. Personne ne savait que Jim était venu voir son oncle. Bien sûr, on ne peut jurer de rien, mais je verrais cela plutôt comme une coïncidence et une malchance. Ce que nous devons trouver, c'est qui d'autre avait un mobile pour tuer le capitaine Trevelyan. La police est tout à fait certaine qu'il ne s'agit pas d'un crime commis par un étranger ; je veux dire, il ne s'agit pas d'un cambrioleur. La fenêtre fracturée n'est qu'une mise en scène.

— C'est la police qui vous a raconté tout ça ?

— Pratiquement, dit Emily.

— Qu'entendez-vous par « pratiquement » ?

— C'est la femme de chambre qui me l'a dit et comme sa sœur est mariée avec le brigadier Graves, elle sait tout ce que pense la police.

— Très bien, dit Mr Enderby, le meurtre n'a pas

été commis par un étranger. Il a été commis par un familier.

— Exactement, répondit Emily. La police — autrement dit l'inspecteur Narracott qui, soit dit en passant, me donne l'impression d'être un homme très sensé — s'est mise à chercher à qui profite la mort du capitaine, et avec Jim qu'on voit pointer à cent kilomètres, il n'ira pas beaucoup plus loin. Donc, à nous de faire le travail.

— Quel scoop, si nous découvrions le véritable assassin ! s'exclama Charles Enderby. « Le spécialiste en criminologie » du *Daily Wire* comme on m'appellerait... Mais c'est trop beau pour être vrai. Cela n'arrive que dans les livres.

— Idiot ! dit Emily. Cela arrive aussi avec moi.

— Vous êtes tout bonnement merveilleuse, répéta Enderby.

Emily sortit un petit carnet.

— Procédons avec méthode, dit-elle. Jim, son frère, sa sœur et sa tante Jennifer profitent également de la mort du capitaine Trevelyan. Bien sûr, Sylvia — c'est sa sœur — ne ferait pas de mal à une mouche, mais je n'en dirai pas autant de son mari qui est ce que j'appelle une sale brute. Le genre d'artiste, vous voyez, avec plein d'histoires de femmes et tout ça. Très probablement en situation financière difficile. C'est Sylvia qui toucherait l'argent mais cela ne le dérangerait pas. Il aurait vite fait de le lui soutirer.

— Un triste individu, on dirait, remarqua Mr Enderby.

— Oh oui ! Plutôt beau à sa manière pleine de suffisance. Les femmes parlent sexe avec lui dans les coins. Les hommes le détestent.

— Bon, ce sera notre suspect numéro un, déclara Mr Enderby en prenant lui aussi des notes. Vérifier son emploi du temps vendredi. Ce qui sera facile sous couvert d'une interview du célèbre écrivain en rapport avec le crime. Cela vous paraît convenir ?

— Epatant ! répliqua Emily. Ensuite, il y a Brian, le jeune frère de Jim. En principe il se trouve en

Australie, mais il pourrait très bien être rentré. Cela arrive que des gens rentrent sans prévenir.

— Nous pourrions lui envoyer un câble.

— C'est ce que nous allons faire, dit Emily. Je suppose que tante Jennifer est hors de cause. C'est une personne extraordinaire, d'après tout ce qu'on raconte. Elle a du caractère. Mais après tout, elle n'était pas très loin, elle se trouvait à Exeter. Elle *aurait pu* venir voir son frère, il *aurait pu* sortir une méchanceté sur son mari qu'elle adore, et elle *aurait pu* voir rouge, attraper le boudin de sable et lui en flanquer un coup.

— Vous y croyez ? demanda Enderby, dubitatif.

— Non, pas vraiment. Mais on ne sait jamais. Ensuite, bien sûr, il y a son ordonnance. Il n'hérite que de 100 livres et il a l'air honnête. Mais encore une fois, on ne sait jamais. Il est marié à la fille de Mrs Belling, la propriétaire des *Trois Couronnes*. Je crois que j'irai pleurer dans son giron, en rentrant. Elle m'a l'air plutôt maternelle et romantique. Elle sera certainement désolée pour moi qui ai mon fiancé en prison, et elle laissera peut-être échapper quelque chose d'utile. Enfin, il y a Sittaford House. Savez-vous ce qui me paraît bizarre ?

— Non, quoi donc ?

— Ces personnes, ces Willett. Celles qui ont loué meublée la maison du capitaine Trevelyan en plein hiver. C'est extrêmement étrange.

— Oui, c'est bizarre, reconnut Enderby. Cela cache peut-être quelque chose — quelque chose qui pourrait avoir un rapport avec le passé du capitaine Trevelyan. Cette séance de spiritisme est bizarre, elle aussi, ajouta-t-il. Je songe à en faire un article pour le journal. Je demanderai à sir Oliver Lodge, à sir Arthur Conan Doyle, et à quelques actrices ce qu'ils en pensent.

— Quelle séance de spiritisme ?

Enderby se fit un plaisir de la lui raconter. Il s'était débrouillé pour que rien de ce qui était en rapport avec le meurtre ne lui échappe.

— Etrange, non ? conclut-il. Cela vous fait réfléchir. Il y a peut-être du vrai, là-dedans. C'est la première fois que je me trouve confronté à une expérience de ce genre.

Emily eut un léger frisson.

— Je déteste le surnaturel, déclara-t-elle. Pour une fois, comme vous dites, il semble que cela recouvre quelque chose. Mais c'est... épouvantable !

— Ces séances ne servent jamais à rien, non ? Si ce bon vieux a réussi la traversée pour nous dire qu'il était mort, pourquoi ne pas nous dire du même coup qui l'avait tué ? Cela aurait été plus simple.

— J'ai l'impression que nous découvrirons une piste à Sittaford, dit Emily d'un air songeur.

— Oui, il faudra enquêter sérieusement là-bas. J'ai loué une voiture et j'ai l'intention de partir dans une demi-heure. Vous feriez aussi bien de venir avec moi.

— C'est ce que je vais faire... Et le major Burnaby ?

— Il a préféré y aller à pied. Il s'est mis en route aussitôt après l'enquête. A mon avis, il voulait se débarrasser de moi. Qui pourrait avoir envie de patauger jusque-là dans la gadoue ?

— Et la voiture, elle pourra y arriver ?

— Oh ! oui. Mais ce n'est en effet possible que depuis aujourd'hui.

— Eh bien, dit Emily en se levant, il est temps de retourner aux *Trois Couronnes*. Je vais faire ma valise et pleurer un petit coup sur l'épaule de Mrs Belling.

— Ne vous en faites pas, dit Enderby plutôt bêtement. Laissez-moi faire.

— C'est bien mon intention, répondit Emily en mentant effrontément. C'est merveilleux d'avoir quelqu'un sur qui on peut compter !

Emily Trefusis était décidément une jeune femme parfaite.

12

L'ARRESTATION

En arrivant aux *Trois Couronnes*, Emily eut la chance de tomber sur Mrs Belling, qui se trouvait dans le hall.

— Ah ! Mrs Belling, s'exclama-t-elle. Je pars cet après-midi.

— Bien, mademoiselle. Par le train de 4 h 10 pour Exeter ?

— Non, je vais à Sittaford.

— A Sittaford ?

Mrs Belling montrait tous les signes de la plus vive curiosité.

— Oui, et je voulais vous demander si vous connaissiez un endroit où je pourrais loger.

— Vous voulez y séjourner ?

— Oui, c'est-à-dire... Oh ! Mrs Belling... y a-t-il un endroit où je pourrais vous parler en particulier ?

Non sans empressement, Mrs Belling la conduisit dans son sanctuaire privé. Une petite pièce confortable où un grand feu flambait dans la cheminée.

— Vous ne le direz à personne, n'est-ce pas ? commença Emily, sachant très bien que cette ouverture provoquait immanquablement l'intérêt et la sympathie.

— Bien sûr que non ! répondit Mrs Belling, les yeux brillants de curiosité.

— Mr Pearson, voyez-vous... Vous savez...

— Le jeune homme qui est descendu ici vendredi ? Celui que la police a arrêté ?

— Arrêté ? Vous voulez dire qu'on l'a vraiment arrêté ?

— Oui, mademoiselle. Il y a à peine une demi-heure.

Emily avait pâli.

— Vous... Vous êtes sûre de ça ?

— Oh ! oui, mademoiselle. Notre Amy le tient du brigadier.

— Mais c'est affreux ! s'écria Emily.

Elle avait beau s'y attendre, la nouvelle n'en était pas plus réjouissante pour autant.

— Voyez-vous, Mrs Belling... je... C'est mon fiancé. Et il n'est pas coupable ! Oh ! Mon Dieu, c'est horrible !

Elle se mit à pleurer. Elle avait annoncé à Enderby son intention de le faire, mais elle fut consternée de voir comme les larmes lui venaient aisément. Il n'est pas facile de pleurer sur commande. Ses larmes avaient quelque chose de trop vrai qui l'effraya. Elle n'avait pas le droit de se laisser aller.

Cela ne serait d'aucun secours pour Jim. Il fallait être ferme, logique, clairvoyante, toutes qualités déterminantes dans ce jeu. Les pleurs n'avaient jamais aidé personne.

Quand même, cela faisait du bien de se laisser aller. Après tout, elle avait décidé de pleurer. Et ses larmes devaient sans conteste lui attirer la sympathie de Mrs Belling. Alors, pendant qu'elle y était pourquoi ne pas pleurer un bon coup ? Faire une véritable orgie de larmes et chasser avec elles ses soucis, ses doutes, toutes ses terreurs inconscientes ?

— Allons, allons, mon petit. Ne vous en faites pas comme ça ! dit Mrs Belling en la prenant maternellement par les épaules et en lui donnant de petites tapes pour la consoler. Depuis le début je dis que ce ne peut pas être lui. Un jeune homme si gentil et si correct. J'ai toujours dit que la police n'était qu'une bande de rigolos. Un vagabond, c'est beaucoup plus probable. Allez, ne vous tracassez pas ma petite, tout ira bien, vous verrez.

— Je l'aime tellement ! gémissait Emily.

Cher, cher Jim, si gentil, enfantin, sans défense, si peu réaliste. On pouvait absolument compter sur lui pour faire exactement ce qu'il ne fallait pas quand il ne fallait pas. Quelles étaient ses chances face à un homme aussi solide et déterminé que l'inspecteur Narracott ?

— Il faut le sauver, gémit-elle.

— Bien sûr, bien sûr, nous le sauverons, dit Mrs Belling.

Emily se tamponna vigoureusement les yeux, renifla encore un coup, ravala ses larmes, leva la tête et demanda farouche :

— Où puis-je loger à Sittaford ?

— A Sittaford ? Vous êtes toujours décidée à y aller, mon petit ?

— Oui, répondit Emily en hochant vigoureusement la tête.

— Eh bien, voyons, dit Mrs Belling en réfléchissant. Je ne vois qu'un endroit pour vous. Il n'y a pas grand-chose à Sittaford. Il y a la grande maison, Sittaford House, celle que le capitaine Trevelyan a construite et qui est louée maintenant à une dame d'Afrique du Sud. Et puis il y a les six cottages, qu'il a fait bâtir ; le numéro cinq est habité par Curtis, l'ancien jardinier de Sittaford House, et Mrs Curtis. Elle loue des chambres en été, avec la permission du capitaine. En fait, vous ne pouvez aller nulle part ailleurs. Il y a bien une forge et un bureau de poste, mais Mary Hibbert a six enfants et sa belle-sœur vit avec eux, et la femme du forgeron attend son huitième, alors faut pas compter sur le plus petit coin. Mais comment allez-vous monter à Sittaford, mademoiselle ? Vous avez loué une voiture ?

— Je voyagerai dans celle de Mr Enderby.

— Ah bon, et lui, où va-t-il loger ?

— Il faudra qu'il s'installe aussi chez Mrs Curtis. Aura-t-elle deux chambres pour nous ?

— Ça ne me paraît pas très convenable, pour une jeune fille comme vous, déclara Mrs Belling.

— Il est mon cousin !

Il ne fallait à aucun prix que, par souci des convenances, Mrs Belling ait l'esprit prévenu contre elle. Celle-ci se dérida aussitôt.

— Dans ce cas, je pense que cela ira, admit-elle à contrecœur. Et si vous n'êtes pas bien chez Mrs Curtis il y a toutes les chances pour qu'ils vous installent dans la grande maison.

— Je suis désolée de m'être comportée comme une idiote, dit Emily en s'essuyant encore une fois les yeux.

— C'est tout naturel, mon petit. Après ça, on se sent mieux.

— Oui, répondit Emily en toute sincérité. Je me sens mieux maintenant.

— Rien ne vaut une bonne crise de larmes et une tasse de thé, et la tasse de thé vous allez l'avoir tout de suite, mon petit, avant d'aller vous geler sur la route.

— Oh ! merci, mais je ne veux pas...

— Que vous le vouliez ou non, vous allez l'avoir, dit Mrs Belling en se dirigeant d'un pas décidé vers la porte. Et vous direz de ma part à Amelia Curtis qu'elle doit prendre soin de vous et veiller à ce que vous mangiez convenablement.

— Vous êtes trop gentille, dit Emily.

— De plus, je vais garder les yeux et les oreilles ouverts, continua-t-elle, prenant avec délices un rôle dans l'histoire. J'entends plein de petites choses qui n'arrivent jamais jusqu'à la police. Et je vous ferai passer tout ce que j'apprendrai, mademoiselle.

— Vous le ferez vraiment ?

— Pardi ! Ne vous tracassez pas, mon petit, nous allons sortir votre jeune homme de là en un rien de temps.

— Il faut que j'aille faire ma valise, dit Emily en se levant.

— Je vous ferai porter votre thé.

Emily monta, rangea ses quelques affaires dans sa valise, se baigna les yeux à l'eau froide et se poudra généreusement.

— Tu en as une tête ! dit-elle en s'apostrophant dans la glace. (Elle rajouta un peu de poudre et une touche de rouge.) C'est drôle comme je me sens mieux. Cela valait la peine, même si j'ai l'air un peu bouffi.

Elle sonna. La femme de chambre, la sympathique belle-sœur du brigadier Graves, ne tarda pas à arriver. Emily lui tendit un billet d'une livre et lui demanda sérieusement de lui communiquer tout renseignement qui lui parviendrait des milieux de la police. La jeune femme le lui promit avec empressement.

— Chez Mrs Curtis à Sittaford ? Entendu, mademoiselle. Je ferai tout mon possible. On est tous avec vous, mademoiselle, plus que vous pensez. Je me dis tout le temps : « Et si c'était toi et Fred ? », voilà ce que je me dis. Cela me rendrait folle, ça oui. Dès que j'entendrai la plus petite chose, je vous la communiquerai.

— Vous êtes un ange.

— C'est juste comme dans le bouquin que j'ai acheté l'autre jour, *Le Meurtre de Syringa* ça s'appelait. Et vous savez ce qui leur a permis de trouver le vrai meurtrier, mademoiselle ? Un vulgaire petit bout de cire. Il est beau votre homme, mademoiselle, non ? Pas du tout pareil à sa photo dans le journal. Soyez tranquille, je ferai tout ce que je peux, mademoiselle, pour vous et pour lui.

Devenue ainsi un pôle d'attraction romantique, Emily quitta les *Trois Couronnes*, non sans avoir dûment avalé la tasse de thé prescrite par Mrs Belling.

— Au fait, lança-t-elle à Enderby, tandis que la vieille Ford s'ébranlait, vous êtes mon cousin, sachez-le.

— Pourquoi ça ?

— Ils ont l'esprit si pur dans ce pays... J'ai pensé que cela ferait mieux.

— Epatant. Dans ce cas, dit Enderby, sautant sur l'occasion, il vaut mieux que je vous appelle Emily.

— Parfait, mon cousin. Quel est votre prénom ?

— Charles.

— Entendu, Charles.

La voiture s'engagea sur la route menant à Sittaford.

13

SITTAFORD

A première vue, Emily trouva Sittaford assez fascinant. La voiture avait quitté la grand-route à trois kilomètres environ d'Exhampton, pour s'engager sur une route de campagne tortueuse, jusqu'au village, situé juste en bordure de la lande. Celui-ci se composait d'une forge et d'une poste faisant également office de marchand de bonbons. De là, ils suivirent un petit chemin qui les mena à une rangée de maisons de granit, de construction récente. Le chauffeur s'arrêta devant la deuxième et annonça qu'il s'agissait de celle de Mrs Curtis.

C'était une petite femme frêle, aux cheveux gris, dotée d'un tempérament énergique et acariâtre. Elle semblait encore sous le choc de la nouvelle du meurtre, qui n'était parvenue à Sittaford que dans la matinée.

— Bien sûr que je peux vous loger, mademoiselle, et votre cousin aussi, s'il peut attendre un instant que je débarrasse quelques affaires. J'espère que ça vous dérangera pas de prendre vos repas avec nous ? Eh bien, qui aurait pu penser ça ! Le capitaine Trevelyan assassiné, une enquête, et tout le reste ! On était coupés du monde depuis vendredi et ce matin, quand j'ai appris la nouvelle, vous auriez pu me faire tomber en me soufflant dessus. « Le capitaine est mort, j'ai dit à mon Curtis, ça prouve bien la méchanceté du monde, aujourd'hui. » Mais je vous tiens là à bavarder, mademoiselle. Entrez donc, et le gentleman aussi. La bouilloire est sur le feu, et vous allez avoir une tasse de thé immédiatement, vous devez être frigorifiés après ce trajet quoique, évidemment, il fasse plus chaud aujourd'hui. On a eu jusqu'à 2 mètres cinquante de neige, ici !

Noyés sous ce flot de paroles, Emily et Charles entrèrent dans leur nouveau domicile. Emily avait une petite chambre carrée, d'une propreté méticuleuse, avec vue sur la colline de Sittaford. Celle de Charles était une minuscule enclave donnant sur le devant de la maison et sur le chemin, et qui contenait un lit et une microscopique table de toilette avec des tiroirs.

« Le principal, c'est d'être ici, se dit-il après avoir réglé et remercié le chauffeur qui venait de lui monter sa valise. Si d'ici un quart d'heure nous ne savons pas tout ce qu'il y a à savoir sur tous les habitants de Sittaford, je veux bien être pendu ! »

Dix minutes plus tard, installés dans la confortable cuisine, ils faisaient connaissance de Mr Curtis, un vieil homme aux cheveux gris et à l'air renfrogné, et on les régalait d'un thé bien fort, de tartines beurrées, de crème et d'œufs durs. Tout en buvant et en mangeant, ils écoutaient. Au bout d'une demi-heure, ils savaient tout ce qu'il y avait à savoir sur les membres de cette petite communauté.

Il y avait d'abord miss Percehouse qui vivait au numéro 4, une vieille fille d'âge et de tempérament incertains, arrivée ici pour mourir, d'après Mr Curtis, six ans auparavant.

— Vous me croirez si vous voulez, mademoiselle, mais l'air de Sittaford est si pur qu'elle s'est remise aussitôt. Un air merveilleusement pur pour les poumons. Elle a un neveu qui vient parfois la voir, et d'ailleurs il est là en ce moment. Pour veiller à ce que l'argent ne sorte pas de la famille, voilà pourquoi. Pour un jeune homme, c'est triste ici à cette époque de l'année. Enfin, il n'y a pas qu'une façon de s'amuser, et sa venue a été une providence pour la jeune fille de Sittaford House. Pauvre petite, quelle idée de l'emmener dans cette grande baraque, en plein hiver ! Certaines mères sont si égoïstes ! Et très jolie aussi, cette jeune fille. Mr Ronald Garfield monte là-bas aussi souvent qu'il peut sans négliger miss Percehouse.

Charles Enderby et Emily échangèrent un regard. Charles se rappelait que Ronald Garfield avait été cité comme faisant partie des présents à la séance de spiritisme.

— Le numéro six, de mon côté, continua

Mrs Curtis, vient juste d'être loué. A un gentleman du nom de Duke. Si on peut dire que c'est un gentleman. Bien sûr, il peut l'être comme il peut ne pas l'être. Il n'y a pas à dire, les gens ne sont plus aussi pointilleux qu'avant. Il a été accepté ici de grand cœur. Un gentleman du genre timide — à le voir il a l'air d'un gentleman militaire mais d'une certaine façon il n'en a pas les manières. Pas comme le major Burnaby, avec lui vous reconnaissez le gentleman militaire la première fois que vous jetez les yeux sur lui.

» Au numéro trois, il y a Mr Rycroft, un vieux gentleman. On dit qu'il a chassé les oiseaux dans les pays exotiques pour le British Museum. On appelle ça un naturaliste. Il est toujours dehors à vagabonder dans la lande quand le temps le permet. Et il a une très belle bibliothèque. Sa maison, c'est presque rien que des livres.

» Le numéro deux, c'est un gentleman invalide, le capitaine Wyatt et son domestique indien. Le pauvre garçon, il souffre du froid, c'est sûr. Je veux dire le domestique pas le capitaine. Pas étonnant quand on vient d'un pays exotique. La chaleur qu'il fait dans la maison, c'est effrayant. C'est comme entrer dans un four.

» Au numéro un, c'est la maison du major Burnaby. Il vit seul et je vais faire son ménage tous les matins. C'est un gentleman très soigné et très pointilleux. Lui et le capitaine Trevelyan, ils s'entendaient comme larrons en foire. Des amis de toujours. Et ils avaient tous les deux le même genre de têtes d'animaux exotiques accrochées au mur.

» Quant à Mrs Willett et miss Willett, c'est ce que personne ne comprend. Elles ont plein d'argent ; c'est Amos Parker qui s'occupe de leurs affaires à Exhampton, et il m'a dit qu'elles dépensaient plus de huit ou neuf livres par semaine. Vous ne pouvez pas vous imaginer ce qu'il entre comme œufs dans cette maison ! Elles ont emmené leurs domestiques d'Exeter, mais ça ne leur plaît pas, elles veulent s'en aller et je les comprends. Mrs Willett les fait conduire à Exeter deux fois par semaine, dans sa voiture, alors, avec ça et les conditions qui sont si bonnes, elles ont accepté de rester, mais, si vous voulez mon avis, c'est une drôle d'idée d'aller s'enterrer comme ça en pleine campagne, quand on est une dame si distinguée. Enfin ! Je ferais mieux de débarrasser la table...

Elle poussa un long soupir. Emily et Charles aussi. Ils n'en revenaient pas d'avoir obtenu aussi facilement autant de renseignements.

Charles s'aventura à poser une question.

— Le major Burnaby est rentré maintenant ? demanda-t-il.

— Oui, monsieur, répondit Mrs Curtis en s'arrêtant, plateau à la main. Il est arrivé à pied, comme d'habitude, environ une demi-heure avant vous. « Eh bien, monsieur, je lui ai crié, vous n'êtes pas venu à pied d'Exhampton ! » Et il m'a répondu de son air sévère : « Pourquoi pas ? Quand on a deux jambes, on n'a pas besoin de quatre roues. Je fais ça de toute façon une fois par semaine, vous le savez bien, Mrs Curtis. » « Oh, oui, monsieur, mais c'est différent. Avec le choc du meurtre et l'enquête, c'est fantastique que vous ayez eu la force de le faire. » Mais il n'a fait que grommeler et il a continué son chemin. Tout de même, il avait mauvaise mine. Un miracle qu'il ait réussi, vendredi soir. C'est du courage, à son âge. Dix kilomètres à pied dans une tempête de neige. On dira ce qu'on voudra, mais les jeunes d'aujourd'hui n'arrivent pas à la cheville des vieux. Ce Mr Ronald Garfield, il n'aurait jamais fait ça, et à mon avis — et c'est aussi l'avis de Mrs Hibbert, qui travaille à la poste, et de Mr Pound le forgeron — Mr Garfield n'aurait jamais dû le laisser partir tout seul. Comme ça. Il aurait dû y aller avec lui. Si le major Burnaby s'était perdu dans la tourmente, tout le monde aurait blâmé Mr Garfield. C'est un fait.

Elle disparut triomphalement dans l'arrière-cuisine dans un grand bruit de porcelaine entrechoquée. Pensif, Mr Curtis fit passer sa vieille pipe du côté droit de sa bouche au côté gauche.

— Les femmes, dit-il, parlent beaucoup...

Il s'arrêta puis murmura :

— Et la plupart du temps elles ne voient pas la vérité de ce qu'elles racontent.

Emily et Charles accueillirent cette déclaration en silence.

Cependant, comme rien d'autre ne venait, Charles murmura, approbateur :

— C'est très vrai, oui, c'est très vrai.

— Ah ! fit Mr Curtis qui se replongea dans un silence satisfait et contemplatif.

Charles se leva.

— Je crois que je vais aller rendre visite au vieux Burnaby, dit-il, pour lui dire que la séance de photos aura lieu demain.

— Je viens avec vous, dit Emily. J'aimerais savoir ce qu'il pense vraiment de Jim et de cette affaire en général.

— Vous avez des bottes en caoutchouc ? On va patauger dans la gadoue.

— J'en ai acheté à Exhampton, répondit Emily.

— Quelle fille efficace vous faites ! Vous pensez à tout.

— Malheureusement, cela ne peut pas vous servir à grand-chose pour découvrir le meurtrier. Mais cela pourrait servir à quelqu'un pour commettre un meurtre, ajouta-t-elle à la réflexion.

— Eh bien, ne me tuez pas !

Ils s'en allèrent ensemble. Mrs Curtis réapparut.

— Ils sont partis voir le major, lui dit Mr Curtis.

— Ah ! Cela dit, qu'en penses-tu ? Est-ce qu'il se passe quelque chose entre ces deux-là ? On dit que les mariages entre cousins ne sont pas bons. Ils donnent des sourds-muets, des débiles et un tas d'autres horreurs. Il a un faible pour elle, ça saute aux yeux. Quant à elle, elle est fine, comme la Belinda, de ma tante Sarah. Elle sait y faire avec les hommes. Je me demande ce qu'elle cherche. Tu sais ce que je pense, Curtis ?

Mr Curtis grogna.

— Ce jeune homme que la police a arrêté pour le meurtre, je crois que c'est lui qui l'intéresse. Elle est venue ici pour fouiner partout et voir ce qu'elle peut trouver. Rappelle-toi ce que je te dis, ajouta-t-elle en entrechoquant sa porcelaine. S'il y a quelque chose à découvrir, elle le découvrira !

14

Les dames Willett

Au moment où Charles et Emily partaient rendre visite au major Burnaby, l'inspecteur Narracott était à Sittaford House, assis au salon, essayant de se faire une opinion sur Mrs Willett.

Il n'avait pu l'interroger plus tôt, car les routes avaient été impraticables jusqu'à ce matin. En arrivant, il ne savait pas très bien à quoi il s'attendait, mais certainement pas à ça. Ce n'était pas lui, c'était Mrs Willet qui avait pris la situation en main.

Elle était entrée précipitamment dans la pièce, efficace et décidée. Une grande femme, au visage fin et aux yeux perçants. Elle portait un ensemble en soie sophistiqué, qui dépassait la limite de ce qui est de mise à la campagne. Ses bas étaient d'une qualité de soie très onéreuse, fine comme de la gaze, et ses chaussures à hauts talons étaient en cuir verni.

Elle portait aussi diverses bagues de valeur et une grande quantité de perles d'imitation coûteuse.

— Inspecteur Narracott ? dit-elle. Naturellement, vous voulez visiter la maison. Quel horrible drame ! Je n'arrivais pas à y croire. Nous ne l'avons appris que ce matin, vous savez. Nous en avons été bouleversées. Mais asseyez-vous donc, inspecteur. Je vous présente ma fille, Violette.

Il avait à peine remarqué la jeune fille, qui était entrée derrière sa mère, et pourtant c'était une très jolie fille, grande, blonde, avec de beaux yeux bleus.

Mrs Willett s'assit également.

— En quoi puis-je vous aider, inspecteur ?

demanda-t-elle. Je connaissais très peu le capitaine Trevelyan, mais si je puis vous être utile...

L'inspecteur dit lentement :

— Je vous remercie, madame. Bien sûr, on ne sait jamais ce qui peut être utile et ce qui ne l'est pas.

— Je comprends. Vous trouverez peut-être dans la maison quelque chose qui jettera la lumière sur cette triste histoire, mais j'en doute. Le capitaine avait emporté toutes ses affaires personnelles. Il a même eu peur que je ne touche à ses cannes à pêche, le pauvre cher homme !

Elle rit un petit peu.

— Vous ne le connaissiez pas ?

— Avant de louer la maison, vous voulez dire ? Oh non ! Je l'ai invité ici plusieurs fois, mais il n'est jamais venu. Il était horriblement timide, le pauvre. C'était ce qui n'allait pas, chez lui. J'ai connu des dizaines d'hommes comme lui. On les traite de misogynes et de je ne sais quoi encore, alors qu'en réalité ils sont seulement timides. Si j'avais pu le prendre en main, je lui aurais fait passer ça. Ce genre d'homme a besoin d'être gagné.

L'inspecteur comprenait à présent pourquoi le capitaine s'était tenu sur la défensive.

— Nous avons toutes deux insisté pour qu'il vienne, n'est-ce pas, Violette ? continua Mrs Willett.

— Oh, oui, mère.

— Il avait l'âme d'un marin. Toutes les femmes aiment les marins, inspecteur.

Parvenu à ce point de leur entretien, l'inspecteur Narracott prit conscience que, jusqu'à présent, celui-ci avait été entièrement mené par Mrs Willett. Il était convaincu que c'était une femme extrêmement intelligente. Elle était peut-être aussi innocente qu'elle le paraissait. Ou peut-être pas.

— Il y a un point au sujet duquel j'aimerais avoir quelques renseignements, dit-il.

— Lequel, inspecteur ?

— Comme vous le savez sans doute, c'est le major Burnaby qui a découvert le corps. Il y a été conduit à cause d'un incident survenu dans cette maison.

— C'est-à-dire ?

— C'est-à-dire votre séance de table tournante. Je vous demande pardon...

Il se retourna brusquement. La jeune fille avait poussé un léger cri.

— Pauvre Violette, dit sa mère. Elle a été bouleversée, comme nous tous, d'ailleurs. C'est inexplicable. Je ne suis pas superstitieuse, mais vraiment, c'est tout à fait inexplicable.

— L'incident a donc bien eu lieu ?

Mrs Willett ouvrit de grands yeux.

— S'il a eu lieu ? Mais bien sûr qu'il a eu lieu. J'ai d'abord cru qu'il s'agissait d'une plaisanterie, d'une très mauvaise plaisanterie et de très mauvais goût. J'ai soupçonné le jeune Ronald Garfield.

— Oh ! non, mère. Je suis sûre qu'il n'a rien fait. Il l'a juré.

— J'ai dit que je l'ai soupçonné sur le moment. Pouvait-on y voir autre chose qu'une plaisanterie ?

— C'est bizarre, dit doucement l'inspecteur. Vous avez été très troublée, Mrs Willett ?

— Nous l'avons tous été. Au début, c'était, oh, juste pour rire. Vous savez ce que c'est. Un divertissement pour longue soirée d'hiver. Et puis, tout à coup, ça ! J'étais furieuse.

— Furieuse ?

— Naturellement ! Je pensais que quelqu'un l'avait fait exprès, pour plaisanter comme je vous l'ai dit.

— Et maintenant ?

— Maintenant ?

— Oui, qu'en pensez-vous maintenant ?

Mrs Willett ouvrit les mains de façon expressive.

— Je ne sais plus que penser. C'est... C'est troublant.

— Et vous, mademoiselle ?

La jeune fille sursauta.

— Moi ? Je... Je ne sais pas. Je ne l'oublierai jamais. J'en rêve. Je n'oserai plus jamais participer à une séance de spiritisme.

— Mr Rycroft dirait que la chose est authentique, reprit sa mère. Il croit en toutes ces histoires. En vérité, je suis tentée d'y croire moi aussi. S'il ne s'agissait pas de l'authentique message d'un esprit, quelle explication lui donner ?

L'inspecteur secoua la tête. Avec la table tournante, il les avait lancées sur une fausse piste. La question suivante sonna beaucoup plus désinvolte :

— L'hiver ne vous paraît pas trop triste, ici, Mrs Willett ?

— Oh ! Cela nous plaît beaucoup. C'est un vrai changement. Nous venons d'Afrique du Sud, vous savez.

Elle avait répondu avec vivacité, comme d'habitude.

— Ah oui ? D'où exactement ?

— Du Cap. Violette n'était jamais venue en Angleterre. Elle est ravie, elle trouve la neige très romantique. Et cette maison est vraiment très confortable.

— Qu'est-ce qui vous a poussées à venir dans ce coin du monde ?

Sa voix n'exprimait qu'une aimable curiosité.

— Nous avions lu de nombreux ouvrages sur le Devonshire, et notamment sur Dartmoor. Sur le bateau, nous en avons lu un aussi — tout entier consacré à la foire de Widdecombe. J'ai toujours rêvé de voir Dartmoor.

— Qu'est-ce qui vous a amenées à vous installer à Exhampton ? Ce n'est pas une ville très connue.

— Eh bien, comme je vous l'ai dit, nous avons lu ces livres et nous avons rencontré un garçon à bord qui nous a parlé d'Exhampton avec enthousiasme.

— Comment s'appelait-il ? demanda l'inspecteur. Il était originaire de cette région ?

— Voyons, comment s'appelait-il, déjà ? Cullen, je crois. Non, Smythe. C'est trop bête, je ne me souviens plus. Vous savez ce que c'est, sur un paquebot, inspecteur, on rencontre un tas de gens, on promet de se revoir, et une semaine après avoir débarqué, on n'est même plus sûr de leurs noms.

Elle se mit à rire.

— Mais c'était un si gentil garçon ! Pas très beau, avec des cheveux roux, mais un sourire charmant.

— Et cela a suffi pour vous décider à louer une maison par ici ? demanda l'inspecteur en souriant.

— Oui, c'est fou, n'est-ce pas ?

« Intelligente, se dit Narracott. Incontestablement intelligente. » Il commençait à saisir la tactique de Mrs Willett. Elle portait toujours la guerre dans le camp ennemi.

— Vous avez donc écrit à un agent immobilier pour vous renseigner sur les possibilités de location ?

— Oui, et il nous a envoyé une description de Sittaford. Cela semblait correspondre exactement à ce que nous cherchions.

— Ce n'est pas ce que j'aurais choisi, à cette période de l'année, dit l'inspecteur en riant.

— Nous non plus si nous avions vécu en Angleterre, dit gaiement Mrs Willett.

L'inspecteur se leva.

— Comment avez-vous obtenu l'adresse de l'agent immobilier d'Exhampton ? demanda-t-il. Cela n'a pas dû être facile.

Il y eut un silence. Le premier silence depuis le début de l'entretien. L'inspecteur crut surprendre une lueur de contrariété, voire de colère, dans l'œil de Mrs Willett. Il avait touché un point pour lequel elle n'avait pas prévu de réponse.

Elle se tourna vers sa fille.

— Comment avons-nous fait, Violette ? Je ne m'en souviens plus.

La jeune fille eut un regard différent. Effrayé.

— Mais bien sûr ! s'exclama sa mère. Delfridges. Leur bureau d'informations. Ils sont merveilleux. Je m'adresse toujours à eux, quand j'ai besoin de quelque chose. Je leur ai demandé le nom de la meilleure agence de la région, et ils me l'ont donnée.

« Elle est vive, pensa l'inspecteur. Très vive. Mais pas tout à fait assez vive. Je vous ai eue, là, madame. »

Il fit rapidement le tour de la maison. Il n'y trouva rien, ni papiers, ni tiroirs ou armoires fermés à clef.

Mrs Willett le raccompagna à la porte en devisant

gaiement. Narracott prit congé après l'avoir remerciée poliment.

En partant, il jeta un coup d'œil en arrière et aperçut le visage de la jeune fille. Son expression ne pouvait pas tromper.

C'était de la frayeur qu'il lisait. La frayeur y était clairement inscrite en cet instant où elle ne se pensait pas observée.

Mrs Willett parlait toujours.

— Hélas ! il y a un grave inconvénient, ici. Ce sont les domestiques. Elles ne supportent pas de vivre en pleine campagne. Elles menacent toutes de nous quitter depuis quelque temps, et la nouvelle du meurtre les a complètement affolées. Je ne sais pas quoi faire. Du personnel masculin serait peut-être plus indiqué. C'est ce que me conseille le bureau de placement d'Exeter.

L'inspecteur répondit machinalement. Il n'écoutait plus ce flot de paroles. Il pensait à l'expression qu'il avait surprise sur le visage de la jeune fille.

Mrs Willett avait été habile — mais pas assez habile.

Il continuait à cogiter son problème.

Si les Willett n'avaient rien à voir avec la mort du capitaine Trevelyan, de quoi Violette Willett avait-elle peur ?

Il joua sa dernière cartouche. Le pied sur le seuil de la porte d'entrée, il se retourna :

— Au fait, vous connaissez le jeune Pearson, n'est-ce pas ?

Le silence qui suivit ne fit pas de doute cette fois. Un silence de mort d'environ une seconde. Puis Mrs Willett répondit :

— Pearson ? dit-elle. Je ne crois pas...

Elle fut interrompue. Un râle étrange venait de la pièce voisine, puis on entendit un bruit de chute. L'inspecteur franchit la distance en un éclair.

Violette Willett s'était évanouie.

— La pauvre enfant, s'exclama Mrs Willett. Toutes ces émotions, toute cette tension ! Et cette horrible histoire de table tournante et de meurtre pour couronner le tout ! Elle n'est pas bien forte.

Merci beaucoup, inspecteur. Oui, sur le sofa, s'il vous plaît. Si vous pouviez sonner... Non, je ne pense pas que vous puissiez faire autre chose. Merci beaucoup.

L'inspecteur descendit le chemin, un sourire sardonique aux lèvres.

A sa connaissance, Jim Pearson était fiancé à cette très charmante personne qu'il avait vue à Londres.

Dans ce cas, pourquoi Violette s'était-elle évanouie en entendant son nom ? Quel rapport existait-il entre Jim Pearson et les Willett ?

Après avoir franchi la grille, il s'arrêta, indécis. Puis il sortit un petit calepin de sa poche. Il y avait dressé la liste de tous les habitants des six maisons que le capitaine Trevelyan avait fait construire, accompagnée pour chacun de quelques brefs commentaires. Il posa son index boudiné sur le numéro six.

« Oui, se dit-il. Je ferais bien d'y aller maintenant. »

Il descendit le sentier d'un pas vif et actionna fermement le heurtoir du n° 6 — la maison habitée par Mr Duke.

15

Une visite au major Burnaby

Arrivé chez le major, Charles Enderby frappa gaiement à la porte. Burnaby apparut presque aussitôt sur le seuil, le visage congestionné.

— Ah, c'est vous ! dit-il sans grand enthousiasme.

Il allait continuer sur le même ton mais il aperçut Emily et changea d'expression.

— Je vous présente miss Trefusis, dit le journaliste, de l'air de quelqu'un qui présenterait l'as d'atout. Elle était très impatiente de vous rencontrer.

— Puis-je entrer ? demanda la jeune femme avec son plus doux sourire.

— Mais oui. Certainement. Bien sûr... Oh, oui, bien sûr.

Balbutiant, le major les précéda dans le salon, il se mit à avancer des sièges et à pousser des tables de côté.

A sa manière habituelle, Emily alla droit au but.

— Voyez-vous, major, je suis fiancée à Jim, vous savez, Jim Pearson. Et, bien entendu, je suis très inquiète à son sujet.

Le major, qui poussait une table, s'arrêta la bouche ouverte.

— Mon Dieu, dit-il, c'est mauvais. Je suis désolé pour vous, chère mademoiselle.

— Major Burnaby, dites-le-moi honnêtement. Croyez-vous qu'il soit coupable ? Oh ! n'hésitez pas à me le dire si vous le pensez. Je préfère cent fois qu'on ne me mente pas.

— Non, je ne le crois pas coupable, déclara le major d'un ton assuré.

Il tapa à plusieurs reprises sur un coussin et s'assit en face d'Emily.

— C'est un gentil garçon, ce jeune homme. Un peu faible peut-être. Ne le prenez pas mal si je vous dis que c'est le genre de type qui peut facilement mal tourner, si l'occasion s'en présente. Mais le meurtre, non ! Et je sais de quoi je parle ! J'en ai eu plus d'un sous mes ordres, dans le temps. C'est la mode, aujourd'hui, de se moquer des officiers retraités, n'empêche que nous en connaissons un bout, miss Trefusis !

— Je n'en doute pas, dit Emily. Je vous suis très reconnaissante pour tout ce que vous venez de me dire.

— Vous... Vous voulez un whisky-soda ? demanda le major. J'ai bien peur de n'avoir rien d'autre.

— Non merci, major Burnaby.

— Alors simplement du soda ?

— Non, merci, dit Emily.

— Je devrais pouvoir vous offrir du thé, dit-il d'un ton mélancolique.

— Nous l'avons déjà pris, dit Charles. Chez Mrs Curtis, ajouta-t-il.

— Major Burnaby, qui a fait ça selon vous ? En avez-vous une idée ? demanda Emily.

— Non, je n'en sais fout... fichtre rien. J'avais pris pour acquis qu'il y avait eu effraction, mais maintenant la police dit que ça ne peut pas être ça. Après tout, c'est leur métier, ils doivent le savoir mieux que nous. Puisqu'ils disent qu'il n'y a pas eu effraction, c'est qu'il n'y a pas eu effraction. Mais je suis tout de même sidéré, mademoiselle. A ma connaissance, Trevelyan n'avait pas un ennemi au monde.

— Sinon, vous auriez été le premier à le savoir, dit Emily.

— Oui, je crois que je connaissais Trevelyan mieux que n'importe quel membre de sa famille.

— Et vous ne voyez rien, absolument rien qui serait de nature à nous aider ? demanda Emily.

Le major Burnaby tira sur sa moustache.

— Je sais ce que vous pensez. Comme dans les livres, je devrais me rappeler un petit incident qui constituerait un indice. Eh bien, je suis désolé, il n'en est rien. Trevelyan menait une existence sans histoires. Il recevait peu de lettres et en écrivait encore moins. Il n'y avait pas de femme dans sa vie, j'en suis sûr. Non, ça me dépasse, miss Trefusis.

Ils se turent tous les trois.

— Que pensez-vous de son domestique ? demanda Charles.

— Il est avec lui depuis des années. Absolument fidèle.

— Il s'était marié récemment, remarqua Charles.

— Il a épousé une jeune fille tout à fait respectable.

— Major Burnaby, dit Emily, excusez-moi de vous le dire ainsi, mais n'avez-vous pas pris peur pour lui bien facilement ?

Le major se frotta le nez avec cet air embarrassé qu'il prenait toujours lorsqu'on évoquait la séance de table tournante.

— Oui, je ne peux pas le nier. Je savais qu'il ne s'agissait que de sornettes, et pourtant...

— Vous sentiez que, d'une certaine façon, cela n'en était pas, dit Emily, lui tendant la perche.

Le major hocha la tête.

— C'est pourquoi je me demande... dit Emily.

Les deux hommes la regardèrent.

— Je n'arrive pas à exprimer ce que je veux dire comme je le voudrais, dit Emily. Ce que je veux dire, c'est ceci : vous ne croyez pas à toutes ces histoires de table tournante et cependant, en dépit du temps épouvantable et de l'absurdité de la situation, vous vous êtes senti si mal à l'aise que vous êtes parti pour aller vérifier vous-même que le capitaine Trevelyan allait bien. Alors, vous ne pensez pas que c'est peut-être parce que... parce qu'il y avait quelque chose dans l'atmosphère ? Je veux dire, continua-t-elle désespérément, ne voyant aucune trace de compréhension sur le visage du major, que quelqu'un d'autre avait, comme vous, quelque chose en tête. Et que d'une certaine manière, vous l'avez senti ?

— Ma foi ! je n'en sais rien, dit Burnaby en se frottant de nouveau le nez. Evidemment, les femmes prennent toutes ces histoires au sérieux.

— Les femmes ! répéta Emily. Oui, murmura-t-elle pour elle-même. D'une façon ou d'une autre, ce doit être ça.

Elle se tourna brusquement vers le major.

— A quoi ressemblent-elles, ces Willett ?

— Oh ! Eh bien, dit-il en réfléchissant, se sachant peu de talent pour la description. Eh bien... elles sont très aimables, vous voyez, très serviables et tout ça.

— Pourquoi ont-elles loué une maison comme Sittaford à cette époque de l'année ?

— Je me le demande. Personne ne le sait.

— Vous ne trouvez pas cela bizarre ? insista Emily.

— Bien sûr que c'est bizarre ! Mais on n'a pas à rendre compte de ses goûts. C'est ce que dit l'inspecteur.

— C'est idiot, répliqua Emily. Les gens n'agissent pas sans raison.

— Eh bien, je ne sais pas, dit Burnaby prudemment, c'est vrai pour certains. Vous, miss Trefusis, vous n'agiriez pas sans raison. Mais il y en a d'autres...

Il secoua la tête en soupirant.

— Vous êtes sûr qu'elles ne connaissaient pas le capitaine avant de venir ici ?

Le major examina l'idée. Trevelyan lui en aurait parlé. Non, il en avait été tout aussi étonné que les autres.

— Alors il a trouvé cela bizarre, lui aussi ?

— Bien entendu ! Je viens de vous dire que cela avait été notre cas à tous.

— Quelle a été l'attitude de Mrs Willett envers le capitaine ? continua Emily. A-t-elle essayé de l'éviter ?

Le major eut un petit rire.

— Non au contraire ! Elle lui empoisonnait l'existence avec ses invitations continuelles.

— Ah ! fit Emily, songeuse. (Elle se tut un instant puis reprit :) Dans ce cas elle aurait pu — c'est juste une possibilité — louer Sittaford House pour faire la connaissance du capitaine Trevelyan.

— Eh bien, répondit Burnaby en réfléchissant, c'est possible, en effet. Mais elle n'aurait pas choisi un moyen très économique.

— Qui sait ? Il ne se serait peut-être pas laissé approcher autrement.

— Non, sans doute, reconnut le major.

— Je me le demande, dit Emily.

— L'inspecteur s'est posé la même question.

Emily éprouva une soudaine irritation contre l'inspecteur Narracott. Toutes les idées qui lui venaient, il les avait déjà eues avant elle. C'était humiliant pour quelqu'un qui avait la prétention d'être plus futée que les autres.

Elle se leva et lui tendit la main.

— Merci beaucoup, dit-elle simplement.

— J'aimerais pouvoir vous aider davantage. Je vous le dis comme je le pense. Si j'étais un type intelligent, je tomberais peut-être sur un indice. En tout cas, vous pouvez compter sur moi et me demander tout ce que vous voudrez.

— Merci, dit Emily.

— Au revoir, monsieur. Je reviendrai demain matin pour les photos, dit Enderby.

Burnaby émit un grognement.

Emily et Charles retournèrent chez Mrs Curtis.

— Venez dans la chambre, je voudrais vous parler, déclara Emily.

Elle prit l'unique chaise et Charles s'assit sur le lit. Emily enleva son chapeau et l'envoya voler dans un coin de la pièce.

— Maintenant, écoutez-moi, commença-t-elle. Je crois que j'ai un point de départ. J'ai peut-être tort, j'ai peut-être raison, quoi qu'il en soit, c'est une idée. Je crois que beaucoup de choses dépendent de cette histoire de table tournante. Vous avez déjà fait tourner des tables ?

— Oh oui, cela m'est arrivé, mais pas sérieusement.

— Non, bien sûr que non ! C'est le genre de chose qu'on fait par un après-midi pluvieux, et où chacun accuse l'autre de tricher. Bon, si vous y avez joué, vous savez comment ça se passe. La table se met à épeler, disons un nom que quelqu'un connaît. Très souvent, les autres le devinent tout de suite, ils espèrent que ce ne sera pas ça, et inconsciemment ils trichent tout le temps. Je veux dire qu'ils font un mouvement involontaire quand arrive la lettre et ainsi, ils arrêtent la table. Et quelquefois, plus vous êtes décidé à ne pas le faire, plus vous le faites.

— Oui, c'est vrai, reconnut Enderby.

— Je ne crois absolument pas aux esprits. Mais supposez que l'un des invités ait su que le capitaine Trevelyan était en train de se faire tuer juste à ce moment-là.

— Oh ! protesta Charles, c'est vraiment trop tiré par les cheveux !

— Ce n'est pas forcément aussi grossier que ça. Mais ce n'est qu'une hypothèse. Nous soutenons que quelqu'un était au courant de la mort du capitaine Trevelyan et n'a pas pu le cacher. La table l'a trahi.

— C'est très astucieux, mais je n'y crois pas une seconde, dit Charles.

— Nous supposerons que c'est vrai, déclara Emily fermement. Je suis convaincue qu'il ne faut pas avoir peur des suppositions dans la chasse au crime.

— Oh ! Je ne demande pas mieux, répliqua Enderby. Supposons donc que c'est vrai, si cela vous fait plaisir.

— Alors il va falloir que nous nous penchions attentivement sur tous les participants. Tout d'abord il y a le major Burnaby et Mr Rycroft. Il paraît peu vraisemblable que l'un ou l'autre ait été un complice du meurtrier. Ensuite, il y a ce Mr Duke. Bon, pour le moment, nous ignorons tout de lui. Il vient de s'installer dans la région, et bien sûr, c'est peut-être un dangereux individu — membre d'un gang ou quelque chose comme ça. Nous mettrons un X en regard de son nom. Maintenant, nous en arrivons aux Willett. Charles, les Willett sont terriblement mystérieuses.

— Mais que diable pourraient-elles avoir à gagner avec la mort du capitaine ?

— A première vue, rien. Mais si ma théorie est exacte, il doit y avoir un lien quelque part. C'est ce lien qu'il faut trouver.

— Bien. Et supposons maintenant que nous nous trompions ?

— Dans ce cas, nous repartirions de zéro, dit Emily.

— Ecoutez ! s'écria Charles tout à coup.

Il leva la main puis il alla ouvrir la fenêtre, et Emily entendit aussi le bruit qui avait attiré son attention. C'était le son lointain d'une cloche.

Comme ils l'écoutaient, d'en bas leur parvint la voix surexcitée de Mrs Curtis.

— Vous entendez, la cloche, mademoiselle ? Vous l'entendez ?

Emily ouvrit la porte.

— Vous entendez ça ? C'est clair, non ? Eh bien, ça alors !

— Qu'est-ce que c'est ? demanda Emily.

— C'est la cloche de la prison de Princetown,

mademoiselle, à vingt kilomètres d'ici. Ça veut dire qu'un prisonnier s'est évadé. George ! George ! Mais où est-il... Tu as entendu la cloche ? Un prisonnier a pris le large !

Sa voix s'éteignit comme elle entrait dans la cuisine.

Charles ferma la fenêtre et se rassit sur le lit.

— C'est quand même dommage que rien ne se passe comme il faudrait, remarqua-t-il, objectif. Si ce détenu s'était évadé vendredi dernier, notre meurtrier aurait été tout trouvé. Il aurait été inutile de chercher plus loin. Un homme affamé, un criminel aux abois s'introduit dans la maison. Trevelyan défend son château — et le criminel aux abois lui flanque une raclée. Tout aurait été si simple.

— En effet, soupira Emily.

— Au lieu de quoi, il s'évade trois jours trop tard, dit Charles. C'est... C'est un manque total de talent de sa part.

Il secoua tristement la tête.

16

MR RYCROFT

Le lendemain, Emily se réveilla de bonne heure. En jeune femme pleine de bon sens qu'elle était, elle se rendait compte qu'il ne fallait guère compter sur la collaboration de Mr Enderby tant que la matinée ne serait pas plus avancée. Si bien que, ne tenant plus en place, elle partit se promener d'un bon pas dans la direction opposée à celle qu'ils avaient prise hier pour arriver.

Peu après avoir passé les grilles de Sittaford House, le chemin tournait brusquement à droite, grimpait sur la colline, et s'ouvrait ensuite sur la lande où il dégénérait en sentier herbu, pour disparaître après complètement. La matinée était belle, l'air était froid et vif et la vue superbe. Emily grimpa jusqu'au sommet de la butte de Sittaford, un énorme entassement de rochers d'une forme extraordinaire. De là, la lande s'étendait à perte de vue, sans rien pour l'interrompre, ni route ni habitation. En bas, de l'autre côté de la butte, on voyait des masses grises de rochers et de blocs de granit. Après avoir contemplé ce paysage quelques instants, Emily se tourna vers le nord, pour voir d'où elle était venue. Juste au-dessous se trouvait Sittaford, accroché au flanc de la colline, avec Sittaford House, comme une tache carrée grise, et les maisons formant comme des petits points derrière elle. Et dans la vallée, plus loin, Exhampton.

« Quand on est comme ça, sur une hauteur, on devrait avoir une meilleure vue des choses, pensait vaguement Emily. Comme si on soulevait le toit d'une maison de poupée pour regarder à l'intérieur. »

Elle regrettait de tout cœur de n'avoir jamais rencontré la victime, ne serait-ce qu'une fois. Il est si difficile de se faire une opinion sur quelqu'un qu'on n'a jamais vu. On est obligé de se fier au jugement des autres, et Emily n'avait encore jamais reconnu à personne un meilleur jugement que le sien. Les impressions des autres ne vous sont jamais d'aucune utilité. Quand bien même elles seraient aussi justes, vous ne pouvez pas vous fonder sur elles pour agir. Il est impossible d'adopter l'angle d'attaque de quelqu'un d'autre.

Ces réflexions contrariantes lui arrachèrent un soupir d'impatience et elle changea de position. Absorbée dans ses pensées, elle avait perdu conscience de ce qui l'entourait. Elle eut un choc en apercevant près d'elle, à quelques pas, un homme de petite taille, assez âgé et qui, le chapeau poliment à la main, respirait assez rapidement.

— Excusez-moi, dit-il. Vous êtes sans doute miss Trefusis ?

— Oui, répondit Emily.

— Je m'appelle Rycroft. Pardonnez-moi de vous aborder de cette façon, mais au sein d'une petite communauté comme la nôtre, le moindre événement est connu aussitôt. Votre arrivée, hier, n'est pas passée inaperçue, et je peux vous assurer que tout le monde est ému par votre situation, miss Trefusis. Nous sommes tous, autant que nous sommes, désireux de vous aider dans la mesure de nos moyens.

— C'est très aimable à vous, déclara Emily.

— Pas du tout, pas du tout, répliqua Mr Rycroft. La beauté en détresse... Pardonnez-moi cette façon un peu démodée de s'exprimer. Sérieusement, ma chère demoiselle, vous pouvez compter sur moi... si je peux vous être utile en quoi que ce soit. La vue est belle d'ici, n'est-ce pas ?

— Splendide, reconnut Emily. Cette lande est merveilleuse !

— Savez-vous qu'un prisonnier s'est évadé de Princetown, hier soir ?

— Oui. L'a-t-on rattrapé ?

— Pas encore, à ma connaissance. Oh, enfin, le pauvre type, on le rattrapera bientôt, sans aucun doute. Je ne crois pas me tromper en disant que, depuis vingt ans, personne n'a réussi à s'évader de cette prison.

— De quel côté se trouve Princetown ?

Mr Rycroft pointa le doigt vers le sud.

— Par là, à une vingtaine de kilomètres à vol d'oiseau. A plus de vingt-cinq par la route.

Emily frissonna. Qu'un homme soit ainsi traqué, cette idée l'impressionnait terriblement. Mr Rycroft, qui l'observait, hocha la tête.

— Oui, dit-il, j'éprouve la même chose. C'est curieux comme nous nous révoltons instinctivement devant une chasse à l'homme, et pourtant, les pensionnaires de Princetown sont tous des criminels violents et dangereux, le genre d'individus que vous et moi ferions sans doute tout notre possible pour placer là où ils sont...

Il eut un petit air gêné.

— Il faut me pardonner, miss Trefusis, mais je m'intéresse beaucoup au crime. C'est un sujet d'étude fascinant. J'ai deux passions : l'ornithologie et la criminologie.

Il s'arrêta un instant puis reprit :

— C'est pourquoi, si vous me le permettez, j'aimerais collaborer avec vous dans cette histoire. Pouvoir étudier un crime de première main a toujours été un de mes rêves irréalisables. Accepterez-vous de me faire confiance, miss Trefusis, et me permettrez-vous de mettre mon expérience à votre disposition ? J'ai étudié ce sujet très à fond.

Emily resta silencieuse un instant. Elle se félicitait de la tournure favorable que prenaient les événements. Voilà qu'on lui offrait une connaissance de première main de la vie à Sittaford. « L'angle d'attaque »... Emily reprit cette expression qui lui trottait il y a quelques minutes par la tête. Elle avait eu celui du major Burnaby — simple et direct. S'en tenant aux faits et totalement dépourvu de subtilités. On lui en offrait un autre maintenant qui pouvait lui ouvrir un tout autre champ de vision. Ce petit bonhomme ratatiné et desséché avait lu et étudié le sujet à fond, connaissait la nature humaine et était dévoré de cette curiosité qui distinguait l'homme de réflexion de l'homme d'action.

— Je vous en prie, aidez-moi, dit-elle simplement. Je suis si inquiète et si malheureuse !

— Je pense bien, mon enfant, je pense bien... Maintenant, si j'ai bien compris la situation, l'aîné des neveux de Trevelyan est gardé à vue, ou a été arrêté, les preuves contre lui étant assez simples et évidentes. Pour ma part, je suis sans parti pris. Vous devez m'accorder ça.

— Bien sûr, dit Emily. Pourquoi devriez-vous croire en son innocence alors que vous ne savez rien de lui ?

— Parfaitement sensé, dit Mr Rycroft. Vous êtes vous-même un sujet d'étude très intéressant, miss Trefusis. Au fait, si j'en juge par votre nom, vous êtes de Cornouailles, comme ce pauvre Trevelyan ?

— Oui, répondit Emily. Par mon père. Ma mère était écossaise.

— Ah ? Très intéressant... Mais venons-en à notre petit problème. D'un côté, nous supposerons que le jeune Jim — il s'appelle bien Jim, n'est-ce pas ? — nous supposerons que le jeune Jim avait un pressant besoin d'argent, qu'il est venu voir son oncle, qu'il lui a demandé de l'argent, que l'oncle a refusé, que dans un instant de colère il a saisi le bourrelet de sable qui se trouvait près de la porte et qu'il a frappé le capitaine à la tête. Le crime n'a pas été prémédité, ce n'est qu'une affaire stupide qui a été menée de façon déplorable. Cela a pu se passer ainsi. Mais d'autre part, il est peut-être parti, furieux, quelqu'un d'autre s'est introduit dans la maison peu après et a commis le meurtre. C'est ce que vous croyez et, pour dire les choses un peu autrement, c'est ce que j'espère. Je n'aimerais pas que le crime ait été commis par votre fiancé car, de mon point de vue, cela manquerait totalement d'intérêt. J'enfourche donc le second cheval. Le crime a été commis par quelqu'un d'autre. Ce point acquis, venons-en tout de suite à un point essentiel. Quelqu'un était-il au courant de la dispute qui venait d'avoir lieu ? Cette querelle a-t-elle effectivement précipité le meurtre ? Vous voyez où je veux en venir ? Quelqu'un qui méditait de se débarrasser du capitaine Trevelyan, saisit l'occasion quand il comprend que les soupçons se porteront sur le jeune Jim.

Emily examina les choses sous cet angle.

— Dans ce cas... dit-elle lentement...

Mr Rycroft lui prit les mots de la bouche.

— Dans ce cas, dit-il vivement, l'assassin serait une personne très proche du capitaine Trevelyan. Quelqu'un habitant Exhampton. Qui, selon toutes probabilités, aurait été dans la maison pendant ou après la querelle. Et comme nous ne sommes pas au tribunal et que nous pouvons citer librement des noms, celui du domestique, Evans, nous vient à l'esprit comme satisfaisant à ces conditions. Quelqu'un qui se serait trouvé dans la maison, aurait entendu la dispute et profité de l'occasion. Le point qui importe ensuite, c'est celui de savoir si

Evans bénéficie en quelque façon de la mort de son maître.

— Je crois qu'il hérite d'une petite somme, dit Emily.

— Cela peut ou non constituer un motif suffisant. Il va falloir découvrir si Evans avait un pressant besoin d'argent. Nous devons aussi tenir compte de Mrs Evans — je me suis laissé dire qu'il existait depuis peu une Mrs Evans. Si vous aviez étudié la criminologie, mademoiselle, vous sauriez quels effets étranges peut provoquer la consanguinité, en particulier dans les campagnes. A Broadmoor, il y a au moins quatre jeunes femmes, charmantes au demeurant, qui, par une étrange anomalie de caractère, n'attachent que peu ou pas de valeur à la vie humaine. Non, nous ne pouvons pas faire abstraction de Mrs Evans.

— Que pensez-vous de cette histoire de table tournante, Mr Rycroft ?

— Eh bien, c'est très étrange. Très très étrange. J'avoue, miss Trefusis, que j'en ai été très impressionné. Comme on vous l'a peut-être dit, je crois aux phénomènes psychiques. Et, dans une certaine mesure, je crois au spiritisme. J'ai déjà rédigé un rapport détaillé que j'ai envoyé à la Société de recherches sur les phénomènes psychiques. C'est un cas incontestable et stupéfiant. Cinq personnes présentes et aucune ne se doutant que le capitaine Trevelyan avait été assassiné.

— Vous ne pensez pas...

Emily se tut. Il lui était difficile de suggérer que l'une des personnes présentes était peut-être au courant du meurtre puisqu'il en faisait partie. Non qu'elle le soupçonnât un instant d'avoir un rapport avec la tragédie, mais il lui semblait que ce serait manquer de tact. Elle poursuivit de façon moins directe :

— Cette histoire m'a beaucoup intéressée, Mr Rycroft. Comme vous l'avez dit, c'est un cas stupéfiant. Vous ne pensez pas que l'un des invités, mis à part vous, bien entendu, pourrait être un médium ?

— Ma chère enfant, je ne suis pas médium. Je n'ai aucun pouvoir de ce genre. Je ne suis qu'un observateur passionné.

— Que pensez-vous de ce Mr Garfield ?

— Un gentil garçon, dit Mr Rycroft. Sans rien de particulièrement remarquable.

— Riche, j'imagine ?

— Fauché comme les blés, je crois, dit Mr Rycroft. Il vient ici faire la cour à sa tante parce qu'il a comme on dit des « espérances ». Miss Percehouse est une dame très perspicace, qui sait certainement ce qui lui vaut ces attentions. Mais comme elle a une forme d'humour très personnelle, elle le laisse faire.

— J'aimerais bien la rencontrer, dit Emily.

— Oui, vous devriez. Elle ne demandera sûrement qu'à vous voir. La curiosité, que voulez-vous ma chère, la curiosité...

— Parlez-moi des Willett, dit Emily.

— Charmantes. Tout à fait charmantes, répondit Mr Rycroft. Coloniales, bien sûr. Sans vraies manières, si vous voyez ce que je veux dire. D'une hospitalité un peu ostentatoire. Tout un peu trop fleuri. Miss Violette est une fille charmante.

— Drôle d'endroit pour passer l'hiver... remarqua Emily.

— Oui, très bizarre, en effet. Mais après tout, c'est logique. Nous ici, nous rêvons de soleil, de chaleur et de palmiers. Les gens qui vivent en Australie ou en Afrique du Sud doivent caresser l'idée d'un Noël à l'ancienne mode, sous la neige.

« Je me demande laquelle des deux lui a dit ça », pensa Emily.

Après tout, il n'était pas nécessaire de s'enterrer dans la lande pour passer un Noël sous la neige. De toute évidence, Mr Rycroft ne voyait là rien de suspect. Mais, à la réflexion, c'était peut-être normal de la part d'un ornithologue et d'un criminologue. Il considérait certainement Sittaford comme un lieu de villégiature idéal, et ne concevait pas qu'il puisse en être autrement pour les autres. Ils étaient redescendus lentement et se trouvaient maintenant sur le chemin des « cottages ».

— Qui habite cette maison ? demanda tout à coup Emily.

— Le capitaine Wyatt, un invalide. Assez peu sociable, j'en ai peur.

— C'était un ami du capitaine Trevelyan ?

— Pas un ami intime, en tout cas. Trevelyan allait le voir de temps en temps, par courtoisie. En fait, Wyatt n'encourage guère les visites. C'est un bonhomme revêche.

Emily resta un moment silencieuse. Elle passait en revue les moyens qu'elle avait de faire accepter sa visite. Elle était décidée à ne négliger aucun angle d'attaque.

Elle se rappela soudain un participant à la séance de spiritisme, dont ils n'avaient pas encore parlé.

— Et Mr Duke ? demanda-t-elle vivement.

— Comment cela, Mr Duke ?

— Eh bien, qui est-ce ?

— Ma foi, répondit lentement Mr Rycroft, c'est justement ce que personne ne sait.

— C'est incroyable, dit Emily.

— En fait, non, dit Mr Rycroft, ça ne l'est pas. Duke, voyez-vous, est un personnage absolument sans mystère. A mon avis, le seul mystère, c'est son origine sociale. Il n'est pas... pas tout à fait... vous voyez ce que je veux dire. Mais un très brave type, s'empressa-t-il d'ajouter.

Emily resta silencieuse.

— Voilà ma maison, dit Mr Rycroft en s'arrêtant. Me ferez-vous l'honneur d'entrer y jeter un coup d'œil ?

— Avec plaisir, répondit Emily.

L'intérieur était plein de charme. Des livres recouvraient les murs. Emily regarda les titres avec curiosité. Une partie de la bibliothèque était consacrée aux sciences occultes, une autre aux romans policiers contemporains, mais la plus importante concernait la criminologie et les procès célèbres. L'ornithologie occupait une place relativement réduite.

— Tout cela est merveilleux, Mr Rycroft, mais je dois m'en aller. Mr Enderby est probablement debout à m'attendre. En fait, je n'ai pas encore pris mon petit déjeuner. Nous l'avons demandé à Mrs Curtis pour 9 heures et demie et je vois qu'il est déjà 10 heures. Je vais être terriblement en retard... Tout cela à cause de vous, parce que vous m'avez beaucoup intéressée, et beaucoup aidée.

— A votre service, mademoiselle, murmura Mr Rycroft tandis qu'Emily lui lançait un regard ensorceleur. Vous pouvez compter sur moi. Nous sommes associés, à présent.

Emily lui serra chaleureusement la main.

— C'est merveilleux, dit-elle — se servant de la phrase dont elle avait pu vérifier l'efficacité pendant sa courte existence — de sentir qu'on a quelqu'un sur qui on peut vraiment compter.

17

Miss Percehouse

Chez Mrs Curtis, des œufs, du bacon et Charles attendaient Emily.

Mrs Curtis était toujours surexcitée par l'évasion du détenu de Princetown.

— Le dernier qui s'est échappé, c'était il y a deux ans, et on a mis trois jours à le rattraper. Il était près de Moretonhampstead.

— Vous pensez qu'il va venir par ici ? demanda Charles.

— Ils ne s'aventurent jamais dans ce coin, où il n'y a que la lande toute nue et des petites villes. Il va aller vers Plymouth, c'est probable. Mais on le rattrapera bien avant.

— On pourrait très bien se cacher, parmi les rochers, de l'autre côté de la butte, remarqua Emily.

— Vous avez raison, mademoiselle, il y a justement une cachette là-bas, la caverne du Lutin comme on l'appelle. Une ouverture entre deux rochers, que vous ne pouvez pas trouver plus étroit, mais ça s'élargit à l'intérieur. On raconte qu'un homme du roi Charles est resté là caché pendant quinze jours, et qu'une fille de ferme lui apportait à manger.

— Il faut absolument que j'aille visiter cette caverne du Lutin, dit Charles.

— Elle est difficile à trouver monsieur, vous serez étonné. En été, les gens qui viennent pique-niquer la cherchent toute la journée et ils n'y arrivent pas, mais si jamais vous la trouvez, il faut laisser une épingle à l'intérieur, ça porte bonheur.

— Je me demande, dit Charles après le petit déjeuner, alors qu'il sortait avec Emily dans le bout de jardin, si je ne devrais pas faire un tour du côté de Princetown. C'est stupéfiant comme les choses s'arrangent quand on est en veine ! Je démarre avec un simple prix pour un concours de football et, avant d'avoir eu le temps de dire ouf, je me retrouve avec un prisonnier en fuite et un meurtrier. Splendide !

— Ne deviez-vous pas prendre des photos chez le major Burnaby ?

Charles regarda le ciel.

— Hum, je crois que je vais lui dire que le temps ne s'y prête pas. Il va y avoir de la brume, et je dois m'accrocher à ma *raison d'être* à Sittaford le plus longtemps possible. Euh... j'espère que vous ne m'en voudrez pas, mais j'ai posté ce matin une interview de vous.

— Oh, très bien, répondit machinalement Emily. Que m'avez-vous fait dire ?

— Le genre de choses que nos lecteurs veulent entendre : « Notre envoyé spécial nous livre son interview de miss Emily Trefusis, la fiancée de James Pearson, arrêté par la police pour le meurtre du capitaine Trevelyan ». Suivent mes impressions sur vous, une fille belle et courageuse...

— Merci, dit Emily.

— Cheveux coupés à la garçonne... continua Charles.

— Que voulez-vous dire par là ?

— Mais c'est vrai, répondit Charles.

— Oui, c'est vrai. Mais pourquoi en parler ?

— Parce que c'est ce que les lectrices veulent savoir, répondit Charles. L'entretien a été passionnant. Vous n'avez pas idée de la façon féminine et touchante dont vous avez parlé de tenir bon aux côtés de votre fiancé, même si le monde entier se liguait contre lui.

— Ai-je vraiment dit ça ? demanda Emily avec une légère grimace de dégoût.

— Cela vous ennuie ? demanda Mr Enderby inquiet.

— Oh non ! « Amuse-toi bien, ma chérie. »

Mr Enderby parut quelque peu interloqué.

— N'ayez pas peur, reprit Emily. C'est une citation. C'est ce qui était brodé sur mon bavoir quand j'étais petite, mon bavoir du dimanche. En semaine, j'avais : « Ne sois pas gourmande. »

— Ah ! je vois... J'ai aussi longuement évoqué la carrière de marin du capitaine Trevelyan, et j'ai juste fait allusion au pillage d'idoles sacrées et à la possibilité d'une étrange vengeance, celle d'un prêtre... Oh ! une simple allusion, vous savez.

— Eh bien, on dirait que vous avez fait votre bonne action de la journée, dit Emily.

— Et vous, qu'avez-vous fait, ce matin ? Dieu sait que vous vous êtes levée tôt !

Emily commença à lui raconter sa rencontre avec Mr Rycroft. Soudain, elle s'interrompit. Enderby se retourna et suivit son regard. Un jeune homme aux joues rouges et à l'allure sportive, penché sur la barrière, essayait différents bruits pour attirer leur attention.

— Terriblement désolé de m'immiscer, etc. Je veux dire... c'est très gênant, mais c'est ma tante qui m'envoie.

— Ah ! firent ensemble Charles et Emily, qui n'en étaient pas beaucoup plus avancés.

— Oui. Pour dire la vérité, ma tante est une mégère. Quand elle dit quelque chose, mieux vaut ne pas la contrarier, si vous voyez ce que je veux dire. Bien sûr, je trouve que c'est très impoli de venir, à une heure pareille, mais si vous connaissiez ma tante... D'ailleurs, si vous faites ce qu'elle veut, vous la connaîtrez d'ici quelques minutes.

— Votre tante, c'est miss Percehouse ? demanda Emily.

— Exact, répondit le jeune homme, visiblement soulagé. Alors vous voyez qui c'est ? La vieille mère Curtis a bavardé, je suppose. Elle sait faire marcher sa langue, hein ? Elle n'est pas mauvaise, remarquez. Bref, le fait est que ma tante voudrait vous voir et qu'elle m'a demandé de venir vous chercher. Salutations et tout le tremblement, et est-ce que ça vous dérangerait beaucoup... Elle est invalide, incapable de sortir, ce serait très gentil — enfin, vous savez quoi. Inutile de tout répéter. En vérité, elle est curieuse, c'est tout, et si vous répondez que vous avez mal à la tête ou que vous avez des lettres à écrire, ce sera très bien, vous n'aurez pas besoin de vous donner la peine...

— Oh ! mais je veux me donner la peine, dit Emily. Je vous suis. Mr Enderby, lui, doit aller voir le major Burnaby.

— Je dois vraiment ? demanda Enderby à voix basse.

— Vraiment, répliqua-t-elle fermement.

Elle le congédia d'un signe de tête et rejoignit son nouvel ami sur la route.

— Vous êtes Mr Garfield, sans doute, dit-elle.

— C'est exact. J'aurais dû me présenter.

— Oh, vous savez, ce n'était pas très difficile à deviner.

— C'est épatant de votre part de m'avoir suivi comme ça, remarqua Mr Garfield. Un tas de filles auraient été offensées. Mais vous savez comment sont les vieilles dames...

— Vous ne vivez pas ici, n'est-ce pas, Mr Garfield ?

— Tout ce que vous voulez que je ne vis pas ici ! s'écria Ronnie Garfield avec ferveur. Avez-vous déjà vu un endroit plus perdu ? Même pas un cinéma où aller ! Je ne comprends pas comment quelqu'un ne commet pas un meurtre pour...

Il se tut soudain, consterné par ce qu'il venait de dire.

— Mon Dieu, je suis désolé. Je suis l'individu le plus malchanceux au monde. Je dis toujours ce qu'il ne faut pas. Excusez-moi, je n'ai pas pensé à ça une seconde.

— J'en suis persuadée, dit Emily d'un ton apaisant.

— Nous voici arrivés, annonça Garfield.

Il poussa une grille et Emily s'engagea dans l'allée menant à une petite maison identique aux autres.

Dans le salon qui donnait sur le jardin, allongée sur un divan, elle trouva une vieille femme au visage fin et ridé, avec le nez le plus pointu et le plus inquisiteur qu'Emily ait jamais vu, qui se dressa péniblement sur un coude.

— Alors, tu l'as amenée, dit-elle C'est très gentil à vous, ma chère, de venir voir une vieille dame. Mais vous savez ce que c'est quand on est invalide. On veut être de toutes les réjouissances. Alors si on ne peut pas aller jusqu'à la fête, la fête doit venir à vous. Et ne pensez pas qu'il s'agisse simplement de curiosité. C'est beaucoup plus que ça. Ronnie, va donc peindre les meubles du jardin. Ils sont dans la cabane, tout au bout. Deux fauteuils en osier et un banc. La peinture est là-bas aussi.

— Très bien, tante Caroline.

Obéissant, le neveu disparut.

— Asseyez-vous, dit miss Percehouse.

Emily s'installa sur la chaise qu'elle lui indiquait. Curieusement, elle s'était prise aussitôt de sympathie pour cette femme d'âge mûr à la langue plutôt bien pendue. Elle se sentait une espèce de parenté avec elle.

« Voilà quelqu'un qui va droit au but, se dit-elle, qui n'en fait qu'à sa tête et qui régente tous ceux qu'elle peut. Comme moi, sauf que je suis plutôt jolie, alors qu'elle doit tout obtenir par sa force de caractère. »

— Je crois savoir que vous êtes la fiancée du neveu de Trevelyan ? J'ai entendu parler de vous, et maintenant que je vous vois, je sais exactement ce que vous voulez. Et je vous souhaite bonne chance.

— Merci, dit Emily.

— Je déteste les femelles émotives, déclara miss Percehouse. J'aime celles qui se prennent en main et qui agissent.

Elle lui lança un regard perçant.

— Je vous fais pitié, sans doute, de ne pouvoir ni me lever ni marcher.

— Non, répondit Emily, songeuse, je ne crois pas. Si on en a la volonté, je pense qu'on peut toujours tirer quelque chose de la vie. Sinon d'une façon, du moins de l'autre.

— Très juste, dit miss Percehouse. Vous devez envisager la vie sous un autre angle, c'est tout.

— L'angle d'attaque, murmura Emily.

— Vous dites ?

Emily lui exposa aussi clairement que possible la théorie qu'elle avait élaborée le matin et l'application qu'elle comptait en faire dans cette histoire.

— Pas mal, dit miss Percehouse en hochant la tête. Maintenant, ma chère enfant, venons-en à notre affaire. N'étant pas née de la dernière pluie, je suppose que vous êtes venue à Sittaford pour récolter le maximum de renseignements sur ses habitants et pour voir s'ils ont ou non un rapport avec le meurtre. Eh bien, si vous voulez savoir quelque chose sur quelqu'un, demandez-le-moi.

Emily ne perdit pas de temps. Concise et efficace, elle alla droit au but.

— Le major Burnaby ?

— Officier à la retraite typique, esprit étroit et borné, de tempérament jaloux. Crédule en matière d'argent. Le genre d'homme qui investit dans une compagnie véreuse parce qu'il ne voit pas plus loin que le bout de son nez. Aime payer ses dettes sans tarder et a horreur des gens qui ne s'essuient pas les pieds sur le paillasson.

— Mr Rycroft ? demanda Emily.

— Drôle de petit bonhomme, terriblement égocentrique. Un peu loufoque. Se prend pour un type extraordinaire. Je suppose qu'il vous a proposé de vous aider à résoudre cette affaire grâce à sa merveilleuse connaissance de la criminologie.

Emily reconnut que c'était bien le cas.

— Mr Duke ? demanda-t-elle.

— Je ne sais rien de lui et pourtant, je devrais. Un type tout à fait ordinaire. Je devrais savoir et je ne sais pas. C'est bizarre. C'est comme un nom qu'on a sur le bout de la langue, mais vous me tueriez que je ne m'en souviendrais pas.

— Les Willett ? demanda Emily.

— Ah, les Willett ! s'exclama miss Percehouse en se redressant. Que dire, en effet ? Je vais vous raconter quelque chose à leur sujet, mon enfant. Cela vous sera peut-être utile, peut-être pas. Allez jusqu'à mon secrétaire et tirez le petit tiroir du haut... celui de gauche, c'est ça. Apportez-moi l'enveloppe blanche qui s'y trouve.

Emily obéit.

— Je ne dis pas que c'est important. Ça ne l'est sans doute pas. Tout le monde ment à sa façon et Mrs Willett a parfaitement le droit d'en faire autant.

Elle plongea la main dans l'enveloppe.

— Voilà de quoi il s'agit. Les Willett sont arrivées ici, avec leurs tenues élégantes, leurs domestiques et leurs malles « Innovation », Mrs Willett et sa fille en automobile, les domestiques et les malles « Innovation » par le car. Comme c'était ce qu'on appelle un événement, je les ai regardées passer et j'ai remarqué qu'une étiquette colorée s'était décollée d'une malle et avait atterri sur une de mes plates-bandes. S'il y a une chose que je ne supporte pas, c'est bien de voir traîner des vieux papiers ou n'importe quelle saleté par terre, alors j'ai envoyé Ronnie la ramasser, et j'étais sur le point de la jeter quand je me suis dit qu'elle était assez jolie et que je pourrais peut-être la garder pour l'album de découpages que je fais pour les enfants malades à l'hôpital. Je n'y aurais plus jamais pensé si Mrs Willett ne m'avait pas à plusieurs reprises affirmé que Violette n'était jamais sortie d'Afrique du Sud, et qu'elle-même ne connaissait que l'Afrique du Sud, l'Angleterre et la Riviera.

— Eh bien ? dit Emily.

— Eh bien, regardez ça...

Miss Percehouse lui fourra une étiquette de bagage dans la main. On y lisait : « Hotel Mendel, Melbourne. »

— L'Australie n'est pas l'Afrique du Sud, du moins elle ne l'était pas de mon temps, dit miss Percehouse. C'est peut-être sans importance, mais je vous le donne pour ce que ça vaut. Et je vous dirai encore autre chose. J'ai entendu plusieurs fois Mrs Willett interpeller sa fille d'une façon typiquement australienne. Je trouve cela étrange. Pourquoi cacher qu'on vient d'Australie, si c'est de là qu'on vient ?

— C'est bizarre, en effet. Et c'est tout aussi bizarre de venir passer l'hiver ici.

— Cela saute aux yeux. Les avez-vous rencontrées ?

— Pas encore, je pensais leur rendre visite ce matin, dit Emily. Mais je ne sais pas trop quoi leur dire.

— Laissez-moi vous fournir un prétexte, dit vivement miss Percehouse. Passez-moi mon stylo, une feuille de papier et une enveloppe. Merci. Maintenant, voyons un peu. (Elle se tut un instant puis, sans prévenir, poussa un cri épouvantable.) Ronnie ! Ronnie ! Est-ce qu'il est sourd ? Pourquoi ne vient-il pas quand je l'appelle ? Ronnie !

Ronnie arriva au trot, un pinceau à la main.

— Que se passe-t-il, tante Caroline ?

— Que veux-tu qu'il se passe ? Je t'appelle, voilà tout ! As-tu mangé un gâteau quelconque, hier, chez les Willett ?

— Un gâteau ?

— Oui ! Un gâteau, des sandwiches, n'importe quoi ! Ce que tu peux être lent, mon garçon ! Qu'y avait-il, hier, pour le thé ?

— Il y avait du moka, dit Ronnie, interloqué, et des sandwiches au pâté.

— Du moka... Ça ira, dit sa tante, qui se mit à écrire. Tu peux retourner à ta peinture, Ronnie. Eh bien, ne reste pas planté là, la bouche ouverte. On t'a opéré des amygdales quand tu avais huit ans, alors tu n'as aucune excuse.

Elle continua à écrire :

Chère Mrs Willett,

J'apprends que vous avez offert un moka délicieux, hier après-midi. Auriez-vous l'amabilité de m'en donner la recette ? Je sais que vous ne m'en voudrez pas de vous le demander — une invalide ne peut guère varier que ses menus. Ronnie est très occupé ce matin, mais miss Trefusis m'a promis de vous apporter ce petit mot. Ce prisonnier qui s'est évadé, c'est horrible, non ?

Bien à vous,
Caroline Percehouse.

Elle glissa la lettre dans l'enveloppe, la cacheta et inscrivit l'adresse.

— Voilà, mademoiselle. La maison sera probablement infestée de journalistes. J'en ai vu passer tout un autocar. Mais demandez à voir Mrs Willett de ma part et dites que vous apportez un petit mot pour elle, vous serez reçue aussitôt. Je n'ai pas besoin de vous recommander d'ouvrir l'œil, et de profiter de votre visite... c'est bien votre intention.

— Vous êtes vraiment très gentille, dit Emily.

— J'aide ceux qui savent s'aider eux-mêmes, répondit miss Percehouse. A propos, vous ne m'avez pas demandé mon opinion sur Ronnie. Il figure sans doute sur votre liste. C'est un bon garçon, à sa manière, mais d'une faiblesse pitoyable. J'ai le regret de dire qu'il ferait n'importe quoi pour de l'argent. Regardez ce que je lui fais endurer ! Il n'a pas le minimum d'intelligence qu'il faudrait pour comprendre que j'aimerais dix fois plus qu'il me tienne tête de temps en temps et qu'il m'envoie au diable ! Reste le capitaine Wyatt. Il fume l'opium, je crois, et il a le caractère le plus épouvantable de toute l'Angleterre ! Désirez-vous savoir autre chose ?

— Je ne pense pas, dit Emily. Il me semble que vous avez fait à peu près le tour de la question.

18

En visite à Sittaford House

Marchant sur le sentier d'un pas alerte, Emily remarqua une fois de plus combien la matinée était changeante. Le brouillard était en train d'épaissir.

« C'est horrible de vivre en Angleterre, pensa Emily. S'il ne pleut pas, ne neige pas, s'il ne vente pas, alors il y a du brouillard ! Et si par hasard le soleil brille, il fait si froid qu'on ne sent plus ses mains ni ses doigts de pied. »

Elle fut interrompue dans ses réflexions par une voix plutôt rauque résonnant à son oreille droite.

— Excusez-moi, auriez-vous vu un bull-terrier par hasard ?

Emily sursauta et se retourna. Un homme grand et mince, brun de peau, aux yeux injectés de sang et aux cheveux gris était accoudé à une barrière. Appuyé d'un côté sur une béquille, il observait Emily avec grand intérêt. Ce ne pouvait être que le capitaine Wyatt, l'invalide propriétaire du numéro trois.

— Non, je ne l'ai pas vu, répondit-elle.

— Il s'est échappé, expliqua le capitaine. C'est une créature très affectueuse mais complètement stupide. Et avec toutes ces voitures...

— Je ne pense pas que beaucoup de véhicules empruntent ce sentier.

— En été, il y a des autocars, dit le capitaine. L'excursion du matin à 3 shillings 6, qui part d'Exhampton. Ils grimpent la colline avec une halte à mi-chemin pour les rafraîchissements.

— Oui, mais nous ne sommes pas en été, dit Emily.

— N'empêche qu'il vient d'en passer un à l'instant. Des journalistes, j'imagine, qui viennent voir la maison.

— Vous connaissiez bien le capitaine Trevelyan ?

Cette histoire de bull-terrier, évidemment, n'avait été qu'un prétexte inspiré par une curiosité bien naturelle. Emily était consciente d'être devenue la principale attraction de Sittaford, et il était tout à fait normal que le capitaine Wyatt veuille la voir, lui aussi.

— Bien, ce serait beaucoup dire, répondit-il. Il m'avait vendu cette maison.

— Ah oui ? dit Emily d'un ton encourageant.

— Un grippe-sou, voilà ce qu'il était ! Il avait été entendu que l'endroit serait aménagé selon les goûts de l'acquéreur. Mais juste parce que j'ai voulu rehausser de jaune citron les châssis des fenêtres chocolat, il a exigé que je paye la moitié des frais. Il prétendait que l'accord n'était valable que pour une seule couleur.

— Vous ne l'aimiez pas beaucoup, suggéra Emily.

— Je me disputais tout le temps avec lui, dit le capitaine Wyatt. Remarquez, ajouta-t-il après réflexion, je me dispute avec tout le monde... Dans un endroit comme celui-ci, il faut apprendre aux gens à vous laisser tranquille. Ils sont toujours à frapper à votre porte et à vous tomber dessus pour jacasser. Ça ne me dérange pas de voir des gens quand je suis d'humeur — mais quand je suis d'humeur moi, pas eux. Trevelyan prenait des airs de seigneur des lieux qui ne me plaisaient pas et il me tombait dessus quand ça lui chantait. Il n'y a plus une âme, maintenant, qui ose m'approcher, ajouta-t-il avec satisfaction.

— Ah ! fit Emily.

— C'est l'avantage d'avoir pour domestiques des indigènes. Ils savent obéir aux ordres. Abdul ! cria-t-il.

Un grand Indien, coiffé d'un turban, sortit de la maison et attendit, au garde-à-vous.

— Entrez, venez prendre quelque chose, dit le capitaine Wyatt. Vous verrez la maison.

— Je suis désolée, dit Emily, mais je suis pressée.

— Oh, non, vous n'êtes pas pressée.

— Si, affirma Emily. J'ai un rendez-vous.

— Les gens ne connaissent plus l'art de vivre, aujourd'hui. Ils ont des trains à prendre, des rendez-vous, des heures fixées pour toutes choses — c'est absurde. Comme je dis, levez-vous avec le soleil, mangez quand vous en avez envie, ne vous attachez jamais à une heure ou à une date. Si les gens voulaient m'écouter, je leur apprendrais à vivre...

« Le résultat de cette exaltante façon de vivre n'est pas particulièrement encourageant », se dit Emily. Elle avait rarement vu pareille épave humaine. Quoi qu'il en soit, jugeant qu'elle avait suffisamment contenté la curiosité du capitaine, Emily répéta qu'elle était pressée et reprit son chemin.

Sittaford House avait une porte d'entrée en chêne massif, une poignée de sonnette bien astiquée, un gigantesque tapis-brosse métallique et une boîte aux lettres brillante de cuivre poli. L'image même du confort et de la respectabilité.

Une femme de chambre typique et tirée à quatre épingles répondit à son coup de sonnette.

— Mrs Willett ne reçoit pas, ce matin, dit-elle froidement.

— Je lui apporte un mot de miss Percehouse, dit Emily.

Cela changeait visiblement les choses. L'hésitation se peignit sur le visage de la femme de chambre, qui se décida :

— Donnez-vous la peine d'entrer, dit-elle.

Elle fit passer Emily à travers ce que les agents immobiliers appellent un « vestibule bien équipé » et l'introduisit dans un salon spacieux. Un feu crépitait dans la cheminée et l'on apercevait les traces d'une occupation féminine : des tulipes en verre, une corbeille à ouvrage, un chapeau de jeune fille, une poupée aux longues jambes. Mais elle remarqua qu'il n'y avait aucune photographie.

Ayant terminé son examen des lieux, Emily se réchauffait les mains près du feu quand la porte s'ouvrit sur une jeune fille à peu près de son âge. Emily remarqua qu'elle était jolie, habillée avec une élégance coûteuse, mais elle n'avait jamais vu quelqu'un dans un pareil état de nervosité.

Non qu'elle en eût toutes les apparences. Miss Willett faisait vaillamment semblant d'être parfaitement à l'aise.

— Bonjour, dit-elle en tendant la main à Emily. Je suis désolée que ma mère ne soit pas là, mais elle passe la matinée au lit.

— Oh, excusez-moi, je tombe à un mauvais moment.

— Mais non, pas du tout ! La cuisinière est en train de recopier la recette du gâteau. Nous sommes enchantées de pouvoir la donner à miss Percehouse. Vous habitez chez elle ?

Emily sourit intérieurement en songeant qu'elle se trouvait sans doute dans la seule maison de Sittaford où on ignorait qui elle était et ce qu'elle faisait. Sittaford House devait vivre sous deux régimes : celui des employés qui avaient entendu parler d'elle, celui des employeurs qui, de toute évidence, n'en avaient pas entendu parler.

— Je n'habite pas exactement chez elle. En fait, je loge chez Mrs Curtis.

— Evidemment, sa maison est toute petite et elle a son neveu Ronnie avec elle, non ? Il n'y aurait pas de place en plus pour vous, j'imagine. C'est une femme merveilleuse, n'est-ce pas ? Une personnalité. Mais elle me fait plutôt peur, en réalité.

— Un tyran n'est-ce pas ? reconnut Emily en riant. Il faut dire que c'est une tentation terrible, surtout quand personne ne vous tient tête.

Miss Willett soupira.

— J'aimerais pouvoir tenir tête aux autres, dit-elle. Nous avons passé une matinée épouvantable, empoisonnée par les journalistes.

— Ah ! mais oui, dit Emily. Cette maison appartient en fait au capitaine Trevelyan, n'est-ce pas ? L'homme qui a été assassiné à Exhampton ?

Elle essayait de comprendre pourquoi Violette Willett était si agitée. Elle avait les nerfs à vif. Quelque chose l'effrayait — et l'effrayait au plus haut point. Exprès, Emily avait fait carrément allusion au capitaine Trevelyan. La jeune fille n'avait pas particulièrement réagi, mais elle s'attendait sans doute à la question.

— Oui, répondit-elle. C'est affreux, n'est-ce pas ?

— Mais dites-moi... Si cela ne vous ennuie pas d'en parler, bien sûr ?

— Non, non ! Certainement pas... Pourquoi cela m'ennuierait-il ?

« Décidément, il y a quelque chose qui ne tourne pas rond chez cette fille, songea Emily. Elle sait à peine ce qu'elle dit. Qu'est-ce qui a bien pu la retourner comme ça ce matin ? »

— C'est à propos de cette séance de table tournante... J'en ai entendu parler par hasard, et cela m'a paru follement intéressant... je veux dire absolument épouvantable...

« Je vais jouer la fille terriblement impressionnée », se dit-elle.

— Oh ! Cela a été horrible ! Ce soir-là... Je ne l'oublierai jamais ! Bien sûr, nous avons pensé qu'il s'agissait d'une plaisanterie, mais une plaisanterie de très mauvais goût.

— Oui ?

— Je m'en souviendrai toujours... Quand on a rallumé, tout le monde avait l'air si bizarre ! Pas Mr Duke ni le major Burnaby — ils sont du genre impassible, ils n'admettraient jamais que quelque chose de pareil puisse les impressionner. Mais, en vérité, on voyait bien que le major Burnaby était ébranlé. En fait, je pense qu'il y a cru plus que les autres. J'ai eu peur que ce pauvre Mr Rycroft n'ait une crise cardiaque, pourtant il devrait avoir l'habitude, il s'occupe de recherches psychiques. Quant à Ronnie — Ronnie Garfield — on aurait dit qu'il venait de voir un fantôme, c'est le cas de le dire. Même ma mère... Je ne l'avais jamais vue si bouleversée.

— De quoi donner la chair de poule ! dit Emily. Je regrette de ne pas avoir vu ça.

— C'était plutôt horrible en vérité. Nous faisions tous semblant de croire à une plaisanterie, vous savez, mais ça n'y ressemblait pas. Et puis, tout à coup, le major Burnaby a décidé d'aller à Exhampton, nous avons tous essayé de l'en empêcher, nous lui avons dit qu'il allait se retrouver enterré sous une congère, mais rien n'y a fait. Après son départ, nous nous sommes sentis honteux et inquiets. Et puis hier soir, non ! hier matin, nous avons appris la nouvelle.

— Vous pensez que c'était l'esprit du capitaine Trevelyan ? demanda Emily d'une voix pleine d'effroi respectueux. Ou bien pensez-vous qu'il s'agissait de voyance, ou de télépathie ?

— Oh ! je n'en sais rien. Mais plus jamais, non, plus jamais je ne rirai de ces histoires.

La femme de chambre entra avec une feuille de papier sur un plateau qu'elle tendit à Violette. Elle se retira, Violette déplia le papier, le parcourut des yeux et le passa à Emily.

— Voilà. En vérité, vous êtes arrivée à temps. Cette histoire de meurtre a bouleversé les domestiques. Elles pensent qu'il est dangereux de vivre dans un endroit si retiré. Hier soir, mère s'est fâchée et les a toutes renvoyées. Elles partent après le déjeuner. Nous allons avoir deux hommes, à la place : un valet de chambre et un genre de chauffeur-maître d'hôtel. Je pense que cela sera beaucoup mieux.

— Les domestiques sont stupides, n'est-ce pas ? dit Emily.

— Si encore le capitaine Trevelyan avait été assassiné dans la maison !

— Quelle idée vous a prise de venir vivre ici ? demanda Emily en s'efforçant de prendre un ton naturel.

— Oh, nous avons pensé que ce serait amusant.

— Vous ne trouvez pas l'endroit plutôt ennuyeux ?

— Oh ! non, j'adore la campagne, répondit Violette.

Mais elle évita le regard d'Emily. Elle avait de nouveau l'air méfiant et inquiet.

Mal à l'aise, elle s'agita sur sa chaise. Emily se leva à regret.

— Je dois m'en aller. Merci beaucoup, miss Willett. J'espère que votre mère va aller mieux.

— Oh, elle va bien. Ce sont seulement les domestiques... et tous ces soucis.

— Bien sûr.

Adroitement, sans que l'autre le remarque, Emily s'arrangea pour abandonner ses gants sur une petite table. Violette Willett la raccompagna jusqu'à la porte et elles se quittèrent sur quelques paroles aimables.

La femme de chambre avait déverrouillé la porte pour l'ouvrir à Emily, mais quand Violette la ferma derrière elle, elle n'entendit pas la clef tourner. En arrivant à la grille, elle retourna donc lentement sur ses pas.

Cette visite n'avait fait que confirmer ses idées sur Sittaford House. Il se passait là des choses étranges. A moins d'être une actrice tout à fait exceptionnelle, Violette n'y était sans doute pas directement mêlée. Mais il y avait quelque chose d'anormal, et ce quelque chose devait avoir un rapport avec la tragédie. Il devait y avoir un lien entre les Willett et le capitaine Trevelyan, et dans ce lien se trouvait peut-être la clef de tout le mystère.

Arrivée devant la porte d'entrée, Emily tourna la poignée avec précaution et franchit le seuil de la maison. Le vestibule était désert. Elle s'arrêta un instant ne sachant trop quoi faire. Elle avait son excuse prête : les gants qu'elle avait intentionnellement laissés au salon. Immobile, elle écouta. On n'entendait qu'un léger murmure venant du premier étage. Aussi silencieusement que possible, Emily se glissa jusqu'au pied de l'escalier et leva la tête. Puis, avec précaution, elle gravit une marche après l'autre. C'était plutôt risqué. Elle ne pouvait guère prétendre que ses gants avaient grimpé au premier étage de leur propre chef, mais elle brûlait d'envie d'entendre ce qui se disait là-haut. Dans les constructions modernes, les portes ferment toujours mal. Et si l'on pouvait entendre un murmure au rez-de-chaussée, devant la porte on devait pouvoir entendre clairement la conversation qui se déroulait dans la pièce. Encore un pas... encore un... deux voix de femmes... Violette et sa mère, sans aucun doute.

Soudain, elles se turent. Un bruit de pas... Emily battit rapidement en retraite.

En descendant l'escalier, miss Willett eut la surprise de trouver son ex-visiteuse dans le vestibule, regardant autour d'elle d'un air égaré.

— Mes gants, expliqua-t-elle. Je dois les avoir oubliés. Je suis venue les chercher.

— Ils sont sans doute dans le salon, dit Violette.

Elles entrèrent et, bien entendu, sur une petite table, près de laquelle Emily avait été assise, se trouvait la fameuse paire de gants.

— Oh ! merci dit Emily. C'est tellement bête ! Il faut toujours que j'oublie quelque chose.

— Et on a besoin de ses gants par ce temps, dit Violette. Il fait si froid !

Elles se séparèrent de nouveau à la porte. Mais cette fois, Emily entendit la clef tourner dans la serrure.

Elle avait largement de quoi penser en descendant l'allée car, quand la porte du premier étage, s'était ouverte, elle avait clairement entendu une voix de femme plus âgée prononcer cette phrase d'un ton plaintif :

— Mon Dieu, je n'en peux plus ! Ce soir n'arrivera donc jamais ?

19

HYPOTHÈSES

Charles n'était pas à la maison quand Emily rentra. Mrs Curtis lui expliqua qu'il était parti avec des jeunes gens, mais que deux télégrammes étaient arrivés pour elle. Emily les prit, les ouvrit et les fourra dans sa poche, sous le regard brûlant de curiosité de Mrs Curtis.

— Pas de mauvaises nouvelles, au moins ? demanda-t-elle.

— Non, non ! répondit Emily.

— Moi, ça me retourne toujours, les télégrammes.

— Je sais, dit Emily. C'est très inquiétant.

Elle n'avait qu'une envie : se retrouver seule pour mettre de l'ordre dans ses idées. Elle monta dans sa chambre, prit du papier et un crayon, et se mit à travailler avec une méthode très personnelle. Au bout de vingt minutes de cet exercice, elle fut interrompue par Charles Enderby.

— Hello, hello, hello ! Alors, vous voilà. Tous les journalistes de Londres sont sur vos traces depuis ce matin mais ils vous ont ratée partout. Quoi qu'il en soit, je leur ai dit de vous laisser tranquille. C'est moi le grand manitou pour tout ce qui vous concerne.

Emily étant installée sur le lit, il s'assit sur la chaise en riant.

— Vous savez, je commence à connaître tout le monde, dans le milieu. Je suis plongé là-dedans jusqu'au cou. C'est trop beau pour être vrai. J'ai beau me pincer, je crois rêver ! Au fait, avez-vous remarqué ce brouillard ?

— Il ne peut pas m'empêcher d'aller à Exeter, cet après-midi, non ?

— Vous voulez aller à Exeter ?

— Oui, dit Emily. J'ai rendez-vous avec Mr Dacres. Vous savez, mon avocat, celui qui est chargé de la défense de Jim. Il veut me voir. J'en profiterai pour faire un saut chez sa tante Jennifer. Après tout, Exeter n'est qu'à une demi-heure d'ici.

— Ce qui signifie qu'elle aurait pu faire un saut jusqu'ici et frapper son frère sur la tête, sans qu'on s'aperçoive de son absence ?

— Oh ! Je sais, c'est assez improbable, mais il faut tout envisager. Non pas que je tienne à ce que ce soit tante Jennifer la coupable. Je préférerais de beaucoup Martin Dering. Je déteste ce genre d'homme qui se targue de sa qualité de futur beau-frère pour se conduire d'une façon qui mériterait une paire de gifles.

— C'est ce genre-là ?

— Exactement. C'est un personnage de meurtrier idéal. Il reçoit sans arrêt des télégrammes de bookmakers et perd beaucoup d'argent aux courses. Dommage qu'il ait un alibi aussi solide. Mr Dacres m'en a parlé. Un éditeur et un dîner littéraire, c'est inattaquable.

— Un dîner littéraire ? répéta Enderby. Vendredi soir. Martin Dering... Voyons voir... Martin Dering... Mais oui ! J'en suis presque sûr ! Bon Dieu, j'en suis sûr, mais je peux me le faire confirmer en envoyant un câble à Carruthers.

— De quoi parlez-vous ? demanda Emily.

— Ecoutez. Vous savez que je suis arrivé ici à Exhampton vendredi soir. Bon. Un de mes copains, un journaliste du nom de Carruthers, devait me passer une information. Il devait venir me voir vers 6 heures et demie s'il pouvait, avant de se rendre à un dîner littéraire — c'est un grand ponte Carruthers — et, s'il ne pouvait pas, il devait m'envoyer un mot à Exhampton. Eh bien, il n'a pas pu et il m'a envoyé un mot.

— Mais qu'est-ce que tout ça a à voir avec notre affaire ?

— Un peu de patience, j'y viens. Le bon vieux était un peu éméché quand il m'a écrit. Le dîner avait dû être bien arrosé. Après m'avoir dit ce que je voulais savoir, il poursuit en me donnant des détails croustillants sur la soirée, vous voyez le genre, à propos des interventions des uns et des autres de ces imbéciles d'Untel et Untel, le fameux romancier et le non moins fameux dramaturge. Et il se plaignait d'avoir été très mal placé à ce dîner. A sa gauche, où aurait dû se trouver Ruby Mc Almott, cette horrible bonne femme qui écrit des best-sellers, le siège était vide. Et à sa droite, où aurait dû se trouver Martin Dering, le spécialiste du sexe, le siège était également vide. Alors il a essayé de tirer le meilleur parti de la situation en se rapprochant d'un poète très connu dans les salons de province. Et maintenant, vous voyez où je voulais en venir ?

— Charles ! Vous êtes un amour ! s'exclama

Emily que l'excitation rendait lyrique. C'est merveilleux ! Alors cette brute n'a pas assisté au dîner.

— Exactement.

— Vous êtes sûr de ne pas vous tromper de nom ?

— Certain. J'ai malheureusement déchiré la lettre, mais je peux le vérifier auprès de Carruthers. Cela dit, je suis sûr de ne pas me tromper.

— Reste l'éditeur, bien sûr, avec lequel il a passé l'après-midi. Mais je crois qu'il s'agissait de quelqu'un qui repartait pour les Etats-Unis, ce qui est on ne peut plus louche. On dirait qu'il a choisi exprès une personne qu'il serait très difficile d'interroger.

— Vous pensez vraiment que nous avons tapé dans le mille ? demanda Charles.

— Ma foi, ça m'en a tout l'air. Je crois que la seule chose à faire c'est d'aller droit chez ce charmant inspecteur Narracott pour lui raconter tout ça. Nous ne pouvons pas interroger un éditeur américain qui se trouve à bord du *Mauretania*, du *Berengaria* ou Dieu sait où. C'est le travail de la police.

— Si jamais c'est vrai, oh la la ! Quel scoop ! dit Charles. Dans ce cas, le *Daily Wire* devrait m'offrir au moins...

Emily interrompit sans pitié ses rêves d'avancement.

— Nous ne devons pas perdre la tête, dit-elle, et jeter tout le reste par-dessus bord. Je dois aller à Exeter. Je ne serai probablement pas de retour avant demain. Mais j'ai du travail pour vous.

— Quel genre de travail ?

Emily lui raconta sa visite chez les Willett, et lui répéta la phrase qu'elle avait entendue en partant.

— Il faut absolument découvrir ce qui va se passer ce soir. Il y a quelque chose dans l'air.

— Voilà qui est extraordinaire !

— N'est-ce pas. Bien sûr, ça peut être une coïncidence comme ça peut ne pas l'être : vous avez sans doute remarqué qu'elles se sont débarrassées des domestiques. Il va se passer quelque chose ce soir, et il faut absolument que vous soyez sur place pour le voir.

— Vous voulez dire qu'il va falloir que je passe la nuit dans le jardin, à grelotter sous un buisson ?

— Vous trouvez ça insupportable ? Un journaliste doit être prêt à tout endurer pour la bonne cause.

— Qui vous a dit ça ?

— Peu importe qui me l'a dit, je le sais, voilà tout. Alors vous allez le faire, n'est-ce pas ?

— Plutôt dix fois qu'une, répliqua Charles. Je ne voudrais pas rater quoi que ce soit. S'il se passe quelque chose cette nuit à Sittaford, j'en serai.

Emily lui raconta également l'histoire des bagages et de l'étiquette.

— C'est bizarre, dit Mr Enderby. C'est bien en Australie que se trouve le troisième Pearson, n'est-ce pas ? Le plus jeune ? Bien sûr, cela ne veut rien dire, mais quand même, cela pourrait avoir un rapport.

— Hum ! fit Emily. Je crois que c'est tout. De votre côté avez-vous quelque chose à raconter ?

— Eh bien, j'ai eu une idée.

— Oui ?

— Je me demande seulement comment vous allez prendre ça.

— Qu'est-ce que ça veut dire « Comment vous allez prendre ça » ?

— Vous n'allez pas pousser des cris ?

— Je ne pense pas. Du moins, j'espère être capable d'écouter avec bon sens et sang-froid n'importe quoi.

— Eh bien, voilà, commença Charles Enderby en la regardant avec inquiétude, ne prenez pas ça comme une attaque ou quoi que ce soit, mais votre copain, vous croyez qu'on peut lui faire confiance, qu'il dit toute la vérité ?

— Voulez-vous dire qu'après tout ce serait peut-être bien lui l'assassin ? Libre à vous de le penser. Mais comme je vous l'ai expliqué au début, si c'est en effet le point de vue le plus naturel, nous devons partir du principe qu'il est innocent.

— Ce n'est pas ce que je voulais dire, répondit Charles. Je suis d'accord avec vous pour poser en principe que ce n'est pas lui qui a abattu le vieux.

Mais dans quelle mesure l'histoire qu'il raconte est-elle vraie ? Il prétend s'être rendu chez son oncle, avoir bavardé avec lui et l'avoir quitté vivant et en bonne santé.

— Oui.

— Eh bien, vous ne pensez pas — c'est une idée qui m'est venue — qu'il a pu aller là-bas et trouver le vieux mort en arrivant ? Ensuite, pris de panique, il aura préféré n'en rien dire.

Charles fut soulagé de constater qu'Emily ne poussait pas de cris. Au contraire, les sourcils froncés, elle paraissait réfléchir.

— Je ne vais pas jouer la comédie, dit-elle. C'est possible. Je n'y avais pas pensé. Je sais que Jim est incapable de tuer quelqu'un, mais il a très bien pu se laisser embarquer dans un mensonge auquel ensuite il a été obligé de se tenir. Oui c'est tout à fait possible.

— L'ennui, c'est qu'on ne peut pas aller lui poser la question maintenant. On ne vous laisserait sans doute pas seule avec lui ?

— Je pourrais en charger Mr Dacres, dit Emily. Je pense qu'on s'entretient seul avec son avocat. Malheureusement, Jim est terriblement obstiné. S'il a dit une chose une fois, il s'y tient.

— « C'est ma version et je n'en démordrai pas », résuma Charles.

— Oui. Je suis contente que vous ayez suggéré cette possibilité, Charles. Je n'y avais pas pensé. Nous cherchions quelqu'un qui était venu *après* le départ de Jim. Mais s'il est venu *avant*...

Elle se tut, perdue dans ses pensées. Elle était tiraillée entre deux théories très différentes. Celle de Mr Rycroft, selon laquelle l'élément déterminant était une dispute entre Jim et son oncle. L'autre théorie, toutefois, ne tenait pas compte de Jim. La première chose à faire, c'était d'aller interroger le médecin qui avait examiné le cadavre. Si le capitaine Trevelyan avait été tué à... disons, 4 heures, les alibis seraient remis en question. Et la deuxième chose qu'elle devait faire, c'était d'expliquer à

Mr Dacres qu'il devait absolument convaincre Jim de dire la vérité à ce sujet.

Elle se leva.

— Bon, dit-elle, vous feriez bien d'aller voir comment je peux me rendre à Exhampton. Le forgeron dispose bien d'un véhicule quelconque, je suppose. Pourriez-vous régler ça pour moi ? Je partirai aussitôt après le déjeuner. Il y a un train à 3 h 10 pour Exeter. Cela me donnera le temps de voir le médecin d'abord. Quelle heure est-il ?

— Midi et demi, répondit Mr Enderby.

— Alors nous pouvons aller ensemble chercher une voiture, répliqua Emily. Il y a juste une chose encore que je voudrais faire avant de quitter Sittaford.

— Quoi donc ? demanda Charles.

— Rendre visite à Mr Duke. C'est le seul habitant de Sittaford que je n'aie pas encore vu. Et il a assisté à la séance de spiritisme.

— Oh ! sa maison se trouve justement sur le chemin de la forge.

La maison de Mr Duke était la dernière de la rangée. Emily et Charles ouvrirent la grille et montèrent l'allée. Mais il se produisit alors quelque chose de surprenant. La porte s'ouvrit et un homme sortit. Et cet homme, c'était l'inspecteur Narracott.

Il eut l'air tout aussi étonné, pensa Emily, et même un peu embarrassé.

— Je suis contente de vous voir, inspecteur Narracott, dit Emily. J'aimerais vous parler d'une ou deux choses, si vous le voulez bien.

— Avec joie, miss Trefusis, répondit Narracott en sortant sa montre. Mais vous allez devoir faire vite, j'en ai peur. J'ai une voiture qui m'attend. Je dois retourner à Exhampton.

— C'est une vraie chance, dit Emily. Puis-je profiter de votre voiture, inspecteur ?

L'inspecteur déclara avec un visage de bois qu'il en serait enchanté.

— Vous pouvez aller chercher ma valise, Charles, elle est prête.

Charles partit aussitôt.

— Quelle surprise de vous rencontrer ici, miss Trefusis, dit l'inspecteur Narracott.
— Je vous avais dit *au revoir*, lui rappela Emily.
— Je ne l'avais pas remarqué à ce moment-là.
— Vous n'avez pas fini de me voir, déclara Emily en toute simplicité. Vous savez, inspecteur Narracott, vous avez commis une erreur. Jim n'est pas l'homme que vous cherchez.
— Vraiment !
— De plus, je crois qu'au fond de vous-même, vous êtes d'accord avec moi.
— Qu'est-ce qui vous fait penser ça, miss Trefusis ?
— Que faisiez-vous chez Mr Duke ? répliqua Emily.
Narracott eut l'air embarrassé. Emily profita sans tarder de son avantage.
— Vous doutez, inspecteur. Vous en êtes là : vous doutez. Vous pensiez tenir le vrai coupable, et maintenant vous n'en êtes plus si sûr, alors vous menez une petite enquête. Eh bien, ce que j'ai à vous dire pourra peut-être vous aider. Je vous raconterai ça en chemin.
On entendit des pas sur la route, et Ronnie Garfield apparut. Il avait l'air d'un vagabond, essoufflé et coupable.
— Miss Trefusis, que diriez-vous d'une promenade, cet après-midi ? Pendant la sieste de ma tante ?
— Impossible, répondit Emily. Je m'en vais. A Exeter.
— Comment cela ? Vous voulez dire pour de bon ?
— Oh non. Je serai de retour demain.
— Ah ! c'est épatant !
Emily sortit quelque chose de sa poche et le lui tendit.
— Donnez ça à votre tante, voulez-vous ? C'est la recette d'un gâteau au café. Et dites-lui aussi que je suis arrivée à temps : la cuisinière part aujourd'hui, et les autres domestiques aussi. N'oubliez pas, ça va l'intéresser !

Un cri lointain leur arriva, porté par la brise.

— Ronnie ! Ronnie !

— C'est ma tante, dit Ronnie en sursautant. Il faut que j'y aille.

— Il le faut, en effet. Vous avez de la peinture verte sur la joue gauche, lui cria Emily.

Ronnie entra dans la maison de sa tante et disparut.

— Voici mon ami qui revient avec ma valise. Venez, inspecteur. Je vous raconterai tout dans la voiture.

20

CHEZ TANTE JENNIFER

A 2 heures et demie, le docteur Warren reçut la visite d'Emily. Il fut aussitôt séduit par son charme et son efficacité. Ses questions étaient franches et sans détour.

— Oui, miss Trefusis, je vois ce que vous voulez dire. Contrairement à ce qu'on lit dans les romans, il est très difficile de déterminer avec exactitude l'heure de la mort. Il était 8 heures quand j'ai examiné le corps. Je peux affirmer avec certitude que le capitaine Trevelyan était mort depuis au moins deux heures. Combien de temps avant ça, c'est difficile à dire. Si vous me disiez qu'il a été tué à 4 heures, je dirais que c'est possible, mais je pencherais plutôt pour une heure plus tardive. D'un autre côté, il ne pouvait pas être mort depuis beaucoup plus longtemps que ça. Quatre heures et demie serait une limite maximale.

— Je vous remercie, dit Emily. C'est tout ce que je voulais savoir.

Elle prit le train de 3 h 10, et se rendit directement à l'hôtel où séjournait Mr Dacres. Ils s'entretinrent sérieusement, sans faire de sentiment. Mr Dacres connaissait Emily depuis son enfance et s'occupait de ses affaires depuis sa majorité.

— Vous devez vous préparer à recevoir un choc, Emily. La situation de Jim est encore pire que nous ne le pensions.

— Pire ?

— Oui, inutile de tourner autour du pot. Des faits nouveaux sont intervenus qui ne plaident pas en sa faveur. Ce sont ces faits qui ont amené la police à l'inculper. Ce serait agir contre vos intérêts que de vous les cacher.

— Je vous en prie, je vous écoute, dit Emily.

Elle était calme et maîtresse d'elle-même. Quoi qu'elle pût ressentir au fond d'elle-même, elle n'avait pas l'intention de se donner en spectacle. Pour venir en aide à Jim, les sentiments ne serviraient de rien, il fallait de la cervelle. Elle devait garder toute sa tête.

— Il ne fait aucun doute qu'il avait un besoin urgent d'argent. Je n'entrerai pas dans des considérations morales, mais il semble que Pearson ait déjà par le passé emprunté de l'argent à son entreprise, à l'insu de celle-ci, pour employer un euphémisme évidemment. Il aimait boursicoter, et, un jour, sachant qu'il allait toucher des dividendes dans la semaine à venir, il s'est servi de l'argent de la société pour acheter des actions dont il savait qu'elles devaient grimper. L'opération s'est bien passée, l'argent a été remboursé et Pearson n'a pas douté de l'honnêteté de cette transaction. Apparemment, il a voulu renouveler l'expérience la semaine dernière. Mais cette fois, il y a eu un imprévu. Pour une raison quelconque, la date du contrôle des comptes a été avancée, et Pearson s'est retrouvé devant un dilemme très déplaisant. Il était conscient de la façon dont on interpréterait son acte, mais il était dans l'incapacité de réunir la somme en question. Il a reconnu avoir essayé de divers côtés sans succès et, en dernier recours, il s'est précipité dans le Devonshire pour exposer l'affaire à son oncle et lui demander de l'aider. Ce que le capitaine Trevelyan a refusé de faire.

» Maintenant, ma chère Emily, nous ne pourrons pas éviter que ces faits soient rendus publics. La police les a déjà déterrés. Vous voyez, n'est-ce pas, qu'il y a là un pressant mobile pour le crime ? Le capitaine Trevelyan une fois mort, Pearson aurait pu facilement obtenir une avance de Mr Kirkwood et échapper ainsi au désastre et à d'éventuelles poursuites judiciaires.

— Oh ! quel idiot ! dit Emily, désespérée.

— C'est exactement ça, dit Mr Dacres, ironique. Je crois que notre seule chance serait de prouver que Jim Pearson ignorait tout des dispositions testamentaires prises par son oncle.

Pendant le silence qui suivit, Emily réfléchit. Puis elle dit tranquillement :

— J'ai bien peur que ce soit impossible. Ils les connaissaient tous les trois, Sylvia, Jim et Brian. Ils en parlaient souvent et plaisantaient à propos de leur vieil oncle à héritage du Devonshire.

— Mon Dieu ! C'est bien malheureux...

— Vous ne pensez pas qu'il est coupable, Mr Dacres ?

— Bizarrement, non, je ne le pense pas, répondit l'homme de loi. D'une certaine façon, Jim Pearson est un jeune homme transparent. Il n'a pas — si vous me permettez de le dire, Emily —, il n'a pas une très haute conception de l'honnêteté en affaires, mais je ne crois pas une seconde qu'il ait saisi de sa main le boudin de sable pour en frapper son oncle.

— Eh bien, c'est une bonne chose, dit Emily. J'aimerais que la police pense comme vous.

— Très juste. Nos idées et nos impressions ne sont d'aucune utilité et malheureusement l'accusation est solide. Je ne vous cache pas, ma chère enfant, que les choses se présentent mal. Je suggérerais Lorimer à la défense. On le surnomme « l'homme des cas désespérés », ajouta-t-il gaiement.

— Il y a une chose que j'aimerais savoir, dit Emily. Vous avez vu Jim, bien sûr ?

— Bien sûr.

— Je voudrais que vous me disiez franchement si vous croyez qu'il a dit la vérité sur d'autres points.

Elle lui exposa dans ses grandes lignes l'idée que Charles Enderby avait suggérée. Mr Dacres réfléchit un long moment avant de répondre.

— J'ai l'impression qu'il ne ment pas quand il raconte son entrevue avec son oncle. Cependant, il ne fait aucun doute qu'il a été pris de panique. Si, après être entré par la porte-fenêtre, il est tombé sur le cadavre de son oncle, il a pu être trop effrayé pour oser l'avouer et il aura inventé l'autre histoire.

— C'est aussi mon avis. La prochaine fois que vous le verrez, Mr Dacres, pouvez-vous le presser de dire la vérité ? Cela peut faire une différence colossale.

— Comptez sur moi, dit l'avocat après un instant de silence. Cependant, je crois que vous faites fausse route. La nouvelle de la mort du capitaine Trevelyan s'est répandue à Exhampton vers 8 heures et demie. A cette heure-là, le dernier train pour Exeter est déjà parti, et Jim a pris le premier train le lendemain matin — ce qui était parfaitement déraisonnable et attirait l'attention sur lui. Si, comme vous le suggérez, il avait découvert le corps de son oncle un peu après 4 heures et demie, il aurait quitté aussitôt Exhampton. Il y a un train qui part un peu après 6 heures et un autre à 8 heures moins le quart.

— C'est juste, reconnut Emily. Je n'avais pas pensé à ça.

— Je l'ai longuement interrogé sur la façon dont il est entré chez le capitaine. Selon lui, son oncle lui a fait enlever ses bottes et lui a dit de les laisser à la porte. Voilà pourquoi on n'a pas trouvé de traces d'humidité dans le vestibule.

— Il n'a rien entendu — absolument rien — qui aurait pu lui donner à penser qu'il y avait quelqu'un d'autre dans la maison ?

— Il ne m'en a pas parlé. Mais je lui poserai la question.

— Merci, dit Emily. Si je lui écris un petit mot, pourrez-vous le lui remettre ?

— Vous savez qu'il sera lu.

— Oh, rien que de très discret.

Emily alla griffonner quelques mots sur le bureau.

Mon très cher Jim,
Tout ira bien, alors, courage ! Je travaille comme le pire des nègres pour découvrir la vérité. Tu t'es conduit comme un idiot, mon chéri.
Ton Emily.

— Voilà, dit-elle.
Mr Dacres lut la lettre sans faire de commentaires.
— Je me suis appliquée à écrire lisiblement, pour ne pas donner de mal aux autorités pénitentiaires. Et maintenant, je dois partir.
— Permettez-moi de vous offrir une tasse de thé.
— Non, merci, Mr Dacres. Je n'ai pas de temps à perdre. Je dois aller voir Jennifer, la tante de Jim.

En arrivant aux « Lauriers », Emily apprit que Mrs Gardner était sortie mais n'allait pas tarder à rentrer.
— Dans ce cas, je l'attendrai à l'intérieur, dit-elle en souriant à la femme de chambre.
— Voulez-vous voir miss Davis, l'infirmière ?
Emily était toujours prête à voir n'importe qui.
— Oui, répondit-elle vivement.
Miss Davis arriva quelques minutes plus tard, raide mais curieuse.
— Comment allez-vous ? dit Emily. Je m'appelle Emily Trefusis, je suis en quelque sorte une nièce de Mrs Gardner. Enfin, je vais devenir sa nièce, mais mon fiancé, Jim Pearson, a été arrêté, comme vous le savez sans doute.
— Oh ! C'est épouvantable ! s'écria l'infirmière. Nous avons vu ça dans les journaux, ce matin. Quelle sombre histoire ! Vous supportez ça très bien, miss Trefusis, vraiment très bien.
Il y avait une légère note de désapprobation dans sa voix. Elle avait l'air de sous-entendre que si les infirmières, grâce à leur force de caractère, étaient capables de tenir le coup, les simples mortels, eux, étaient censés se laisser aller.

— Ma foi, il ne faut pas se laisser mettre à genoux, répondit Emily. J'espère que cela ne vous ennuie pas trop. Je veux dire, cela doit être gênant pour vous d'être associée à une famille où quelqu'un s'est fait assassiner.

— Bien sûr, c'est très désagréable, répondit miss Davis, sans fléchir devant cette marque de considération. Mais le devoir envers le patient passe avant tout.

— C'est épatant, dit Emily. Cela doit être merveilleux, pour tante Jennifer, de sentir qu'elle a quelqu'un sur qui elle peut compter.

— Oh, vraiment, vous êtes trop aimable, dit l'infirmière en minaudant. Mais, vous savez, j'ai déjà eu de curieuses expériences avant ça. Ainsi, chez le dernier malade que j'ai soigné...

Emily écouta patiemment une longue et scandaleuse histoire de divorce, compliquée de problèmes de paternité. Après avoir complimenté miss Davis pour son tact, sa discrétion et son savoir-faire, Emily la ramena aux Gardner.

— Je ne connais pas du tout le mari de la tante Jennifer. Je ne l'ai jamais rencontré. Il ne sort jamais, n'est-ce pas ?

— Non, le pauvre.

— De quoi souffre-t-il au juste ?

L'infirmière enfourcha le sujet avec un enthousiasme professionnel.

— Alors, il pourrait guérir à tout instant ? murmura Emily, songeuse.

— Il serait extrêmement faible.

— Oh ! bien sûr, mais cela semble moins désespéré, non ?

Miss Davis secoua la tête, exprimant par là un découragement fondé sur l'expérience.

— Je ne pense pas que son cas soit guérissable.

Emily avait noté sur son calepin l'horaire de ce qu'elle appelait l'alibi de tante Jennifer. Elle fit une tentative.

— Quand on pense que la tante Jennifer se trouvait au cinéma juste au moment où son frère se faisait tuer, murmura-t-elle.

— C'est bien triste, en effet. Evidemment, elle ne pouvait pas prévoir, mais cela fait un choc, après coup.

Emily se demandait comment obtenir le renseignement qu'elle cherchait sans avoir à poser directement la question.

— N'a-t-elle pas eu une sorte de vision prémonitoire ? demanda-t-elle. Ce n'est pas vous qu'elle a croisée dans le vestibule à son retour et qui lui avez trouvé un air bizarre ?

— Oh non, ce n'était pas moi, dit l'infirmière. Je ne l'ai revue qu'au dîner, et elle avait l'air parfaitement normal. Comme c'est intéressant !

— Je dois confondre avec quelqu'un d'autre, dit Emily.

— Sans doute un autre membre de la famille, suggéra miss Davis. Je suis rentrée assez tard. Je me sentais coupable d'avoir laissé mon patient seul si longtemps, mais c'était lui qui m'avait poussée à sortir. Mon Dieu ! s'écria-t-elle soudain en regardant sa montre. Il m'avait demandé une bouillotte. Il faut que je m'en occupe tout de suite. Voulez-vous m'excuser, miss Trefusis ?

Emily l'excusa, s'approcha de la cheminée et sonna. La femme de chambre entra, l'air passablement effrayé.

— Comment vous appelez-vous ?

— Béatrice, mademoiselle.

— Eh bien, Béatrice, je ne vais peut-être pas pouvoir attendre le retour de ma tante. Je voulais lui parler de quelques achats qu'elle a faits vendredi dernier. Savez-vous si elle est rentrée avec un gros paquet ?

— Je ne sais pas, mademoiselle, je ne l'ai pas vue rentrer.

— Je croyais que vous aviez dit qu'elle était rentrée à 6 heures ?

— Oui, mademoiselle, je l'ai dit. Je ne l'ai pas vue rentrer, mais quand je suis allée apporter une bouillotte dans sa chambre, à 7 heures, ça m'a fait un choc de la trouver allongée sur son lit, dans le noir. « Eh bien, madame, je lui ai dit, vous m'avez fait un choc. » « Il y a longtemps que je suis rentrée. A 6 heures », elle m'a répondu. Mais je n'ai pas vu de gros paquet, nulle part, ajouta-t-elle, essayant de se rendre utile.

« Tout ça est bien difficile, pensa Emily. Il faut inventer tant de choses ! J'ai déjà inventé une vision prémonitoire, et un gros paquet. Mais si on ne veut pas avoir l'air suspect, il faut constamment inventer autre chose. »

— C'est très bien, Béatrice, dit-elle en souriant, ça n'a pas d'importance.

La femme de chambre s'étant retirée, Emily sortit de son sac l'horaire des trains.

« Départ d'Exeter, St David 15 h 10, murmura-t-elle. Arrivée à Exhampton 15 h 42. Le temps d'aller chez son frère et de le tuer... quelle façon brutale de dire ça... et c'est stupide aussi... disons une demi-heure, trois quarts d'heure. Et pour rentrer ? Il y a un train à 16 h 25, et Mr Dacres a parlé de celui de 18 h 10, qui arrive ici à 18 h 57. Oui, c'est tout à fait possible. Dommage qu'il n'y ait aucune raison de soupçonner l'infirmière. Elle s'est absentée tout l'après-midi et personne ne sait où elle était. Bien sûr, je ne crois pas que ce soit quelqu'un de cette maison qui a tué le capitaine Trevelyan, mais, dans un certain sens, c'est réconfortant de penser qu'ils auraient pu le faire. Tiens... voilà quelqu'un. »

Un bruit de voix lui parvint du vestibule, puis la porte s'ouvrit et Jennifer Gardner entra.

— Je suis Emily Trefusis, dit Emily. Vous savez... la fiancée de Jim Pearson.

— Alors, c'est vous, Emily ? répondit Mrs Gardner en lui serrant la main. En voilà une surprise !

Emily se sentit soudain toute petite et sans défense. Comme une enfant prise en train de faire une bêtise. C'était quelqu'un d'extraordinaire, tante Jennifer. Du caractère, voilà ce qu'elle avait. Du caractère, elle en avait au moins pour trois.

— Avez-vous pris le thé, ma chère petite ? Non ? Eh bien nous allons le prendre ensemble. Laissez-moi juste un instant... je dois monter voir Robert.

Elle avait eu une expression étrange en prononçant le nom de son mari. Sa belle voix puissante s'était radoucie. On aurait dit une lumière éclairant soudain les flots sombres d'une rivière.

« Elle l'adore, se dit Emily, restée seule dans le salon. N'empêche, cette tante Jennifer a quelque chose d'effrayant. Je me demande si l'oncle Robert apprécie d'être ainsi idolâtré. »

Quand Jennifer Gardner revint, elle avait ôté son chapeau. Emily admira la jolie courbe que ses cheveux, coiffés en arrière, formaient avec son front.

— Voulez-vous que nous en parlions, Emily ? Sinon, je le comprendrai très bien.

— Cela ne sert à rien d'en parler, non ?

— Il ne nous reste plus qu'à espérer qu'ils trouveront rapidement le vrai coupable. Voulez-vous sonner, Emily ? Je vais faire monter son thé à l'infirmière. Je ne veux pas entendre son bavardage. Oh ! comme je déteste ces infirmières !

— Elle est compétente ?

— Oui, sans doute. C'est ce que dit Robert, en tout cas. Moi, je ne l'aime pas et je ne l'ai jamais aimée. Mais Robert affirme qu'elle est de loin la meilleure de toutes celles que nous avons eues.

— Elle est plutôt jolie, dit Emily.

— Jolie ? Avec ses grosses mains horribles ?

Emily observa les doigts longs et blancs de sa tante tandis qu'elle versait le lait. Béatrice entra, prit une tasse de thé et une assiette de biscuits puis quitta la pièce.

— Robert a été bouleversé par cette histoire, dit Mrs Gardner. Il se met dans des états très curieux. C'est sans doute à cause de sa maladie.

— Il ne connaissait pas très bien le capitaine, n'est-ce pas ?

Jennifer Gardner secoua la tête.

— Il ne le connaissait pas et ne voulait pas le connaître. Quant à moi, honnêtement, je ne peux pas dire que sa mort m'ait fait beaucoup de peine. C'était un homme cruel et avare, Emily. Il connaissait notre situation. La pauvreté... Il savait, qu'un prêt, à un certain moment, aurait permis à Robert de suivre un traitement qui aurait pu tout changer. Enfin, il a reçu son châtiment.

Sa voix était grave et rêveuse.

« Quelle femme étrange, se dit Emily. Belle et redoutable, comme une héroïne de tragédie grecque. »

— Mais il n'est peut-être pas trop tard, poursuivit Mrs Gardner. J'ai écrit au notaire, aujourd'hui, pour solliciter une avance. Le traitement dont je parle peut être considéré comme un remède de charlatan, mais il a réussi dans un très grand nombre de cas. Ce serait merveilleux, Emily, si Robert pouvait à nouveau marcher !

Son visage s'était illuminé, comme éclairé par une lampe.

Emily était fatiguée. La journée avait été longue, elle n'avait presque rien mangé et avait éprouvé bien des émotions. Autour d'elle, les choses s'en allaient, revenaient...

— Cela ne va pas, mon petit ?

— Ce n'est rien, murmura Emily, et à sa propre surprise, embarrassée et humiliée, elle fondit en larmes.

Mrs Gardner ne se leva pas pour venir la consoler, ce pour quoi Emily lui fut reconnaissante. Elle resta assise en silence jusqu'à ce que les pleurs d'Emily se soient taris. Elle murmura d'un air pensif :

— Pauvre enfant ! C'est bien malheureux que Jim ait été arrêté — bien malheureux. Si seulement on pouvait faire quelque chose...

21

CONVERSATIONS

Laissé à lui-même, Charles Enderby n'avait pas relâché ses efforts. Pour se familiariser avec la vie à Sittaford il n'avait eu qu'à se tourner vers

Mrs Curtis, comme on se tourne vers une bouche d'incendie. Légèrement hébété, il laissait se déverser sur lui un flot d'anecdotes, de souvenirs, de rumeurs, d'hypothèses et de minutieux détails en s'efforçant vaillamment de séparer le bon grain de l'ivraie. Dès qu'il prononçait un nom, le courant d'eau se précipitait dans cette direction.

C'est ainsi qu'il apprit tout sur le capitaine Wyatt, sur son bouillant caractère, sa grossièreté, ses disputes avec ses voisins, ses stupéfiants accès de courtoisie, généralement envers les jeunes femmes présentant bien. Sur la vie qu'il faisait mener à son domestique indien, ses bizarres heures de repas et en quoi consistait exactement son régime.

Il entendit parler de la bibliothèque de Mr Rycroft, de ses produits capillaires, de sa maniaquerie, de sa curiosité démesurée des autres, des quelques objets personnels de grande valeur qu'il avait vendus dernièrement, de son amour inexplicable pour les oiseaux et de l'idée qu'il avait que Mrs Willett avait jeté son dévolu sur lui.

Il entendit parler de Miss Percehouse, de sa langue de vipère, de la façon dont elle houspillait sans cesse son neveu, et des bruits selon lesquels ce neveu menait grande vie à Londres. Il eut de nouveau droit au récit de l'amitié qui unissait le major Burnaby et le capitaine Trevelyan, de leurs souvenirs communs et de leur goût pour les échecs. Il eut droit également à tout ce qu'on savait des Willett, y compris que Violette menait apparemment Ronnie Garfield en bateau et qu'elle ne voulait pas vraiment le séduire. Il fut fait allusion à de mystérieuses promenades sur la lande, où on l'aurait aperçue avec un jeune homme. C'était sans aucun doute pour cette raison, supposait Mrs Curtis, qu'elles étaient venues, dans cet endroit désolé. Mrs Willett l'avait emmenée « comme qui dirait pour en finir ». Seulement voilà, « les filles sont plus malignes que les femmes se l'imaginent ». Quant à Mr Duke, bizarrement, il n'en entendit pas dire grand-chose. Il n'était arrivé que depuis peu et ses activités semblaient se limiter à l'horticulture.

Il était 3 heures et demie quand, encore tout étourdi par la conversation de Mrs Curtis, Charles sortit faire un tour. Il avait l'intention de faire plus ample connaissance avec le neveu de miss Percehouse. Une discrète incursion du côté de la maison de miss Percehouse ne donna aucun résultat, mais par un coup du hasard, il tomba sur Ronnie Garfield juste au moment où celui-ci sortait de Sittaford House, avec l'air inconsolable de quelqu'un qu'on vient d'envoyer promener.

— Hello, dit Charles. Dites-moi, c'est bien la maison du capitaine Trevelyan ?

— C'est exact, répondit Ronnie.

— J'espérais faire un cliché ce matin. Vous savez, pour mon journal. Mais il fait un temps désespérant pour la photo.

Ronnie avala cette déclaration de bonne foi sans réfléchir que si l'on ne pouvait prendre des photographies que par un soleil radieux, on n'en verrait pas beaucoup dans les journaux.

— Vous devez avoir un métier passionnant, dit-il.

— C'est une vie de chien, dit Charles, fidèle à la convention qui veut qu'on ne montre jamais d'enthousiasme pour son travail. L'endroit a plutôt l'air sinistre, ajouta-t-il en tournant la tête vers la maison.

— Il y a une différence énorme depuis l'arrivée des Willett. J'étais ici l'an dernier à la même époque, et on a peine à croire qu'on se trouve au même endroit. Pourtant, je ne sais pas trop ce qui a changé. Elles ont un peu déplacé les meubles, sans doute ajouté des coussins et des bibelots. Leur présence a été une bénédiction pour moi, je vous assure.

— Sittaford n'est pas un endroit très amusant, dit Charles.

— Amusant ? Si je devais passer quinze jours ici, je n'y survivrais pas. Je me demande comment fait ma tante pour se cramponner à la vie de cette façon. Vous avez vu ses chats ? Il a fallu que j'en brosse un, ce matin, et regardez comme la sale bête m'a griffé, dit Ronnie en tendant son bras.

— Ce n'est pas de veine.

— Comme vous dites. Ecoutez, est-ce que vous faites le détective ? Si oui, est-ce que je peux vous aider ? Etre votre docteur Watson ou quelque chose de ce genre ?

— Y a-t-il des indices à Sittaford House ? demanda Charles avec désinvolture. Je veux dire, le capitaine y a-t-il laissé des objets personnels ?

— Je ne crois pas. Ma tante dit qu'il est parti avec armes et bagages. Il a emporté ses pattes d'éléphant, ses dents d'hippopotame, ses fusils de chasse, et je ne sais quoi encore.

— Comme s'il s'en allait pour ne jamais revenir.

— C'est une idée, ça. Vous ne pensez pas qu'il s'est suicidé ?

— Un homme capable de se donner un coup mortel derrière la tête avec un sac de sable serait considéré comme un artiste dans le monde du suicide.

— Oui, je pensais bien que l'idée n'était pas brillante. On dirait pourtant qu'il a eu un pressentiment, continua Ronnie, dont le visage s'illumina. Ecoutez, que pensez-vous de ceci ? Ses ennemis sont sur sa trace, il sait qu'ils arrivent, il s'enfuit en refilant le problème aux Willett.

— Alors, ces dames seraient tombées du ciel !

— Oui, je n'y comprends rien. Quelle idée de venir s'enterrer ici ! Violette n'a pas l'air de s'en plaindre, elle dit qu'elle adore la campagne. Je ne sais pas ce qu'elle a, aujourd'hui. C'est sans doute ces histoires de domestiques. Pourquoi les femmes se font-elles tant de soucis pour les domestiques ? S'ils se mettent en rogne, dehors !

— C'est justement ce qu'elles ont fait, non ?

— Oui, je sais. Mais elles en font tout un plat. La mère est couchée et pousse des cris hystériques ou quelque chose de ce genre, et la fille n'est pas à prendre avec des pincettes. Elle m'a proprement mis dehors à l'instant.

— Elles n'ont pas encore reçu la visite de la police, n'est-ce pas ?

Ronnie ouvrit de grands yeux.

— La police ? Non, pourquoi ?

— Eh bien, en voyant l'inspecteur Narracott à Sittaford, ce matin, je me suis demandé...

Ronnie laissa tomber sa canne et se baissa pour la ramasser.

— Qui était à Sittaford ce matin ? L'inspecteur Narracott ?

— Oui.

— C'est lui... c'est celui qui est chargé de l'enquête sur l'affaire Trevelyan ?

— C'est bien ça.

— Mais que faisait-il à Sittaford ? Où l'avez-vous vu ?

— Oh ! Il était en train de fouiner, répondit Charles. De vérifier le passé du capitaine Trevelyan.

— Et c'est tout, vous croyez ?

— J'imagine.

— Il ne pense pas que quelqu'un de Sittaford puisse être mêlé à ça ?

— C'est peu probable, non ?

— Oh ! Tout à fait. Mais vous connaissez la police. Toujours lancée sur de fausses pistes. Du moins c'est ce qu'on dit dans les romans.

— En réalité, je pense que c'est une corporation très intelligente, répliqua Charles. Bien sûr, la presse les aide énormément. Mais si on se penche de plus près sur une affaire, on est stupéfait de voir comment ils parviennent à traquer un meurtrier sans le moindre indice au départ.

— Oh... eh bien, c'est bon à savoir, non ? En tout cas, ils n'ont pas mis longtemps à découvrir ce Pearson. L'affaire paraît assez claire.

— Comme de l'eau de roche, dit Charles. Une chance que cela ne soit pas tombé sur vous ou moi, hein ? Bon, je dois envoyer quelques télégrammes. Ils n'ont pas l'air de très bien connaître les télégrammes par ici. Si vous en envoyez d'un coup pour plus d'une demi-couronne, ils pensent aussitôt que vous vous êtes échappé d'un asile psychiatrique.

Charles envoya ses télégrammes, acheta un paquet de cigarettes, quelques bonbons à la menthe d'aspect douteux et deux vieux romans à quatre sous. De retour à la maison, il se jeta sur son lit et s'endormit paisiblement, inconscient du fait qu'aux alentours tout le monde parlait de lui et d'Emily Trefusis.

On peut affirmer sans crainte de se tromper qu'il n'y avait plus que trois sujets de conversation à Sittaford : le meurtre, l'évasion de Princetown, Emily Trefusis et son cousin. Il se trouva un moment où quatre conversations distinctes se déroulèrent en même temps, avec Emily pour sujet principal.

La conversation n° 1 avait lieu à Sittaford House où Violette Willett et sa mère venaient de laver elles-mêmes leurs tasses de thé, vu l'absence de domestiques.

— C'est Mrs Curtis qui me l'a dit, affirma Violette.

Elle avait encore l'air pâle et épuisé.

— C'est maladif ce besoin qu'elle a de parler, remarqua Mrs Willett.

— Je sais. Il paraît que cette fille loge chez elle avec une espèce de cousin. Miss Trefusis me l'avait dit, ce matin, mais je croyais que c'était parce que miss Percehouse manquait de place. Maintenant, il semblerait qu'elle n'avait jamais vu miss Percehouse jusqu'à ce matin.

— Je la déteste ! déclara Mrs Willett.

— Mrs Curtis ?

— Non, non. Cette Percehouse. C'est une femme dangereuse. Elle fait partie de ces gens qui ne vivent que de ce qu'ils peuvent découvrir sur les autres. Envoyer cette fille ici chercher une recette de gâteau au café ! J'aimerais lui faire porter un gâteau empoisonné ! Ça l'empêcherait une fois pour toutes de se mêler des affaires des autres.

— J'aurais dû me rendre compte... commença Violette.

— Comment pouvais-tu savoir, ma chérie ? Et de toute façon, où est le mal ?

— Pourquoi est-elle venue, selon toi ?

— Elle ne devait pas avoir d'idée précise. Elle venait juste reconnaître le terrain. Mrs Curtis est certaine qu'elle est fiancée à Jim Pearson ?

— C'est ce que la fille a dit à Mr Rycroft, je crois.

Mrs Curtis prétend qu'elle s'en doutait depuis le début.

— Dans ce cas, c'est assez normal. Elle cherche au hasard quelque chose qui pourrait l'aider.

— Tu ne l'as pas vue, maman ! Ce n'est pas quelqu'un qui agit au hasard.

— Je regrette de ne pas l'avoir rencontrée. Mais j'étais à bout de nerfs, ce matin. A cause de cet entretien avec l'inspecteur de police, hier, je suppose.

— Vous avez été merveilleuse, mère ! Si seulement je ne m'étais pas évanouie comme une idiote ! J'ai honte de m'être trahie de cette façon. Mais vous, vous êtes restée parfaitement calme. Vous n'avez pas bronché.

— J'ai l'habitude, dit Mrs Willett d'une voix dure. Si tu étais passée par où je suis passée... Mais j'espère bien que cela ne t'arrivera jamais, mon enfant. Une vie heureuse et paisible t'attend, j'ai confiance.

Violette secoua la tête.

— J'ai peur... j'ai très peur...

— Ridicule. Quant à dire que tu t'es trahie en t'évanouissant hier, c'est faux. Ne t'inquiète pas.

— Mais cet inspecteur ? Il va penser...

— Que tu as perdu connaissance en entendant prononcer le nom de Jim Pearson ? Oui, c'est ce qu'il va penser. Ce n'est pas un imbécile, cet inspecteur Narracott. Et puis après ? Il soupçonnera un lien, il le cherchera, et *il ne le trouvera pas.*

— Tu crois ?

— Evidemment ! Comment pourrait-il le trouver ? Fais-moi confiance, Violette. C'est une certitude inébranlable et, dans un sens, ton évanouissement est peut-être une bonne chose. C'est ce qu'il faut se dire en tout cas.

La conversation n° 2 se déroulait chez le major Burnaby. Une conversation en forme de monologue, tout le poids reposant sur Mrs Curtis qui était passée chercher le linge du major et était sur le départ depuis une demi-heure.

— Elle est comme Belinda, la fille de ma grand-tante Sarah, c'est ce que j'ai dit à Curtis ce matin, déclara-t-elle d'un air triomphant. Une petite futée, qui mène les hommes par le bout du nez.

Le major émit un long grognement.

— Fiancée avec l'un, et menant une aventure avec l'autre, reprit Mrs Curtis. Exactement la Belinda de ma grand-tante Sarah. Et pas seulement pour s'amuser, vous remarquerez. Ce n'est pas juste de la frivolité — c'est une maligne. Et maintenant, le jeune Mr Garfield. Elle l'aura entortillé avant que vous ayez le temps de dire ouf ! Je n'ai jamais vu un jeune gentleman ressembler autant à un mouton que celui-là, ce matin. C'est un signe qui ne trompe pas.

Elle s'arrêta pour reprendre son souffle.

— Bon, bon, fit le major Burnaby. Je ne voudrais pas vous retenir, Mrs Curtis.

— Curtis va réclamer son thé, c'est un fait, dit-elle sans bouger. Je ne suis pas du genre à rester là à bavarder. Allez, au travail ! c'est ce que je dis toujours. A propos de travail, que diriez-vous, monsieur, d'un bon ménage à fond ?

— Non ! répondit le major Burnaby avec force.

— Il n'a pas été fait depuis un mois !

— Non. J'aime bien pouvoir mettre la main sur mes affaires. Après vos ménages à fond, plus rien n'est à sa place.

Mrs Curtis soupira. C'était une passionnée de nettoyage et de ménage à fond.

— C'est la maison du capitaine Wyatt qui aurait besoin d'un grand nettoyage de printemps, remarqua-t-elle. Son espèce d'indigène, qu'est-ce qu'il connaît au ménage, je vous le demande ? Un sale type noir.

— Rien ne vaut les domestiques indigènes, dit le major. Ils connaissent leur affaire et ils ne parlent pas.

L'allusion contenue dans cette dernière phrase fut perdue pour Mrs Curtis. Elle était revenue au sujet précédent.

— Elle a reçu deux télégrammes — deux en une demi-heure ! Ça m'a toute retournée. Mais elle les a lus comme si de rien n'était. Puis elle m'a dit qu'elle partait pour Exeter et qu'elle rentrerait seulement demain.

— Elle a emmené le jeune homme avec elle ? demanda le major avec une lueur d'espoir.

— Non, il est toujours là. Un jeune homme bien aimable. Lui et elle, ça fait un joli couple.

Nouveau grognement du major.

— Bon, eh bien je vais m'en aller, dit Mrs Curtis.

Burnaby osait à peine respirer, de peur de la détourner de ses intentions. Mais cette fois, Mrs Curtis tint parole.

Avec un soupir de soulagement, il alluma sa pipe et se mit à parcourir un prospectus vantant les mérites d'une affaire minière avec un optimisme si flagrant qu'il aurait mis la puce à l'oreille de n'importe qui, à part une veuve ou un militaire à la retraite.

— Douze pour cent... murmura le major Burnaby. Voilà qui semble intéressant...

Dans la maison voisine, le capitaine Wyatt essayait de faire partager son point de vue à Mr Rycroft.

— Les types comme vous ne connaissent rien du monde. Vous n'avez jamais vécu. Vous n'avez jamais vécu à la dure.

Mr Rycroft ne dit rien. Avec le capitaine il était si difficile de ne pas dire le contraire de ce qu'il fallait, qu'en général il valait mieux ne pas répondre du tout.

— Où est allée cette chienne ? demanda le capitaine. Jolie fille, ajouta-t-il.

Cette association d'idées était naturelle chez le capitaine. Elle l'était moins pour Mr Rycroft qui le regarda d'un air scandalisé.

— Qu'est-elle venue faire ici ? poursuivit Wyatt. Voilà ce que je voudrais savoir ! Abdul !

— Sahib ?

— Où est Bully ? Elle s'est encore échappée ?

— Elle dans la cuisine, sahib.

— Eh bien, ne lui donne pas à manger. (Il se cala dans son fauteuil d'invalide et reprit :) Qu'est-ce qu'elle cherche ici ? Avec qui pourra-t-elle parler dans un endroit pareil ? Elle va mourir d'ennui avec vous autres vieux schnoques. J'ai un peu parlé avec elle ce matin. Elle a dû être étonnée de trouver un homme comme moi dans un endroit comme ça.

Il tortilla sa moustache.

— C'est la fiancée de James Pearson, dit Mr Rycroft. Vous savez, le jeune homme qui a été arrêté pour le meurtre de Trevelyan.

Wyatt lâcha son verre de whisky qui se brisa sur le sol. Il appela aussitôt Abdul d'une voix de tonnerre, et le maudit de ne pas avoir placé une table plus près de son fauteuil. Puis il reprit la conversation.

— Alors, c'est ce qu'elle est ! Trop bien pour un petit employé comme lui. Une fille pareille, c'est un homme qu'il lui faut, un vrai.

— Le jeune Pearson est plutôt beau, objecta Mr Rycroft.

— Beau ! Beau ! Les filles n'aiment pas les crétins de garçons coiffeurs ! Qu'est-ce qu'un jeune homme comme ça, qui passe sa vie derrière un bureau, connaît de la vie ? Quelle expérience peut-il bien avoir ?

— Peut-être que d'être jugé pour meurtre lui sera une expérience suffisante pour un certain temps, répliqua Mr Rycroft avec ironie.

— La police est sûre que c'est lui, hein ?

— Ils doivent l'être, sinon ils ne l'auraient pas arrêté.

— Bande de péquenauds ! s'exclama Wyatt d'un ton méprisant.

— Pas vraiment, dit Mr Rycroft. L'inspecteur Narracott m'a frappé ce matin comme étant quelqu'un de capable et d'efficace.

— Où l'avez-vous vu ce matin ?

— Il est passé chez moi.

— Il n'est pas passé chez moi, dit le capitaine d'un air offensé !

— C'est que vous n'étiez pas un ami de Trevelyan ou quoi que ce soit de ce genre.

— Je ne vois pas ce que vous entendez par là.

Trevelyan était un radin, et je le lui ai dit en face. Il ne pouvait pas me régenter comme vous autres, qui étiez tous à genoux devant lui. Toujours à venir, à passer — à passer trop souvent. Si je n'ai pas envie de voir quelqu'un pendant une semaine, pendant un mois ou pendant un an, c'est mon affaire.

— Cela fait une semaine que vous n'avez vu personne, n'est-ce pas ? demanda Mr Rycroft.

— Oui, et alors ? s'écria l'invalide en frappant sur la table, furieux. Pourquoi diable serais-je obligé de voir quelqu'un ? Pouvez-vous me le dire ?

Mr Rycroft resta prudemment silencieux. La colère du capitaine retomba.

— De toute façon, grogna-t-il, si la police veut en savoir plus sur Trevelyan, c'est à moi qu'elle doit s'adresser. J'ai roulé ma bosse dans le monde entier, j'ai du jugement. Je suis capable d'apprécier un homme à sa juste valeur. A quoi bon interroger un tas de radoteurs et de vieilles femmes ? Ce qu'il leur faut, c'est l'opinion d'un *homme !*

Il tapa de nouveau du poing sur la table.

— Ma foi, ils pensent peut-être qu'ils sont capables de savoir eux-mêmes ce qu'ils cherchent, dit Mr Rycroft.

— Ils se sont renseignés sur moi, naturellement.

— Eh bien, heu... Je ne m'en souviens plus, dit prudemment Mr Rycroft.

— Pourquoi ne vous en souvenez-vous plus ? Vous n'êtes pas encore retombé en enfance, non ?

— Je pense que j'étais euh... un peu troublé, répondit Mr Rycroft d'un ton apaisant.

— Troublé ? La police vous fait peur ? Moi, je n'ai pas peur de la police. Qu'ils viennent. C'est ce que je dis. Je leur montrerai. Vous savez que j'ai abattu un chat à cent mètres, l'autre nuit ?

— Vraiment ?

Cette manie qu'avait le capitaine de tirer sur des chats, réels ou imaginaires, était une pénible épreuve pour ses voisins.

— Je suis fatigué, déclara soudain Wyatt. Vous prendrez bien un dernier verre avant de partir ?

Saisissant l'allusion, Mr Rycroft se leva. Le capitaine Wyatt insista pour lui servir à boire.

— Vous seriez deux fois plus fort si vous buviez un peu plus. Un homme qui ne sait pas boire n'est pas un homme.

Ayant déjà absorbé une rasade fort généreuse de whisky, Mr Rycroft persista à décliner son offre.

— Quel thé buvez-vous ? demanda le capitaine. Personnellement, je n'y connais rien. J'ai dit à Abdul d'en acheter. J'ai pensé que cette fille pourrait venir prendre le thé un jour. Elle est diablement jolie ! Je dois faire quelque chose pour elle. Elle doit mourir d'ennui, ici, sans personne à qui parler.

— Elle est accompagnée d'un jeune homme.

— Les jeunes d'aujourd'hui me rendent malade, dit le capitaine Wyatt. A quoi sont-ils bons ?

La question étant trop délicate pour qu'on y réponde, Mr Rycroft jugea plus prudent de se retirer.

A sa grande frayeur, le bull-terrier l'accompagna jusqu'à la grille.

Pendant ce temps, au numéro quatre, miss Percehouse parlait à son neveu Ronald.

— Si cela t'amuse de faire le joli cœur auprès d'une fille qui ne veut pas de toi, c'est ton problème. Tu ferais mieux de t'en tenir à la fille Willett. Là, tu as peut-être une chance, bien que, franchement, j'en doute.

— Oh ! protesta Ronnie.

— L'autre chose que je voulais te dire c'est que si un officier de police se trouvait à Sittaford, j'aurais dû en être avertie. Qui sait, j'aurais peut-être pu lui fournir quelques renseignements utiles.

— Moi-même, je ne l'ai appris qu'après son départ.

— Cela te ressemble, Ronnie. C'est typique.

— Désolé, tante Caroline.

— Et quand tu peins les meubles de jardin, inutile de te peindre la figure par la même occasion. Ça ne t'embellit pas et tu gaspilles la peinture.

— Désolé, tante Caroline.

— Et maintenant, dit miss Percehouse en fermant les yeux, cesse de discuter avec moi. Je suis fatiguée.

Ronnie s'agita, l'air gêné.

— Eh bien ? dit sèchement sa tante.

— Oh rien, seulement...

— Oui ?

— Eh bien, je me demandais si cela vous ennuierait que je fasse un saut à Exeter, demain ?

— Pourquoi ?

— Eh bien, il y a un type que je voudrais voir.

— Quel genre de type ?

— Oh ! juste un type.

— Quand un jeune homme veut mentir, il doit le faire bien, dit miss Percehouse.

— Oh ! Je... mais...

— Et ne t'excuse pas !

— Alors c'est d'accord ? Je peux y aller ?

— Je ne comprends pas ce que tu veux dire par : « Je peux y aller ? ». Comme si tu étais un petit enfant. Tu as plus de vingt et un ans.

— Oui, mais ce que je veux dire... je ne voudrais pas...

Miss Percehouse ferma de nouveau les yeux.

— Je t'ai demandé de ne plus discuter. Je suis fatiguée et je voudrais me reposer. Mais si le « type » que tu veux voir à Exeter porte une jupe et s'appelle Emily Trefusis, tant pis pour toi, c'est tout ce que j'ai à dire.

— Ecoutez...

— Je suis fatiguée, Ronald. Ça suffit.

22

Faction de nuit

Charles Enderby n'envisageait pas sa nuit de garde avec enthousiasme. En son for intérieur, il considérait que cette surveillance serait inutile. A son avis, Emily était douée d'une imagination trop fertile.

Il était convaincu que le sens attribué par elle aux quelques mots qu'elle avait entendus, était un produit de sa cervelle. C'était probablement la lassitude qui avait poussé Mrs Willett à souhaiter voir venir la nuit.

Charles regarda par la fenêtre et frissonna. La nuit était froide, humide et brumeuse — une nuit particulièrement mal choisie pour traîner dehors en attendant que quelque chose — d'une nature absolument nébuleuse — se passe.

Cependant, il n'osait pas céder à la tentation de rester confortablement dans la maison. Il se rappelait la voix limpide et mélodieuse d'Emily disant : « C'est merveilleux d'avoir quelqu'un sur qui on peut vraiment compter. »

Puisqu'elle comptait sur lui, Charles, elle ne compterait pas sur lui en vain. Quoi ? Faillir à cette fille, belle et désespérée ? Jamais !

Sans compter — pensait-il en revêtant tous les sous-vêtements qu'il possédait puis deux pullovers, et un manteau — que les choses risquaient de mal tourner si, en rentrant, Emily découvrait qu'il n'avait pas tenu sa promesse. Elle lui dirait sans doute des choses très désagréables. Non, il ne pouvait pas prendre ce risque. Mais quant à penser qu'il allait se passer quelque chose... De toute façon où et quand cela devait-il se produire ? Il ne pouvait pas se trouver partout à la fois. Et si quelque chose devait se produire, cela se passerait selon toute probabilité à l'intérieur de la maison et il n'en saurait jamais rien.

— Voilà bien les filles, grommela-t-il. Elle va se promener à Exeter et me laisse ici avec le sale boulot.

Mais il entendit encore une fois la voix mélodieuse d'Emily lui exprimant sa confiance, et il eut honte de son accès de colère.

Ayant mis la dernière touche à sa toilette, il quitta la maison sur la pointe des pieds.

La nuit était encore plus froide et plus déplaisante

qu'il ne l'avait pensé. Emily se rendait-elle compte de tout ce qu'il était prêt à endurer pour elle ? Il l'espérait.

Il caressa tendrement la flasque qui se trouvait dans sa poche.

— La meilleure amie de l'homme, murmura-t-il. Cela *devait* se passer une nuit comme celle-là, évidemment.

Il pénétra avec toutes les précautions nécessaires dans la propriété. Les Willett n'avaient pas de chien, il ne risquait donc rien de ce côté-là. La maison du jardinier était inhabitée. Quant à Sittaford House, elle était plongée dans le noir, à l'exception d'une fenêtre éclairée au premier étage.

— Ces deux femmes sont seules dans la maison, pensa Charles. Je n'aimerais pas être à leur place. Ça donne le frisson...

A supposer qu'Emily ait bien entendu Mrs Willett dire « Ce soir ne viendra donc jamais ? », qu'est-ce que cela pouvait bien signifier ?

« Je me demande si elles ont l'intention de déménager à la cloche de bois ? Bon, quoi qu'il arrive, le petit Charles sera là pour le voir. »

Il fit le tour de la maison, à distance respectable. Grâce au brouillard il ne craignait pas d'être aperçu. Autant qu'il pouvait en juger, tout paraissait normal. Et les dépendances étaient verrouillées.

« J'espère qu'il va se passer quelque chose », se disait Charles, alors que les heures s'écoulaient. Il but une gorgée d'alcool. « Je n'ai jamais eu aussi froid. Que faisais-tu pendant la Grande Guerre, papa ? » Ça ne pouvait pas être pire que ça...

Il regarda sa montre et fut surpris de voir qu'il n'était que minuit moins vingt. Il était convaincu que le jour allait bientôt se lever...

Un bruit inattendu lui fit dresser l'oreille. C'était le bruit d'un verrou qu'on tire, et il venait de la maison. Charles sauta avec légèreté de buisson en buisson. Oui, il ne s'était pas trompé, la petite porte latérale s'ouvrait lentement. Une silhouette sombre s'arrêta sur le seuil. Elle scruta la nuit avec inquiétude.

« Mrs ou miss Willett, se dit Charles. La jolie Violette, je pense. »

Au bout de quelques instants, la silhouette sortit, referma sans bruit la porte derrière elle, et s'éloigna dans la direction opposée à la grille. Le sentier passait derrière la maison, traversait une petite plantation d'arbres et débouchait sur la lande.

Ce sentier tournait tout près des buissons derrière lesquels Charles était caché, si près qu'il reconnut la femme quand elle passa. Il avait vu juste, c'était Violette Willett. Elle portait un long manteau sombre et un béret sur la tête.

Aussi silencieusement que possible, Charles la suivit. Il ne craignait pas d'être aperçu, mais il courait le danger d'être entendu. Il ne voulait surtout pas faire peur à la fille, et en conséquence se laissa distancer. A un moment donné, il crut même avoir perdu sa trace, mais en prenant à son tour un tournant à travers les arbres, il l'aperçut, arrêtée un peu plus loin devant lui. A cet endroit, le petit mur qui cernait la propriété était interrompu par un portillon. Accoudée à ce portillon, Violette regardait au loin, dans la nuit.

Charles s'approcha le plus près possible et attendit. Le temps passa. La fille alluma la petite lampe de poche qu'elle avait emportée et la dirigea, semble-t-il, sur sa montre-bracelet, puis elle reprit la même attitude, accoudée au portillon. Soudain, Charles entendit un léger sifflement, qui se répéta deux fois. Il vit la fille sursauter. Attentive, elle se pencha par-dessus le portillon et émit le même signal — un sifflement répété deux fois.

Avec une surprenante rapidité, une silhouette masculine jaillit de la nuit. Violette poussa une légère exclamation. Elle recula d'un pas, le portillon s'ouvrit vers elle et l'homme la rejoignit. Elle se mit à lui parler d'une voix basse et précipitée. Ne pouvant saisir ses paroles, Charles avança de façon plutôt imprudente. Une brindille craqua sous ses pieds. L'homme se retourna instantanément.

— Qu'est-ce que c'est ?

Il aperçut la silhouette de Charles qui battait en retraite.

— Hé ! Arrêtez ! Qu'est-ce que vous faites là ?

D'un bond il sauta sur Charles. Charles se retourna et le plaqua au sol adroitement. Etroitement enlacés, ils se mirent à rouler l'un par-dessus l'autre.

La lutte fut courte. L'adversaire de Charles était de loin le plus fort et le plus lourd des deux. Il se remit debout en tirant sa proie auprès de lui.

— Allume, Violette, dit-il. Voyons qui est ce type.

La jeune fille qui était restée, terrifiée, à quelques pas de là, avança et alluma.

— Ça doit être l'homme qui séjourne au village, dit-elle. Un journaliste.

— Un journaliste ! s'exclama l'autre. Je n'aime pas cette engeance. Que faites-vous là, espèce de crapule, à fouiner en pleine nuit dans une propriété privée ?

La torche oscilla dans la main de Violette. Pour la première fois, Charles aperçut clairement son antagoniste. Un instant il avait caressé l'idée folle qu'il pouvait s'agir du détenu évadé de Princetown. Un coup d'œil sur lui suffit à dissiper cette fiction. C'était un jeune homme de vingt-cinq ans environ, grand, beau, à l'air décidé, qui n'avait rien d'un criminel traqué.

— Et maintenant, dit-il vivement, quel est votre nom ?

— Mon nom est Charles Enderby. Et le vôtre ?

— Vous ne manquez pas de culot !

Charles eut une soudaine inspiration. Il s'était plus d'une fois tiré d'un mauvais pas grâce à une illumination de ce genre. C'était risqué, mais il pensait bien ne pas se tromper.

— Je crois, dit-il tranquillement, que je peux le deviner.

— Hein ?

L'autre était visiblement abasourdi.

— Je pense, dit Charles que j'ai le plaisir de m'adresser à Mr Brian Pearson, arrivé d'Australie.

Il y eut un silence — un assez long silence.

Charles eut le sentiment que les rôles étaient à présent inversés.

— Comment diable pouvez-vous bien le savoir ? Mais vous avez raison. Je m'appelle Brian Pearson, dit enfin celui-ci.

— Dans ce cas, dit Charles si nous rentrions bavarder un peu, dans la maison ?

23

HAZELMOOR

Le major Burnaby faisait ses comptes, ou du moins il s'occupait de ses affaires. C'était un homme extrêmement méthodique. Il inscrivait dans un livre relié en veau les actions achetées, les actions vendues, ainsi que les profits et pertes résultant de ces transactions — en général les pertes, car, comme la plupart des militaires à la retraite, le major était attiré par les taux d'intérêt élevés plutôt que par les pourcentages modestes mais plus sûrs.

— Ces puits de pétrole paraissaient bons, marmonnait-il. Ils semblaient devoir rapporter une fortune. Ils ne valent pas mieux que cette mine de diamants. Des terrains au Canada, ça c'est sans doute du sérieux.

Il fut interrompu dans ses réflexions par Ronnie Garfield qui passa la tête par la fenêtre.

— Hello ! lança-t-il gaiement. Je ne vous dérange pas ?

— Si vous voulez entrer, passez par la porte, dit le major. Attention à mes fleurs, j'ai l'impression que vous les piétinez en ce moment.

Ronnie s'excusa, battit en retraite et se présenta à la porte.

— Essuyez-vous les pieds sur le paillasson si ça ne vous fait rien ! lui cria Burnaby.

Ces jeunes gens étaient vraiment pénibles ! Le seul depuis fort longtemps qui lui ait inspiré un peu de sympathie c'était Charles Enderby, le journaliste. « Un gentil petit gars, s'était dit le major. Et très intéressé aussi par ce que je lui ai raconté de la guerre des Boers. »

Il n'éprouvait pas la même bienveillance envers Ronnie Garfield. Tout ce que disait ou faisait ce malheureux avait le don de le prendre à rebrousse-poil. Mais hospitalité oblige.

— Voulez-vous boire quelque chose ? demanda-t-il, observant la tradition.

— Non, merci. En fait, je ne faisais que passer pour voir si je ne pourrais pas vous accompagner, cet après-midi. Je dois aller à Exhampton, et il paraît que vous avez déjà réservé la voiture d'Elmer.

Burnaby hocha la tête.

— Je dois m'occuper des affaires de Trevelyan. La police en a terminé avec la maison, maintenant.

— Eh bien, voilà, dit le jeune homme, l'air embarrassé. Je tiens beaucoup à aller à Exhampton aujourd'hui. J'ai pensé que nous pourrions faire le chemin ensemble et partager moitié moitié. Hein ? Qu'en dites-vous ?

— Certainement. Je suis d'accord, dit le major. Mais cela vous ferait beaucoup plus de bien de marcher. De l'exercice. De nos jours, les jeunes gens manquent d'exercice. Dix kilomètres aller, dix kilomètres retour, voilà qui vous ferait du bien. Si je n'avais pas besoin de la voiture pour rapporter les affaires de Trevelyan, j'y serais allé à pied moi-même. La mollesse — voilà la malédiction des temps modernes.

— Oh ! Vous savez, pour ma part, je ne suis pas non plus partisan de l'effort inutile, dit Ronnie. Enfin, je suis content que nous nous soyons mis d'accord. Elmer m'a dit que vous partiez à 11 heures. C'est bien ça ?

— C'est exact.

— Bon. Je serai là.

Mais Ronnie n'était pas vraiment de parole. Il arriva sur les lieux avec dix minutes de retard et trouva le major fulminant, rongeant son frein, et pas le moins du monde disposé à se laisser apaiser par quelques excuses désinvoltes.

« Quelles histoires ils font, ces fossiles, pensa Ronnie. Ils n'ont pas idée du fléau qu'ils sont avec leur ponctualité, leur manie de vouloir que tout soit fait à la minute précise, avec leur maudit besoin d'exercice et de mise en forme. »

Il s'amusa un instant à imaginer un mariage entre le major et sa tante. Lequel des deux aurait raison de l'autre ? Sa tante, à n'en pas douter. Il la voyait en train de frapper dans ses mains et d'appeler le major à grands cris.

Chassant ces pensées de son esprit, Ronnie s'efforça de bavarder gaiement.

— Sittaford est devenu un endroit plutôt amusant, non ? Avec miss Trefusis et ce Charles Enderby, et aussi ce type qui vient d'Australie. A propos, quand a-t-il fait son apparition celui-là ? Il était là ce matin, comme si de rien n'était, mais personne ne sait d'où il vient. Ma tante en était complètement retournée.

— Il loge chez les Willett, dit le major d'un ton aigre.

— Oui, mais d'où vient-il ? Même les Willett ne disposent pas d'un aérodrome privé. Vous savez, j'ai l'impression qu'il y a quelque chose de sacrément mystérieux chez ce Pearson. Il a ce que j'appelle une lueur méchante dans l'œil, une très méchante lueur. A mon avis, c'est lui qui a « descendu » ce pauvre capitaine Trevelyan.

Le major ne répondit pas.

— Selon moi, continua Ronnie, les types qui partent pour les colonies sont en général des têtes brûlées. Leurs familles ne tiennent guère à eux et les encouragent à partir. Voilà, nous y sommes. Le voyou revient, sans le sou, rend visite à son oncle fortuné aux alentours de Noël, le riche parent refuse d'aider le neveu impécunieux, et le neveu impécunieux lui assène un coup sur la tête. C'est ce que j'appelle une hypothèse.

— Vous devriez en parler à la police, suggéra Burnaby.

— Je pensais que vous pourriez le faire. Vous êtes le petit copain de Narracott, non ? Au fait, est-il revenu fouiner à Sittaford ?

— Pas que je sache.

— Vous n'avez pas rendez-vous avec lui aujourd'hui ?

Ronnie parut enfin remarquer le laconisme des réponses du major.

— Bon, dit-il d'un ton vague, c'est ça... et il retomba dans un silence méditatif.

La voiture stoppa devant les *Trois Couronnes*. Ronnie en descendit et après être convenu avec le major qu'ils se retrouveraient à 16 h 30 pour le voyage de retour, il s'éloigna en direction de ce qu'Exhampton offrait en matière de boutiques.

Le major se rendit d'abord chez Mr Kirkwood. Après un bref entretien avec lui, il prit les clefs et partit pour Hazelmoor.

Il avait demandé à Evans de venir à midi et il trouva le fidèle domestique l'attendant à la porte. L'air plutôt sombre, Burnaby tourna la clef dans la serrure et entra dans la maison vide, suivi d'Evans. Il n'y était pas revenu depuis la nuit du crime, et, malgré sa ferme intention de ne pas montrer de signe de faiblesse, il frissonna en traversant le salon.

Evans et lui travaillèrent de connivence et en silence. Quand l'un des deux faisait une brève remarque, elle était dûment appréciée et comprise par l'autre.

— Désagréable travail, mais il faut bien le faire, dit le major Burnaby, et Evans, tout en mettant les chaussettes en piles bien nettes et en comptant les pyjamas, répondit :

— Ça ne paraît pas normal mais comme vous dites, monsieur, il faut bien le faire.

Evans était adroit et efficace dans son travail. Tout fut proprement trié, classé et mis en tas. A 1 heure, ils se rendirent aux *Trois Couronnes* pour prendre un repas léger. En revenant à la maison, le major attrapa soudain Evans par le bras alors que celui-ci fermait la porte derrière eux.

— Chut ! Vous entendez ce bruit de pas, là-haut ? Dans... dans la chambre de Joe ?

— Mon Dieu, monsieur. Vous avez raison...

Une sorte de terreur superstitieuse les paralysa quelques instants, puis, se reprenant, dans un mouvement de colère, le major se précipita au pied de l'escalier et cria d'une voix de stentor.

A sa grande et désagréable surprise, mais, il faut l'avouer, non sans un certain soulagement, il vit Ronnie Garfield apparaître en haut des marches, l'air penaud et embarrassé.

— Hello ! dit-il. Je vous cherchais...

— Comment cela, vous me cherchiez ?

— Eh bien, je voulais vous avertir que je ne serais pas au rendez-vous, à 16 h 30. Je dois aller à Exeter. Alors ne m'attendez pas. Je trouverai une autre voiture.

— Comment êtes-vous entré ? demanda le major.

— La porte était ouverte, expliqua Ronnie, alors j'ai cru que vous étiez là.

Le major se tourna vivement vers Evans.

— Vous n'avez pas fermé en partant, tout à l'heure ?

— Non, monsieur, je n'avais pas la clef.

— C'est stupide de ma part, marmonna le major.

— Ça ne fait rien, j'espère, dit Ronnie. Comme il n'y avait personne en bas, je suis monté jeter un coup d'œil.

— Bien sûr, ça ne fait rien, répliqua sèchement Burnaby. J'ai été surpris, c'est tout.

— Bon, lança Ronnie avec désinvolture, je dois y aller maintenant. A tout à l'heure.

Le major émit un grognement. Ronnie descendit l'escalier.

— Au fait, pourriez-vous me dire euh... où ça s'est passé ? demanda-t-il avec une curiosité enfantine.

Le major désigna du pouce la porte du salon.

— Oh ! Je peux jeter un coup d'œil ?

— Si vous voulez, grommela Burnaby.

Ronnie resta quelques minutes dans le salon puis réapparut. Le major était monté au premier étage, mais Evans se trouvait toujours dans le vestibule. Il ressemblait à un bouledogue montant la garde et ses petits yeux scrutaient Ronnie avec une certaine malice.

— C'est drôle, dit le jeune homme, je pensais que les taches de sang ne partaient pas au lavage. Vous avez beau vous acharner à laver, elles réapparaissent toujours. Oh ! mais c'est vrai... le vieux a été assommé, n'est-ce pas ? Je suis stupide. Avec un de ces trucs-là, hein ? (Il ramassa un long bourrelet de tissu qui se trouvait au bas d'une porte et le soupesa d'un air pensif.) Beau petit joujou, non ?

Il le fit tournoyer au-dessus de sa tête. Evans restait silencieux.

— Bon, dit Ronnie qui sentait que ce silence n'était pas particulièrement louangeur, je ferais mieux de m'en aller. Je crois que j'ai manqué un peu de tact, hein ? J'avais oublié qu'ils étaient copains et tout ça, dit-il avec un signe de tête en direction du premier étage. Deux qui faisaient la paire, non ? Bon, cette fois je m'en vais vraiment. Désolé si j'ai dit tout ce qu'il ne fallait pas.

Il sortit. Evans resta immobile dans le vestibule, et c'est seulement après avoir entendu la grille se refermer derrière Mr Garfield qu'il monta rejoindre le major Burnaby. Sans un mot, il reprit son travail là où il l'avait interrompu, allant droit au placard à chaussures devant lequel il s'agenouilla.

Il était 3 heures et demie quand ils eurent fini. Une malle de vêtements et de sous-vêtements avait été allouée à Evans, une autre ficelée, prête à être expédiée à l'orphelinat de la Marine. Les papiers et les factures avaient tous été rassemblés dans un porte-documents et Evans fut chargé de placer les divers trophées sportifs dans un garde-meubles, car le major n'avait pas la place de les prendre chez lui. La maison ayant été louée meublée, le reste ne les regardait pas. Quand tout fut réglé, Evans s'éclaircit la gorge nerveusement et déclara :

— Excusez-moi, monsieur, mais... j'aimerais trouver un emploi pour m'occuper d'un gentleman, comme je m'occupais du capitaine.

— Oui, oui, vous pouvez dire à qui vous voudrez de s'adresser à moi pour une recommandation. Je le ferai volontiers.

— Je m'excuse, monsieur, mais ce n'était pas ce que je voulais dire. Rebecca et moi, on en a discuté, et on se demandait si... peut-être, vous pourriez nous prendre à l'essai ?

— Oh, mais... enfin, je m'occupe de moi-même comme vous savez. La vieille... je ne sais plus comment elle s'appelle, vient une fois par jour faire mon ménage et ma cuisine. C'est... c'est tout ce que je peux me permettre.

— Ce n'est pas tellement l'argent qui compte, répliqua vivement Evans. Voyez-vous, monsieur, j'aimais beaucoup le capitaine et si je pouvais faire pour vous ce que je faisais pour lui, eh bien, ce serait presque la même chose, si vous comprenez ce que je veux dire.

Le major toussota et détourna les yeux.

— C'est ma foi très gentil de votre part. Je... Ma foi, je vais y réfléchir.

Il s'éclipsa promptement, fuyant presque à toutes jambes sur la route. Evans le suivit des yeux avec un sourire plein de compréhension.

— Ils sont comme les deux doigts de la main, lui et le capitaine, murmura-t-il.

Soudain, il prit l'air très perplexe.

— Où ont-ils bien pu passer ? murmura-t-il. C'est bizarre. Il faut que je demande à Rebecca ce qu'elle en pense.

24

L'INSPECTEUR NARRACOTT S'EXPLIQUE

— Je ne suis pas satisfait, déclara l'inspecteur Narracott.

Le chef de la police le regarda d'un air interrogateur.

— Non, répéta l'inspecteur Narracott. Je ne suis plus aussi satisfait que je l'étais.

— Vous pensez que nous ne tenons pas le bon ?

— Je ne suis pas satisfait. Au départ, voyez-vous, tout pointait dans la même direction, mais maintenant... c'est différent.

— Les faits qui témoignent contre Pearson n'ont pas changé.

— Oui, mais bien d'autres faits ont été mis en lumière, monsieur. Il y a l'autre Pearson — Brian. Pensant qu'il n'y avait pas à chercher plus loin, j'avais accepté de confiance la déclaration selon laquelle il se trouvait en Australie. Maintenant, il est avéré qu'il se trouvait en Angleterre. Il serait arrivé il y a deux mois, par le même bateau que les Willett. Il serait tombé amoureux de la fille pendant le voyage. De toute façon, quelle qu'en soit la raison, il n'a pas cherché à entrer en contact avec sa famille. Ni son frère ni sa sœur ne soupçonnaient qu'il était en Angleterre. Jeudi dernier, il a quitté l'hôtel Ormsby à Russell Square pour la gare de Paddington. Ensuite, jusqu'à la nuit de mardi, où Enderby est tombé sur lui, il refuse de nous communiquer son emploi du temps.

— L'avez-vous averti des risques d'une telle attitude ?

— Il a dit qu'il s'en fiche, qu'il n'a rien à voir avec ce meurtre et que c'est à nous de prouver le contraire. Que la manière dont il a employé son temps ne regarde que lui, et qu'il refuse définitivement de nous dire où il était et ce qu'il a fait.

— C'est extraordinaire, déclara le chef de la police.

— Oui, monsieur, c'est une affaire extraordinaire. Voyez-vous, inutile de se le cacher. Celui-là est beaucoup plus le genre que l'autre. Jim Pearson frappant un vieillard sur la tête avec un sac de sable, ça a quelque chose d'incongru, alors que, d'une certaine façon, ce serait normal de la part de Brian Pearson. C'est un jeune homme coléreux et autoritaire... et n'oubliez pas que le profit est le même pour lui que pour son frère. Oui, il est venu ce matin avec Mr Enderby. Il était joyeux et désinvolte, correct et catégorique. Mais ça ne prend pas, monsieur, ça ne prend pas.

— Hum... Vous voulez dire...

— Les faits ne viennent pas à l'appui de cette attitude. Pourquoi ne s'est-il pas fait connaître plus tôt ? Les journaux ont annoncé la mort de son oncle le samedi. Son frère a été arrêté le lundi. Et il ne donne pas signe de vie. Et il n'aurait toujours pas bougé si ce journaliste n'était pas tombé sur lui dans le jardin de Sittaford House, la nuit dernière.

— Qu'est-ce qu'il faisait là-bas ? Je veux dire Enderby ?

— Vous connaissez les journalistes, dit Narracott. Toujours à fourrer leur nez partout. Toujours très mystérieux.

— Un vrai fléau la plupart du temps, remarqua le chef de la police. Bien qu'ils aient parfois leur utilité.

— Je pense que c'est cette jeune femme qui l'a envoyé là.

— Cette jeune femme ?

— Miss Emily Trefusis.

— D'ou tenait-elle ses informations ?

— Elle a fouiné à Sittaford. Et c'est ce qu'on appelle une jeune femme dégourdie. Rien ne lui échappe.

— Et comment Brian Pearson explique-t-il sa présence sur les lieux ?

— Il a déclaré qu'il était venu voir miss Willett. Elle est sortie à sa rencontre quand tout le monde dormait parce qu'elle ne voulait pas que sa mère soit au courant. C'est leur version de l'histoire.

L'inspecteur n'en avait pas l'air convaincu.

— A mon avis, monsieur, si Enderby ne l'avait pas déterré, il ne se serait jamais présenté. Il serait retourné en Australie d'où il aurait réclamé sa part d'héritage.

— Il a dû maudire ces fouinards de journalistes, murmura le chef de la police avec un léger sourire.

— Ce n'est pas tout, reprit l'inspecteur. Rappelez-vous, il y a trois Pearson. Sylvia Pearson est l'épouse du romancier Martin Dering. Celui-ci m'a dit qu'il avait déjeuné et passé l'après-midi avec un éditeur américain, puis qu'il s'était rendu, le soir, à un dîner littéraire, mais il semblerait maintenant qu'il n'a pas assisté à ce dîner.

— Qui vous a dit ça ?

— Toujours Enderby.

— Je crois qu'il faut que je voie cet Enderby. Il m'a l'air d'être un élément très dynamique dans cette enquête. Le *Daily Wire* compte décidément quelques jeunes gens très brillants dans son équipe.

— Bien sûr, cela ne signifie peut-être rien, ou pas grand-chose, continua l'inspecteur. Le capitaine Trevelyan a été assassiné avant 18 heures, et dans ces conditions, peu importe où Dering a passé la soirée. Mais pourquoi s'est-il cru obligé de mentir ? Je n'aime pas ça, monsieur.

— Oui, reconnut le chef de la police. On n'en voit pas la nécessité.

— Cela donne à penser qu'il aurait pu mentir sur toute la ligne. C'est peut-être un peu tiré par les cheveux, mais Dering *aurait pu* quitter Paddington par le train de 12 h 10, arriver à Exhampton peu après 17 heures, tuer le vieux, prendre le train de 18 h 10 et être de retour chez lui avant minuit. De toute façon, il faut vérifier ça, monsieur. Il faut examiner sa situation financière, voir s'il était désespérément dans le besoin. Tout argent qui aurait pu revenir à sa femme, c'est lui qui aurait mis la main dessus. Il suffit de la regarder pour comprendre ça. Nous devons nous assurer que son alibi pour l'après-midi tient debout.

— Toute l'affaire est extraordinaire, dit le chef de

la police. Je pense quand même que les preuves contre Pearson sont assez concluantes. Mais je vois que vous n'êtes pas de mon avis. Vous avez le sentiment que nous ne tenons pas le bon.

— Le cas paraît clair, reconnut l'inspecteur Narracott, preuves indirectes et tout et tout, et n'importe quel jury le condamnerait. Cependant, ce que vous dites est vrai : je ne le vois pas dans la peau d'un assassin.

— Et sa fiancée se démène beaucoup.

— Miss Trefusis, oui c'est quelqu'un. Une jeune femme très bien. Et absolument décidée à le sortir de là. Elle a mis la main sur ce journaliste, Enderby, et elle le fait marcher à la baguette. Elle est beaucoup trop bien pour Mr James Pearson. A part son physique, il n'a pas grand-chose pour lui. Pas de caractère.

— Si c'est une jeune femme autoritaire, c'est ce qui doit lui plaire, remarqua le chef de la police.

— Enfin ! Chacun ses goûts, dit l'inspecteur Narracott. Mais vous êtes d'accord, monsieur, que je ferais bien de vérifier sans tarder l'alibi de Dering.

— Oui, faites-le. Et la quatrième partie intéressée du testament ? Il y en a bien une quatrième, n'est-ce pas ?

— La sœur, en effet. Tout va bien de ce côté-là. J'ai vérifié. Elle se trouvait bien chez elle à 18 heures, monsieur. A présent, je vais m'occuper de Dering.

Quelques heures plus tard, Narracott se retrouvait dans le petit salon du « Refuge ». Mr Dering était là, cette fois. La domestique avait d'abord déclaré qu'il travaillait et ne voulait pas être dérangé, mais l'inspecteur lui avait donné sa carte en la priant de l'apporter sans délai à son maître. En attendant, il s'était mis à marcher de long en large. Plongé dans ses réflexions, il ramassait de temps à autre un petit objet, le regardait sans le voir et le remettait à sa place : Un porte-cigarettes de fabrication australienne, probablement un cadeau de Brian Pearson. Un livre plutôt défraîchi : *Orgueil et Préjugés*. Il l'ouvrit et remarqua sur la page de garde, griffonné d'une encre un peu passée, un nom : Martha Rycroft. Ce nom de Rycroft lui sembla familier, sans pouvoir se rappeler pourquoi, sur le moment. Puis la porte s'ouvrit et Martin Dering entra.

C'était un homme de taille moyenne, aux épais cheveux châtains. Il avait plutôt belle allure, mais avec quelque chose d'assez lourd, et des lèvres pleines et très rouges.

L'inspecteur Narracott ne se laissa pas impressionner par son physique.

— Bonjour, Mr Dering. Désolé de vous déranger de nouveau.

— Oh ! Cela ne fait rien, inspecteur, mais je crains de ne pouvoir vous en apprendre plus que ce que vous ne savez déjà.

— Nous avions cru comprendre que votre beau-frère Brian Pearson se trouvait en Australie. Nous apprenons maintenant qu'il se trouve en Angleterre depuis deux mois. On aurait pu me le laisser soupçonner. Mais votre femme m'avait affirmé qu'il était en Nouvelle-Galles du Sud.

— Brian en Angleterre ! s'exclama Dering, l'air sincèrement étonné. Je peux vous assurer, inspecteur, que je l'ignorais. Et ma femme aussi, j'en suis certain.

— Il n'a pas pris contact avec vous ?

— Absolument pas. Sylvia lui a même envoyé deux lettres en Australie durant cette période.

— Dans ce cas, je vous prie de m'excuser. Mais je pensais qu'il avait dû donner de ses nouvelles à sa famille, et je vous en voulais un peu de me l'avoir caché.

— Eh bien, comme je viens de vous le dire, nous ne savions rien. Une cigarette, inspecteur ? Au fait, il paraît que vous avez rattrapé le prisonnier évadé.

— Dans la nuit de mardi, en effet. Le brouillard a été sa malchance. Il a tourné en rond. Il a fait une trentaine de kilomètres, pour se retrouver à quelques centaines de mètres de Princetown.

— C'est extraordinaire comme on peut tourner en rond dans le brouillard. Heureusement qu'il ne s'est pas enfui vendredi dernier, vous lui auriez sans doute fait endosser le crime.

— C'est un homme dangereux. Freddy l'Australien, on l'appelait. Vols à main armée, agressions... Il menait la plus extraordinaire des doubles vies. La plupart du temps il passait pour un homme cultivé, riche et respectable. Je pense qu'il aurait été plus à sa place dans un asile. De temps en temps, il était pris de folie criminelle et il disparaissait alors en compagnie de personnages des moins recommandables.

— J'imagine qu'il ne doit pas être facile de s'évader de Princetown.

— C'est pratiquement impossible, dit le policier. Mais cette évasion avait été merveilleusement bien mise au point. Nous ne sommes pas encore allés jusqu'au fond de l'histoire.

— Bon, dit Dering en se levant et en regardant sa montre. Si c'est tout, inspecteur... Je suis très occupé, et...

— Oh ! mais ce n'est pas tout, Mr Dering. Je voudrais savoir pourquoi vous m'avez dit que vous avez assisté à un dîner littéraire, à l'hôtel Cecil, vendredi soir ?

— Je... Je ne vous comprends pas, inspecteur.

— Je pense que si, monsieur. Vous n'étiez pas à ce dîner, n'est-ce pas ?

Martin Dering hésita. Son regard alla de l'inspecteur au plafond, du plafond à la porte et tomba sur ses pieds.

L'inspecteur attendait, tranquille, impassible.

— Bon, dit enfin Martin Dering, supposons que je n'y aie pas assisté. Que diable cela peut-il vous faire ? Qu'est-ce que mon emploi du temps, cinq heures après la mort de mon oncle, a à voir avec vous ou n'importe qui d'autre ?

— Vous nous avez fait une déposition, Mr Dering, et je veux la vérifier. Il est déjà prouvé qu'elle était fausse en partie. Je dois contrôler le reste. Vous affirmez avoir déjeuné et passé l'après-midi avec un ami.

— Oui, mon éditeur américain.

— Son nom ?

— Rosenkraun. Edgar Rosenkraun.

— Ah ! Et son adresse ?

— Il a quitté l'Angleterre samedi.

— Pour New York ?

— Oui.

— Il se trouve donc en pleine mer à l'heure qu'il est. A bord de quel paquebot ?

— Je... Je ne m'en souviens plus.

— Vous connaissez le nom de la compagnie ? Cunard ? White Star ?

— Je... je ne m'en souviens vraiment pas.

— Bon, eh bien nous allons télégraphier à sa maison d'édition à New York. Ils nous renseigneront.

— Il s'agit du *Gargantua*, avoua Dering de mauvaise grâce.

— Merci. Je savais bien qu'en faisant un petit effort, la mémoire vous reviendrait. Donc, d'après vos déclarations, vous avez déjeuné puis passé l'après-midi en compagnie de Mr Rosenkraun. A quelle heure vous êtes-vous quittés ?

— Vers 5 heures, je dirais.

— Et ensuite ?

— Je refuse de répondre. Cela ne vous regarde pas. Ce que j'ai dit vous suffit.

L'inspecteur Narracott hocha la tête d'un air pensif. Si Rosenkraun confirmait la déclaration de Dering, celui-ci serait lavé de tout soupçon. Quelles qu'aient été ses mystérieuses activités ce soir-là, elles n'avaient aucun rapport avec le meurtre.

— Qu'allez-vous faire ? demanda Dering, mal à l'aise.

— Envoyer un message à Mr Rosenkraun à bord du *Gargantua*.

— Nom de Dieu, vous allez me faire une drôle de publicité ! Ecoutez...

Il se dirigea vers son bureau et griffonna quelques mots sur une feuille de papier qu'il tendit au policier.

— Vous ne pouvez sans doute pas faire autrement, dit-il de mauvaise grâce. Mais laissez-moi au moins le faire à ma façon. Vous n'avez pas de raison de me créer un tas d'ennuis.

L'inspecteur lut :

Rosenkraun, à bord du Gargantua. *Veuillez confirmer ma déposition selon laquelle nous étions ensemble de midi à 17 heures le vendredi 14. Martin Dering.*

— Je veux bien qu'on vous envoie directement la réponse, mais surtout qu'elle ne passe pas par Scotland Yard ou un commissariat quelconque. Vous ne connaissez pas les Américains ! Si par malheur ils apprennent que j'ai des démêlés avec la police, ils sont capables d'annuler mon contrat. Soyez discret, je vous en prie, inspecteur.

— Je n'y vois pas d'inconvénient, Mr Dering. Tout ce qui m'importe, c'est la vérité. Je ferai envoyer sa réponse payée, avec retour à mon adresse privée, à Exeter.

— Merci, vous êtes un chic type. Ce n'est pas facile, inspecteur, de gagner sa vie avec la littérature. Vous verrez, la réponse de Rosenkraun vous donnera satisfaction. J'ai menti à propos du dîner, c'est vrai, mais c'est ce que j'avais dit à ma femme, alors j'ai préféré m'en tenir à cette version avec vous aussi. Sinon, j'allais au-devant de graves ennuis.

— Si Mr Rosenkraun confirme vos déclarations, vous n'aurez rien d'autre à craindre.

Plutôt antipathique, ce personnage, songea le policier en quittant la maison. Mais il ne semble pas douter un instant que son éditeur confirmera son histoire.

Soudain, un souvenir lui revint tandis qu'il grimpait dans le train.

— Rycroft, dit-il. Bien sûr ! C'est le nom de ce vieux monsieur qui habite une des maisons de Sittaford. Curieuse coïncidence...

25

AU CAFÉ DELLER

Emily Trefusis et Charles Enderby étaient installés à une petite table du café Deller à Exeter. Il était 3 heures et demie, et à cette heure de l'après-midi, le restaurant était presque désert, mis à part quelques consommateurs buvant tranquillement une tasse de thé.

— Eh bien, demanda Charles, que pensez-vous de lui ?

— Difficile à dire, répondit Emily en fronçant les sourcils.

Après son entrevue avec la police, Brian Pearson avait déjeuné avec eux. Il s'était montré extrêmement courtois envers Emily, un peu trop, à son avis.

Pour cette fille astucieuse, son attitude n'était pas tout à fait normale. Un jeune homme tombe sur un étranger trop zélé qui s'immisce dans une histoire d'amour clandestine. Et il prend ça comme un agneau. Accepte aussitôt la suggestion de Charles d'aller directement à la police. Pourquoi cette aimable soumission ? Cela ne correspondait pas du tout au caractère de Brian Pearson, tel qu'elle le voyait. « Allez plutôt au diable ! » Voilà, elle en était sûre, ce qu'aurait dû être sa réaction. Cette attitude soumise était suspecte. Elle essaya de faire partager son sentiment à Enderby.

— Je vois ce que vous voulez dire, répondit-il. Notre Brian a quelque chose à cacher, alors il ne peut pas se laisser aller à sa nature autoritaire.

— Exactement.

— Pensez-vous qu'il ait pu tuer le capitaine Trevelyan ?

— Brian... commença Emily d'un air pensif, c'est quelqu'un avec qui il faut compter. J'ai l'impression qu'il est sans scrupules et que, s'il veut quelque chose, il ne se laissera pas arrêter par des barrières conventionnelles. Ce n'est pas un Anglais pleinement apprivoisé.

— Toutes considérations personnelles mises à part, vous pensez que c'est un meilleur partant que Jim ?

Emily hocha la tête.

— Bien meilleur. Il ira jusqu'au bout de ce qu'il veut faire parce qu'il ne perdra jamais son sang-froid.

— Honnêtement, Emily, vous pensez qu'il l'a fait ?

— Je... Je n'en sais rien. Il remplit les conditions — il est le seul.

— Qu'entendez-vous par « il remplit les conditions » ?

— Eh bien, primo, le *mobile*, dit-elle en comptant sur ses doigts. Le même. Vingt mille livres. Secundo, *l'occasion*. Personne ne sait où il se trouvait vendredi après-midi, et, s'il n'avait rien à cacher, il le dirait. Nous pouvons donc supposer qu'il rôdait aux alentours de Hazelmoor.

— Personne ne l'a vu à Exhampton, remarqua Charles. Pourtant, il ne passe pas inaperçu.

Emily secoua la tête avec dédain.

— Il n'était pas à Exhampton. Ne voyez-vous pas, Charles, que, s'il a commis le crime, il l'a préparé avec soin. Il n'y a que le pauvre Jim pour arriver et s'installer là comme une andouille. Il y a Lydford, Chagford ou même Exeter. Brian aurait pu venir à pied de Lydford. C'est une grande route et la neige n'aurait pas été un obstacle.

— Nous devrions mener une petite enquête dans les environs.

— La police s'en est chargée, dit Emily. Et elle fera ça mieux que nous. Tout ce qui est public est beaucoup mieux exécuté par la police. C'est dans l'enquête privée, personnelle, lorsqu'il s'agit d'écouter Mrs Curtis, de relever une allusion de miss Percehouse ou de surveiller les Willett, que nous remportons des points.

— Ou que nous n'en remportons pas, ça dépend, dit Charles.

— Pour en revenir à Brian Pearson et aux conditions à remplir, reprit Emily, j'en ai évoqué deux, le mobile et l'occasion. Mais il y en a une troisième, la plus importante en un sens.

— Et qui est ?

— Eh bien, j'ai le sentiment depuis le début que nous devons tenir compte de cette bizarre histoire de table tournante. J'ai tenté d'étudier la question le plus logiquement et le plus froidement que je pouvais. Je ne vois que trois explications possibles : premièrement, il s'agit d'un phénomène surnaturel. Evidemment, ça pourrait l'être mais personnellement je n'y crois pas et je l'élimine ; deuxièmement cela a été délibéré : quelqu'un l'a fait exprès, mais comme on n'en voit pas la raison, on peut l'éliminer aussi ; troisièmement, cela a été accidentel, quelqu'un s'est trahi involontairement. Un aveu inconscient. Si c'est le cas, cela signifie qu'une de ces six personnes savait que le capitaine Trevelyan devait mourir à une heure donnée de l'après-midi, ou qu'il devait avoir une entrevue qui risquait de mal tourner. Aucune de ces six personnes ne peut être l'assassin, mais l'une d'elles devait être complice du meurtrier. Le major Burnaby n'a aucun lien avec qui que ce soit d'autre, Mr Rycroft et Ronald Garfield non plus. Mais il n'en va pas de même des Willett. Il y a un lien entre Violette Willett et Brian Pearson. Ils ont des rapports très intimes et la jeune fille avait les nerfs à vif après le meurtre.

— Vous pensez qu'elle savait ?

— Elle ou sa mère, l'une des deux.

— Vous n'avez pas parlé de Mr Duke, remarqua Charles.

— Je sais. C'est bizarre, il est le seul dont on ne sache rien. J'ai essayé deux fois de le rencontrer sans y arriver. On dirait qu'il n'y a aucun lien entre lui et le capitaine Trevelyan ou sa famille, rien ne semble le relier d'aucune façon à cette affaire, et pourtant...

— Eh bien ? demanda Charles.

— Et pourtant nous avons vu l'inspecteur Narracott sortir de chez lui. Qu'est-ce que l'inspecteur connaît à son sujet que nous ignorons ? J'aimerais bien le savoir.

— Vous pensez que...

— Supposons que Mr Duke soit un personnage suspect et que la police le sache. Supposons que le capitaine Trevelyan ait découvert quelque chose sur Duke. Rappelez-vous qu'il était très pointilleux dans le choix de ses locataires. Supposons donc qu'il ait été sur le point d'en parler à la police. Duke s'arrange avec un complice pour le supprimer. Oh ! Je sais, dit comme ça, cela paraît terriblement mélodramatique, mais après tout, une chose de ce genre est tout à fait possible.

— C'est en effet une hypothèse, déclara lentement Charles.

Ils restèrent tous les deux silencieux, plongés dans leurs pensées.

Tout à coup Emily demanda :

— Connaissez-vous cette impression bizarre que l'on a parfois d'être observé ? En ce moment, j'ai l'impression d'avoir la nuque enflammée par un regard. Est-ce un effet de mon imagination ou quelqu'un est-il réellement en train de me regarder ?

Charles recula un peu son siège et jeta un coup d'œil détaché autour de lui.

— Il y a une femme près de la fenêtre, déclara-t-il. Grande, brune, jolie. Elle vous regarde.

— Jeune ?

— Non, pas tellement. Hé !

— Que se passe-t-il ?

— Ronnie Garfield. Il vient d'entrer. Il serre la main de l'inconnue et il s'assied à sa table. J'ai l'impression qu'elle lui parle de nous.

Emily ouvrit son sac et entreprit ostensiblement de se repoudrer le nez, essayant de trouver le meilleur angle de vue avec son miroir.

— C'est la tante Jennifer, dit-elle. Ils se lèvent.

— Ils partent. Voulez-vous lui parler ?

— Non, répondit la jeune femme. Je crois qu'il vaut mieux faire comme si je ne l'avais pas remarquée.

— Après tout, je ne vois pas pourquoi la tante Jennifer ne connaîtrait pas Ronnie et ne l'inviterait pas à prendre le thé, déclara Charles.

— Pourquoi l'inviterait-elle ? demanda Emily.

— Pourquoi ne l'inviterait-elle pas ? répliqua Charles.

— Par pitié, Charles, arrêtons avec ces *pourrait, ne pourrait pas, pourrait, ne pourrait pas*. Tout cela est stupide et ne veut rien dire. Cependant, nous venions juste d'affirmer qu'aucun des autres participants à la séance n'avait de lien avec la famille, et cinq minutes plus tard nous trouvons Ronnie en train de prendre le thé avec la sœur du capitaine Trevelyan.

— Cela prouve, dit Charles, qu'il ne faut jamais jurer de rien.

— Cela prouve, dit Emily, que tout est toujours à recommencer.

— Et de plus d'une façon, dit Charles.

Emily le regarda.

— Qu'est-ce que cela signifie ?

— Rien, pour l'instant, répondit Charles.

Il posa sa main sur celle d'Emily, qui ne la retira pas.

— Nous devons d'abord en finir avec cette histoire, dit Charles. Après quoi...

— Après quoi ?

— Je ferais n'importe quoi pour vous, Emily. Absolument n'importe quoi...

— Vraiment ? C'est très gentil de votre part, Charles, mon ami.

26

ROBERT GARDNER

Vingt minutes plus tard, Emily sonnait à la porte des « Lauriers ». Elle avait cédé à une soudaine impulsion.

Elle savait que la tante Jennifer se trouvait encore au café Deller, en compagnie de Ronnie Garfield.

Elle fit un grand sourire à Béatrice qui lui ouvrait la porte.

— C'est encore moi, dit Emily. Mrs Gardner est sortie, je le sais, mais puis-je voir Mr Gardner ?

C'était une requête inhabituelle. Béatrice parut perplexe.

— Ma foi, je ne sais pas. Voulez-vous que je monte lui demander ?

— Oui, allez-y, répondit Emily.

Béatrice monta, laissant Emily seule dans le vestibule. Elle revint quelques minutes plus tard et la pria de la suivre.

Robert Gardner était au premier étage, allongé sur un sofa, près de la fenêtre d'une vaste pièce. Il était grand, blond, avait des yeux bleus, et ressemblait tout à fait, se dit Emily, à ce que devrait être Tristan au troisième acte de *Tristan et Yseult*, et à ce que n'avait jamais été aucun ténor wagnérien jusqu'à présent.

— Hello, dit-il. Vous êtes l'épouse en puissance du criminel, c'est bien ça ?

— C'est exact, oncle Robert, répondit Emily. Je suppose que je dois vous appeler oncle Robert, non ?

— Si Jennifer le permet... Quel effet cela fait-il d'avoir un fiancé qui languit en prison ?

C'était un homme cruel, décida Emily, un homme qui prenait un malin plaisir à piquer là où ça fait mal. Mais il allait trouver à qui parler. Elle répondit en souriant :

— C'est très excitant.

— Ça l'est certainement beaucoup moins pour monsieur Jim, non ?

— Oh ! ma foi, c'est une expérience...

— Ça lui apprendra que la vie n'est pas une partie de rigolade en ce monde, dit Robert Gardner, méchamment. Trop jeune pour avoir fait la Grande Guerre, hein ? Toujours eu la vie facile... Eh bien, il en a pris pour son grade d'une autre façon. (Il dévisagea Emily avec curiosité :) Pourquoi êtes-vous venue me voir ?

Il y avait, dans son ton, une nuance de méfiance.

— Comme je vais entrer dans votre famille, il est bien normal que je souhaite faire votre connaissance.

— Connaître le pire avant qu'il ne soit trop tard. Vous croyez sincèrement que vous allez épouser le jeune Jim ?

— Pourquoi pas ?

— Malgré son inculpation pour meurtre ?

— Malgré son inculpation pour meurtre.

— Eh bien, dit Mr Gardner, je n'ai jamais vu personne aussi peu découragée. On pourrait croire que cela vous amuse.

— C'est vrai. Il est follement excitant de pourchasser un assassin.

— Quoi ?

— Je dis qu'il est follement excitant de pourchasser un assassin, répéta Emily.

Robert Gardner la fixa un instant, puis se laissa retomber sur ses oreillers.

— Je suis fatigué, dit-il d'une voix lasse. Je ne peux pas parler plus longtemps. Où est l'infirmière ? Mademoiselle ! Mademoiselle ! Je suis fatigué !

Miss Davis accourut promptement d'une pièce voisine.

— Mr Gardner se fatigue très vite, expliqua-t-elle. Je pense qu'il serait préférable que vous partiez, miss Trefusis, si vous le voulez bien.

Emily se leva. Elle hocha gaiement la tête et dit :

— Au revoir, oncle Robert. Je repasserai peut-être, un de ces jours.

— Que voulez-vous dire ?

— *Au revoir*, dit Emily.

Elle sortait de la maison quand elle s'arrêta.

— Oh ! dit-elle à Béatrice, j'ai oublié mes gants.

— Je vais vous les chercher, mademoiselle.

— Oh ! non. Je vais le faire.

Elle monta l'escalier en courant, et entra sans frapper dans la chambre.

— Oh ! Excusez-moi ! Je suis désolée. J'ai oublié mes gants...

Elle les ramassa puis, adressant un sourire aux

deux occupants de la pièce, qui étaient assis, main dans la main, elle redescendit et s'en alla.

« Ces gants oubliés, c'est une idée formidable. C'est la deuxième fois que je m'en sers, se dit-elle. Pauvre tante Jennifer ! Je me demande si elle est au courant. Probablement pas. Bon, il faut que je me dépêche si je ne veux pas faire attendre Charles. »

Charles Enderby l'attendait dans la Ford d'Elmer, au lieu de rendez-vous fixé.

— Du nouveau ? demanda-t-il en l'enveloppant dans une couverture.

— Dans un certain sens, oui. Je n'en suis pas sûre.

Enderby lui lança un regard interrogateur.

— Non, je ne vous le dirai pas, continua-t-elle. Parce que cela n'a peut-être aucun rapport avec notre affaire, et, dans ce cas, ce serait déloyal.

Enderby soupira.

— C'est très dur, remarqua-t-il.

— Désolée, mais c'est comme ça, répondit Emily d'un ton ferme.

— Comme il vous plaira, rétorqua froidement Charles.

Ils roulèrent en silence — un silence offensé du côté de Charles — un silence inconscient du côté d'Emily. Ils étaient presque arrivés à Exhampton quand elle l'interrompit par une question tout à fait inattendue :

— Charles, jouez-vous au bridge ?

— Oui, pourquoi ?

— Je réfléchissais. Vous savez ce qu'on vous conseille de faire quand vous voulez évaluer votre main ? Si vous vous défendez, comptez les gagnants, si vous attaquez, comptez les perdants. Dans notre affaire, nous attaquons, mais nous nous y prenons peut-être mal.

— Comment cela ?

— Eh bien, nous avons compté les gagnants, n'est-ce pas ? Je veux dire, tous ceux qui auraient pu tuer le capitaine Trevelyan, même les plus improbables. Et c'est pourquoi nous avons les idées brouillées.

— Mes idées ne sont pas du tout brouillées.

— Les miennes, si. Elles sont même si embrouillées que je ne peux plus réfléchir. Prenons les choses à l'envers. Faisons la liste des perdants — de tous ceux qui ne peuvent pas avoir tué le capitaine Trevelyan.

— Voyons, dit Enderby en réfléchissant. Les Willett, Burnaby, Rycroft et Ronnie. Oh ! et Duke.

— Oui. Nous savons qu'aucun d'eux n'a commis le meurtre. Car à l'heure du crime, ils se trouvaient tous ensemble à Sittaford House, ils se voyaient tous et ils ne peuvent pas mentir. Oui, ils sont tous hors de cause.

— En fait, tous les habitants de Sittaford peuvent être écartés. Même Elmer, ajouta-t-il en baissant la voix pour le cas où il aurait pu les entendre. Car la route était impraticable ce jour-là.

— Il aurait pu venir à pied, répondit Emily également à voix basse. Il aurait pu partir à midi, arriver à Exhampton vers 5 heures, le tuer et rentrer ensuite.

Enderby secoua la tête.

— Je ne pense pas qu'il aurait pu rentrer à pied. N'oubliez pas que la neige s'est remise à tomber vers 6 heures et demie. De toute façon, vous ne soupçonnez pas Elmer, quand même ?

— Non, dit Emily, bien qu'évidemment il pourrait être sujet à des crises de folie meurtrière.

— Chut ! Vous pourriez le blesser s'il vous entendait.

— N'empêche, dit Emily, on ne peut pas affirmer avec certitude qu'il n'a pas tué le capitaine Trevelyan.

— Presque, dit Charles. Il n'aurait pas pu aller à Exhampton à pied et en revenir sans que tout Sittaford le sache et s'en étonne.

— Il est vrai qu'ici tout le monde est au courant de tout, reconnut Emily.

— Exactement, c'est pourquoi je maintiens que tous les habitants de Sittaford sont innocents. Les seuls qui ne se trouvaient pas à Sittaford House, miss Percehouse et le capitaine Wyatt, sont des handicapés. Ils ne pourraient pas affronter une tempête de neige. Quant à ces braves Curtis, si l'un d'eux avait commis ce forfait, ils seraient partis s'installer confortablement à Exhampton pour le week-end, pour ne rentrer qu'une fois l'agitation retombée.

Emily se mit à rire.

— Et il serait difficile de s'absenter deux jours de Sittaford sans que cela se remarque.

— Mr Curtis serait frappé par le silence si sa femme n'était pas là !

— Bien sûr, reprit Emily, ce pourrait être Abdul. Dans un roman, c'est ce qui se passerait. Ce serait un marin indien et le capitaine Trevelyan aurait jeté son frère préféré par-dessus bord au cours d'une mutinerie, ou quelque chose dans ce goût-là.

— Je refuse de croire que ce pauvre indigène à l'air déprimé ait jamais tué quelqu'un. Oh ! je sais, s'écria-t-il soudain.

— Quoi ? demanda Emily curieuse.

— La femme du forgeron. Celle qui attend son huitième enfant. Cette mère intrépide, malgré son état, a parcouru tout ce chemin à pied pour lui donner un coup de sac à sable sur la tête.

— Et pour quel motif, s'il vous plaît ?

— Parce que, bien que le forgeron soit le père des sept premiers, le capitaine Trevelyan était le père du petit à venir.

— Charles, ne soyez pas inconvenant. De toute façon, ajouta-t-elle, ce serait le forgeron l'assassin, pas elle. Une affaire parfaite. Songez à la manière dont ce bras musclé pourrait manier un sac à sable ! Et, avec ses sept enfants à surveiller, sa femme ne remarquerait même pas son absence. Elle n'aurait pas le temps de remarquer simplement un homme.

— Nous sombrons dans la plus pure idiotie, dit Charles.

— Je le reconnais, dit Emily. Compter les perdants ne nous a pas très bien réussi.

— Et vous ? demanda Charles.

— Moi ?

— Où étiez-vous à l'heure du crime ?

— C'est extraordinaire ! Je n'y avais pas pensé ! Je

me trouvais à Londres, bien sûr. Mais je n'ai aucun moyen de le prouver. J'étais seule dans mon appartement.

— Nous y voilà, dit Charles. Le mobile et tout. Votre fiancé héritant de vingt mille livres... Que vous faut-il de plus ?

— Vous êtes très fort, Charles. Je constate que je suis un personnage très suspect. Je n'y avais pas pensé avant...

27

NARRACOTT À L'ŒUVRE

Deux jours plus tard, Emily se trouvait dans le bureau de l'inspecteur Narracott. Elle était arrivée de Sittaford le matin.

L'inspecteur Narracott la regardait avec approbation. Il admirait le courage d'Emily, sa volonté de ne pas abandonner et sa bonne humeur. C'était une lutteuse, et l'inspecteur admirait les lutteurs. A son avis, elle était beaucoup trop bien pour Jim Pearson, même si ce jeune homme était innocent du crime.

— Dans les romans, on raconte souvent que la police cherche avant tout à tenir une victime, coupable ou non, pourvu que les charges soient suffisantes pour la condamner. Mais ce n'est pas vrai, miss Trefusis. Nous voulons le véritable coupable.

— Croyez-vous sincèrement que Jim soit coupable, inspecteur ?

— Je ne peux pas vous donner une réponse officielle à cette question, miss Trefusis. Mais je peux vous dire ceci : nous examinons non seulement les preuves contre lui, mais aussi, et très soigneusement, tout ce qui témoigne contre d'autres personnes.

— Vous voulez dire contre son frère Brian ?

— Un drôle de personnage, celui-là. Il a refusé de répondre à nos questions, et je crois... (Narracott sourit) je crois deviner ce qu'il a à cacher. Je saurai dans une demi-heure si j'ai raison. Ensuite, il y a Mr Dering, le beau-frère.

— Vous l'avez vu ? demanda Emily avec curiosité.

En la voyant si animée, l'inspecteur fut tenté de mettre de côté toute prudence professionnelle. Il lui raconta son entrevue avec Mr Dering, puis sortit d'un dossier une copie du télégramme envoyé à Mr Rosenkraun.

— Voici le message que j'ai expédié, dit-il, et voilà la réponse.

Emily en prit connaissance :

Narracott, 2 Drysdale Road, Exeter. Confirme déclaration Mr Dering. Avons passé vendredi après-midi ensemble. Rosenkraun.

— Oh zut ! s'exclama Emily pour éviter d'employer un terme plus cru, sachant que, dans la police, on est vieux jeu et facilement choqué.

— Oui, dit l'inspecteur, c'est ennuyeux, n'est-ce pas ? (Il sourit de nouveau.) Mais il se trouve que je suis un homme très soupçonneux, miss Trefusis. L'histoire de Dering était plausible, mais je ne voulais pas être un jouet entre ses mains. J'ai donc envoyé un second message.

Il tendit deux nouvelles feuilles de papier à Emily. Sur la première, elle lut :

Demande de renseignements relatifs au meurtre du capitaine Trevelyan. Confirmez-vous l'alibi de Martin Dering pour vendredi après-midi ? Inspecteur divisionnaire Narracott, Exeter.

Le second message montrait que Mr Rosenkraun, très agité, n'avait pas regardé à la dépense :

Ignorais qu'il s'agissait d'une affaire criminelle. N'ai pas vu Martin Dering vendredi. Ai accepté de confirmer ses dires pour rendre service à un ami pensant que sa femme cherchait à obtenir des preuves en vue d'un divorce.

— Oh ! s'exclama Emily. Vous êtes très malin, inspecteur.

De toute évidence, l'inspecteur pensait la même chose. Il lui adressa un sourire gentil et satisfait.

— Ah, la solidarité masculine ! continua Emily en relisant les télégrammes. Pauvre Sylvia ! Par certains côtés, les hommes sont des brutes. C'est pourquoi il est si agréable d'en trouver un sur qui on puisse compter.

Et elle lança au policier un sourire admiratif.

— Bien sûr, tout celà est confidentiel, miss Trefusis. J'ai été plus loin que je n'aurais dû en vous racontant tout ça.

— Je trouve que c'est adorable de votre part. Jamais, non, jamais je ne l'oublierai.

— En tout cas, la prévint l'inspecteur, pas un mot à qui que ce soit.

— Vous voulez dire que je ne dois pas en parler à Charles... à Mr Enderby ?

— Un journaliste reste un journaliste, répliqua l'inspecteur. Si domestiqué qu'il soit, miss Trefusis, une nouvelle est une nouvelle, n'est-ce pas ?

— Dans ce cas, je ne lui dirai rien. Je crois que je le tiens bien muselé, mais comme vous dites, un journaliste est toujours un journaliste.

— Ne jamais communiquer une information sans nécessité : c'est une règle.

La petite lueur qui apparut dans l'œil d'Emily indiquait, sans le dire, que l'inspecteur avait largement enfreint cette règle durant la dernière demi-heure.

Emily se rappela soudain quelque chose qui, probablement, n'avait plus d'importance maintenant. Tout paraissait pointer dans une autre direction. Malgré tout, elle était curieuse de savoir.

— Inspecteur, demanda-t-elle soudain. Qui est Mr Duke ?

— Mr Duke ? répéta Narracott, visiblement interloqué.

— Souvenez-vous, je vous ai vu sortir de chez lui.

— Ah oui, oui, je me rappelle... Pour vous dire la vérité, miss Trefusis, je cherchais un récit objectif de cette séance de table tournante. La description que m'en avait faite le major Burnaby n'était pas de premier ordre.

— Pourtant, dit Emily d'un air pensif, à votre place je serais aller voir Mr Rycroft. Pourquoi Mr Duke ?

Il y eut un silence. Puis l'inspecteur répondit :

— C'est une question de point de vue.

— Je me le demande. Je me demande si la police sait quelque chose sur Mr Duke.

L'inspecteur Narracott ne répondit pas. Il avait les yeux obstinément fixés sur son buvard.

— L'homme qui a mené une vie sans histoire, dit Emily. Cela semble définir parfaitement Mr Duke. Mais peut-être que sa vie n'a pas été toujours sans histoire ? La police sait peut-être quelque chose ?

Elle vit l'inspecteur essayer de dissimuler un sourire.

— Vous vous plaisez à faire des suppositions, miss Trefusis.

— Quand on ne vous dit rien, il faut bien essayer de deviner, répliqua-t-elle.

— Si un homme, comme vous dites, mène une vie sans histoire, et si cela peut être ennuyeux pour lui de voir son passé revenir à la surface, eh bien la police est capable de garder le secret. Nous ne tenons à dénoncer personne...

— Je vois, dit Emily. N'empêche que vous lui avez rendu visite. Cela prouve que vous le considérez comme plus ou moins impliqué dans l'affaire. J'aimerais... j'aimerais savoir qui est réellement Mr Duke ? Et dans quelle branche de la criminologie il s'est laissé entraîner dans le passé ?

Elle lança à l'inspecteur un regard implorant, mais Narracott garda un visage de bois. Voyant que sur ce point elle ne tirerait rien de lui, elle soupira et prit congé.

Après son départ, l'inspecteur resta un instant les yeux rivés sur son buvard, un vague sourire sur les lèvres. Puis, il appela un de ses subordonnés.

— Alors ? demanda-t-il.

— Vous aviez raison, monsieur, mais ce n'était pas le *Duché* à Princetown, mais le *Two Bridges Hotel.*

— Ah bon ? dit l'inspecteur en parcourant les papiers que lui avait remis son collègue. Voilà qui règle la question. Avez-vous vérifié l'emploi du temps de l'autre, vendredi ?

— Il est bien arrivé à Exhampton par le dernier train, mais je ne sais pas encore à quelle heure il a quitté Londres. On est en train de se renseigner. Voici l'extrait d'état civil.

Narracott le déplia. C'était l'acte de mariage en 1894, de William Martin Dering et Martha Elizabeth Rycroft.

— Ah ! dit-il. Rien d'autre ?

— Si, monsieur. Brian Pearson est arrivé d'Australie à bord du *Phidias*, de la compagnie Blue Funnel. A l'escale du Cap, aucun passager du nom de Willett n'est monté. Aucune mère avec sa fille ne venait d'Afrique du Sud. En revanche, il y avait Mrs Evans et miss Evans, et Mrs et miss Johnson, de Melbourne. Ces dernières correspondent au signalement des Willett.

— Hum... Elles ne se nomment probablement ni Johnson ni Willett. Je crois que je commence à comprendre. Autre chose encore ?

— Non, il n'y avait rien d'autre.

— Bon, dit Narracott. Nous avons déjà largement de quoi faire.

28

LES BOTTES

— Mais, chère demoiselle, qu'espérez-vous donc trouver à Hazelmoor ? demanda Mr Kirkwood. On a enlevé toutes les affaires du capitaine Trevelyan, et la police a fouillé la maison de fond en comble. Je comprends parfaitement que vous vouliez à tout prix que Mr Pearson soit... euh... disculpé. Mais que pouvez-vous faire de plus ?

— Je n'espère pas trouver quelque chose, répondit Emily. Ou remarquer quoi que ce soit qui aurait échappé à la police. Je ne sais pas comment vous l'expliquer, monsieur. Je veux... Je veux m'imprégner de l'atmosphère des lieux. Donnez-moi la clef, s'il vous plaît ! Il n'y a pas de mal à ça.

— Il n'y a pas de mal à ça, certes, répéta Mr Kirkwood avec componction.

— Alors soyez gentil !

Mr Kirkwood fut gentil et lui tendit la clef avec un sourire indulgent. Il fit tout ce qu'il put pour l'accompagner, mais Emily réussit à éviter cette catastrophe avec tact et fermeté.

Le matin même, elle avait reçu de Mrs Belling une lettre ainsi libellée :

Chère miss Trefusis,

Vous m'aviez demandé de vous tenir au courant de tout ce qui pouvait arriver d'inhabituel, même si ça n'avait aucune importance, et comme ceci est plutôt bizarre, bien que pas du tout important, j'ai pensé qu'il était de mon devoir, mademoiselle, de vous le faire savoir aussitôt, en espérant que cette lettre vous parviendra par le dernier courrier aujourd'hui, ou par le premier courrier demain. Ma nièce est venue et elle a dit que ce n'était pas important mais plutôt bizarre, et je suis bien d'accord avec elle. La police a dit, et tout le monde était d'accord, que rien n'avait été enlevé de chez le capitaine, rien qui avait de la valeur, mais il manque quelque chose, que personne n'avait remarqué parce que c'était sans importance. Il semble bien, mademoiselle, qu'il manque une paire de bottes qu'Evans n'a pas retrouvée en rangeant les affaires du capitaine avec le major Burnaby. Cela n'a sans doute aucune importance, mademoiselle, mais j'ai pensé que vous aimeriez le savoir. C'était une paire de grosses bottes, mademoiselle, de l'espèce qu'on frotte avec de l'huile et que le capitaine aurait mises s'il était sorti dans la neige, mais comme il n'est pas sorti dans la neige, c'est à n'y rien comprendre. Mais elles ne sont pas là et personne ne sait qui les a prises, et bien que ce soit sans importance j'ai cru de mon devoir de vous écrire, en espérant que cette lettre vous parviendra comme elle me quitte à présent et en espérant que vous ne vous tracassez pas trop à propos de votre jeune gentleman, je suis, mademoiselle, sincèrement vôtre.

Mrs J. Belling.

Emily avait lu et relu cette lettre. Elle en avait discuté avec Charles.

— Des bottes, avait dit Charles, pensif. Ça n'a aucun sens.

— Cela doit vouloir dire quelque chose, avait fait remarquer Emily. Pourquoi une paire de bottes aurait-elle disparu ?

— Vous ne pensez pas que c'est une invention d'Evans ?

— Pourquoi aurait-il fait ça ? Quand les gens inventent, ils inventent en général quelque chose de sensé. Pas une histoire sans queue ni tête comme celle-là.

— Des bottes, cela fait penser à des traces de pas, avait dit Charles.

— Je sais, mais il n'est pas question de traces de pas dans cette affaire. Peut-être que si la neige ne s'était pas remise à tomber...

— Oui, peut-être, mais même alors...

— Est-ce qu'il ne pourrait pas les avoir données à un vagabond, avait suggéré Charles, et ce vagabond l'aurait assommé ensuite.

— C'est possible, mais cela ne ressemble guère au

capitaine Trevelyan. Il aurait pu faire faire un travail à quelqu'un et lui donner un shilling, mais certainement pas ses plus belles bottes.

— Eh bien je donne ma langue au chat.

— Pas moi, dit Emily. Je résoudrai ce mystère coûte que coûte.

Elle se rendit donc à Exhampton, et alla d'abord aux *Trois Couronnes* où Mrs Belling la reçut avec chaleur.

— Et votre fiancé qui est toujours en prison, mademoiselle ! C'est une honte et je vous assure que personne ici ne croit que c'est lui ; en tout cas, je voudrais bien voir qu'on dise le contraire devant moi ! Vous avez reçu ma lettre ? Vous voulez voir Evans ? Il habite juste au coin de la rue, au numéro 85. Je serais bien venue avec vous, mais je dois rester ici, enfin, vous ne pouvez pas la rater.

Emily ne la rata pas. Evans était sorti mais elle fut reçue par Mrs Evans qui l'invita à entrer. Elles s'assirent et Emily entra aussitôt dans le vif du sujet.

— Je viens vous voir à propos de ce que votre mari a déclaré à Mrs Belling. Je veux parler de la paire de bottes du capitaine Trevelyan qui manque.

— Pour sûr, c'est bizarre.

— Votre mari en est certain ? demanda Emily.

— Oh ! oui ! Le capitaine, il les quittait pour ainsi dire pas de tout l'hiver, ces bottes ! Elles étaient grandes et il portait deux paires de chaussettes à l'intérieur.

Emily hocha la tête.

— Elles ne peuvent pas avoir été données à réparer, ou quelque chose de ce genre ?

— Pas sans qu'Evans le sache, déclara sa femme avec fierté.

— Non, bien sûr.

— C'est bizarre, mais ça n'a rien à voir avec le meurtre, hein, mademoiselle ?

— Je ne pense pas, non, reconnut Emily.

— Est-ce qu'ils ont trouvé quelque chose de nouveau, mademoiselle ? demanda-t-elle, curieuse.

— Une ou deux choses, rien d'important.

— Vu que l'inspecteur d'Exeter est revenu aujourd'hui, je me disais que peut-être...

— L'inspecteur Narracott ?

— Oui, c'est bien celui-là, mademoiselle.

— Il est venu par le train ?

— Non, en voiture. Il a d'abord été aux *Trois Couronnes* pour se renseigner sur les bagages du jeune homme.

— Quel jeune homme ?

— Celui qui est avec vous. (Emily ouvrit des yeux étonnés.) Ils ont interrogé Tom, c'est lui qui me l'a raconté ensuite. S'il y en a un qui remarque tout, c'est Tom. Il s'est souvenu qu'il y avait deux étiquettes sur les bagages du jeune homme : une pour Exeter et l'autre pour Exhampton.

Soudain, un sourire illumina le visage d'Emily à l'idée que le crime aurait pu être commis par Charles à seule fin de se procurer un scoop. Cela pourrait être le sujet d'une histoire épouvantable... Cela dit, elle admira la conscience professionnelle de Narracott qui vérifiait chaque détail ayant un rapport, même lointain, avec l'affaire. Il avait dû quitter Exeter immédiatement après leur entrevue. En roulant vite, une voiture peut arriver avant le train, et de toute façon, elle avait déjeuné à Exeter.

— Où l'inspecteur est-il allé ensuite ? demanda-t-elle.

— A Sittaford, mademoiselle. Tom l'a entendu le dire au chauffeur.

— A Sittaford House ?

Emily savait que Brian Pearson logeait toujours chez les Willett.

— Non, mademoiselle, chez Mr Duke.

Encore Duke. Emily se sentit à la fois agacée et déroutée. Toujours ce Duke — le facteur inconnu. Elle aurait dû pouvoir s'en faire une idée d'après les témoignages, mais il semblait avoir produit le même effet sur tout le monde : un homme aimable, tout à fait banal.

« Il faut absolument que je le rencontre, se dit-elle. J'irai chez lui dès mon retour à Sittaford. »

Elle avait remercié Mrs Evans, obtenu la clef de

Mr Kirkwood, et elle se trouvait maintenant dans le vestibule de Hazelmoor, se demandant ce qu'elle s'attendait à ressentir.

Elle gravit lentement l'escalier et, arrivée en haut, pénétra dans la première pièce. C'était visiblement la chambre à coucher du capitaine Trevelyan. Comme le lui avait dit Mr Kirkwood, elle avait en effet été vidée de ses affaires personnelles. Les couvertures étaient soigneusement pliées, les tiroirs étaient vides, il ne restait pas même un cintre dans l'armoire. Le placard à chaussures n'offrait que des étagères vides.

Avec un soupir, Emily redescendit au salon. C'était donc là que gisait le cadavre du capitaine, tandis que la neige s'engouffrait par la fenêtre ouverte.

Elle tenta de se représenter la scène. Qui avait frappé, et pourquoi ? Le crime avait-il été commis à 5 h 25, comme tout le monde semblait le croire, ou Jim avait-il vraiment été pris de panique et poussé à mentir ? Après avoir sonné en vain à la porte, avait-il fait le tour de la maison, et, ayant aperçu le cadavre de son oncle par la fenêtre, s'était-il enfui en courant, terrifié ? Si elle le savait... Selon Mr Dacres, Jim s'en tenait à son histoire. Oui, mais Jim avait pu perdre la tête. Elle n'était guère sûre de rien.

Y avait-il eu, comme l'avait suggéré Mr Rycroft, quelqu'un d'autre dans la maison ? Quelqu'un qui aurait entendu la dispute et saisi sa chance ?

Et si c'était le cas, cela jetait-il la lumière sur le problème des bottes ? Quelqu'un s'était-il trouvé au premier étage, dans la chambre du capitaine Trevelyan par exemple ? Emily traversa de nouveau le vestibule et jeta un coup d'œil dans la salle à manger. Deux malles s'y trouvaient, soigneusement ficelées et portant des étiquettes. Le buffet était vide. Les coupes en argent se trouvaient à présent chez le major Burnaby.

Elle remarqua cependant que les trois romans gagnés à un concours, ainsi qu'Evans l'avait raconté à Charles, qui le lui avait rapporté avec force embellissements, avaient été oubliés et abandonnés sur une chaise.

Emily regarda autour d'elle et secoua la tête. Il n'y avait rien d'intéressant ici.

Elle remonta l'escalier et entra de nouveau dans la chambre à coucher.

Il fallait qu'elle comprenne pourquoi ces bottes avaient disparu. Tant qu'elle n'aurait pas trouvé une explication plausible à cette disparition, elle n'aurait pas l'esprit en paix. Ces bottes prenaient des proportions ridicules, éclipsant tout le reste de l'affaire. Rien ne viendrait-il l'aider ?

Elle sortit chaque tiroir de la commode, et tâtonna derrière. Dans les romans policiers, il y a toujours un bout de papier qui vous y attend obligeamment. Mais dans la vie réelle, apparemment, il ne fallait pas compter sur d'aussi heureux hasards, à moins que l'inspecteur Narracott et ses hommes n'aient déjà tout passé au peigne fin.

Elle tâtonna à la recherche de planches disjointes, elle passa les doigts sur la bordure du tapis, elle examina le matelas. Elle ne savait pas ce qu'elle espérait trouver, mais elle n'en cherchait pas moins avec une opiniâtre persévérance.

Soudain, en se relevant, elle fut frappée par un détail incongru dans cette pièce rangée comme à la bataille : un petit tas de suie dans la cheminée.

Emily le fixa avec le regard fasciné de l'oiseau pour le serpent. Elle s'approcha. Il ne s'agissait pas d'une déduction logique ni d'un raisonnement de cause à effet, mais la simple vision de ce tas de suie lui avait donné une idée. Elle releva ses manches et enfonça les bras dans le conduit de la cheminée.

Quelques instants plus tard, elle contemplait avec délices et incrédulité un paquet soigneusement enveloppé de papier journal. D'une secousse, elle fit tomber le papier et là, devant elle, la paire de bottes manquante apparut.

— Mais pourquoi ? se demanda Emily. Ce sont elles. Mais pourquoi ? Pourquoi ? Pourquoi ?

Elle les regarda. Les retourna. Les examina à

l'extérieur et à l'intérieur. Mais la même question lui revenait sans cesse à l'esprit : pourquoi ?

Sans aucun doute quelqu'un avait pris les bottes du capitaine pour les dissimuler dans la cheminée. Mais pourquoi ?

— Oh ! s'écria Emily, je vais devenir folle !

Elle déposa les bottes au milieu de la pièce, tira une chaise et s'assit en face d'elles. Délibérément, elle entreprit de passer en revue toute l'affaire depuis le début, tous les détails connus d'elle ou dont elle avait entendu parler, tous les acteurs qui, de près ou de loin, avaient joué un rôle dans ce drame.

Et tout à coup, une idée bizarre, encore nébuleuse, commença à prendre forme dans son esprit, une idée inspirée par cette paire de bottes innocentes, plantées là, bêtement, sur le sol.

— Mais dans ce cas, murmura-t-elle, dans ce cas...

Elle attrapa les bottes et descendit précipitamment. Elle se dirigea tout droit vers le placard de la salle à manger. Là se trouvait tout le bric-à-brac de trophées et d'équipements sportifs, toutes ces choses qu'il n'avait pas voulu laisser à la portée de ses locataires femelles : skis, avirons, pieds d'éléphants, défenses d'animaux, cannes à pêche, tous ces objets qui attendaient à présent d'être expertement emballés par messieurs Young et Peabody.

Emily se baissa, les bottes toujours à la main.

Elle se redressa au bout d'un instant, toute rouge, incrédule.

— Alors c'était ça, s'exclama-t-elle. C'était ça...

Elle se laissa tomber sur une chaise. Il y avait encore beaucoup de choses qu'elle ne comprenait pas.

Au bout de quelques minutes, elle se leva. Elle dit tout haut :

— Je sais qui a tué le capitaine Trevelyan. Mais je ne sais pas *pourquoi*. Je n'arrive pas à comprendre pourquoi. Mais je n'ai pas de temps à perdre...

Elle quitta précipitamment Hazelmoor.

Trouver une voiture pour Sittafford fut l'affaire de quelques minutes. Elle se fit conduire chez Mr Duke.

Un homme solidement charpenté, au visage plutôt impassible, répondit à son bruyant coup de heurtoir.

Pour la première fois, Emily se trouvait face à face avec Mr Duke.

— Mr Duke ? demanda-t-elle.

— Oui.

— Je suis miss Trefusis. Puis-je entrer, je vous prie ?

Il hésita un instant puis il s'effaça pour la laisser passer. Emily pénétra dans le salon. Il ferma la porte d'entrée et la suivit.

— Je voudrais voir l'inspecteur Narracott. Il est là ?

De nouveau, il y eut un silence. Mr Duke paraissait hésiter à répondre. Enfin, il prit une décision. Il sourit, d'un sourire étrange.

— L'inspecteur est là, dit-il. C'est à quel sujet ?

Emily déballa le paquet qu'elle portait, sortit la paire de bottes et la plaça devant elle, sur la table.

— J'aimerais le voir au sujet de ces bottes, dit-elle.

29

La seconde séance

— Hello, Hello, Hello ! dit Ronnie Garfield.

Mr Rycroft, qui montait lentement le chemin escarpé venant de la poste, s'arrêta pour l'attendre.

— Vous venez de chez le Harrods local ? demanda Ronnie. De chez la vieille mère Hibbert ?

— Non, répondit Mr Rycroft. J'ai fait une petite promenade jusqu'à la forge. Le temps est délicieux aujourd'hui.

Ronnie regarda le ciel bleu.

— Oui, ça change de la semaine dernière. Au fait, vous allez chez les Willett, je suppose ?

— En effet. Et vous ?

— Moi aussi. Le haut lieu de Sittaford, ces Willett. Il ne faut pas se laisser aller, c'est leur leitmotiv. La vie doit continuer comme avant. Ma tante trouve qu'il n'est pas convenable de leur part d'offrir un thé si peu de temps après les funérailles, mais tout ça, c'est de la blague ! Elle est contrariée à cause de l'empereur du Pérou.

— L'empereur du Pérou ? répéta Mr Rycroft, surpris.

— C'est le nom de l'un de ses maudits chats ! Son empereur s'est révélé être plutôt une impératrice, ce qui a beaucoup ennuyé tante Caroline. Elle ne supporte pas toutes ces questions de sexe, alors, comme je l'ai dit, elle s'est soulagée par des rosseries sur les Willett. Après tout, pourquoi n'inviteraient-elles pas leurs voisins pour le thé ? Trevelyan n'était pas un parent ou quoi que ce soit de ce genre.

— Très juste, dit Mr Rycroft en suivant du regard un oiseau qui passait et dans lequel il croyait reconnaître une espèce très rare. Quel dommage, murmura-t-il, que je n'aie pas apporté mes jumelles.

— A propos de Trevelyan, pensez-vous que Mrs Willett aurait pu connaître le vieux mieux qu'elle ne le dit ?

— Pourquoi cette question ?

— Parce qu'elle a beaucoup changé. Avez-vous jamais vu quelque chose de pareil ? Elle a pris vingt ans en une semaine. Vous avez dû le remarquer.

— Oui, répondit Mr Rycroft, je l'ai remarqué.

— Eh bien, vous y êtes. La mort de Trevelyan a dû être un choc terrible pour elle d'une manière ou d'une autre. Ce serait drôle si c'était elle l'épouse qu'il a abandonnée dans sa jeunesse, et qu'il n'aurait pas reconnue ?

— Cela ne me paraît pas très vraisemblable, Mr Garfield.

— Un peu trop mélodramatique, hein ? N'empêche qu'il arrive des choses très étranges. J'ai lu des choses stupéfiantes dans le *Daily Wire*. Des choses que vous ne croiriez jamais si elles n'étaient pas imprimées dans le journal...

— Faut-il les croire pour autant ? demanda Mr Rycroft d'un ton aigre.

— Vous, vous avez une dent contre le jeune Enderby, dit Ronnie.

— J'ai horreur de ces gens mal élevés qui fourrent leur nez dans des affaires qui ne les regardent pas.

— En l'occurrence, cela le regarde, persista Ronnie. Je veux dire que fourrer son nez, c'est le métier de ce pauvre malheureux. Il a l'air d'avoir réussi à apprivoiser le vieux Burnaby. C'est drôle, le vieux ne peut pas me voir. Pour lui, je suis comme le chiffon rouge pour un taureau.

Mr Rycroft ne répondit pas.

— Sapristi, reprit Ronnie en regardant de nouveau le ciel. Vous rendez-vous compte que nous sommes vendredi ? Il y a juste une semaine, à la même heure, nous montions chez les Willett, exactement comme maintenant. Seul le temps a changé.

— Il y a une semaine. J'ai l'impression que cela fait beaucoup plus longtemps.

— Plutôt une sacrée année, hein ? Hello, Abdul !

Ils passaient devant la maison du capitaine Wyatt. Le mélancolique Indien était accoudé à la barrière.

— Bonjour, Abdul, dit Mr Rycroft. Comment va votre maître ?

L'Indien secoua la tête.

— Lui aller mal, aujourd'hui, sahib, répondit-il. Lui voir personne. Voir personne depuis longtemps.

— Vous savez, dit Ronnie alors qu'ils s'éloignaient, ce type pourrait très facilement tuer le capitaine Wyatt sans que personne n'en sache rien. Il pourrait secouer la tête pendant des semaines en racontant que son maître ne veut voir personne, et nul ne s'en étonnerait.

Mr Rycroft reconnut le bien-fondé de cette déclaration.

— Resterait quand même le problème du cadavre, fit-il remarquer ?

— Oui, c'est toujours l'obstacle... ! C'est terriblement encombrant, un corps humain.

Ils passèrent devant la maison du major Burnaby. Celui-ci était dans le jardin, regardant d'un œil sévère une mauvaise herbe qui se trouvait là où elle n'aurait pas dû se trouver.

— Bonjour, major, lança Mr Rycroft. Vous venez aussi à Sittaford House ?

Burnaby se frotta le nez.

— Je ne crois pas, répondit-il. Elles m'ont envoyé une invitation, mais... je ne me sens pas d'humeur. Je pense que vous me comprendrez.

Mr Rycroft baissa la tête en signe de compréhension.

— N'empêche, dit-il. J'aimerais que vous veniez. J'ai une raison pour ça.

— Une raison ? Quelle raison ?

Mr Rycroft hésita. Il était clair que la présence de Ronnie Garfield le gênait. Mais Ronnie, absolument inconscient du fait, restait planté là à les écouter avec intérêt.

— J'aimerais tenter une expérience, dit enfin très lentement Mr Rycroft.

— Quel genre d'expérience ? demanda le major.

— Je préfère ne pas en parler à l'avance, répondit Mr Rycroft après une nouvelle hésitation. Mais si vous venez, je vous demanderai de me soutenir dans tout ce que je pourrai proposer.

La curiosité de Burnaby était éveillée.

— Très bien, dit-il. Vous pouvez compter sur moi. Où est mon chapeau ?

Il les rejoignit une minute après, chapeau sur la tête, et ils franchirent tous les trois les grilles de Sittaford House.

— Il paraît que vous attendez du monde, Rycroft, dit le major sur le ton de la conversation.

Celui-ci eut l'air contrarié.

— Qui vous a dit cela ?

— Cette pie de Mrs Curtis. Elle est propre et honnête, mais sa langue ne s'arrête jamais, et elle se moque bien de savoir si vous l'écoutez ou non.

— C'est vrai, reconnut Mr Rycroft. J'attends ma nièce, Mrs Dering, et son mari qui doivent arriver demain.

Ils sonnèrent à la porte et c'est Brian Pearson qui vint leur ouvrir.

Tandis qu'ils ôtaient leurs pardessus dans le vestibule, Mr Rycroft observait avec curiosité ce grand jeune homme aux larges épaules.

« Un beau spécimen, pensa-t-il. Très beau spécimen. Beaucoup de caractère. Curieuse structure de la mâchoire. Pourrait prendre très mal qu'on le bouscule dans certaines circonstances. Ce qu'on pourrait appeler un jeune homme dangereux. »

Une étrange impression d'irréalité saisit le major Burnaby lorsqu'il pénétra dans le salon et que Mrs Willett se leva pour l'accueillir.

— C'est très gentil de votre part d'être venu...

Les mêmes paroles que la semaine précédente. Le même feu dans la cheminée. Les mêmes robes — lui sembla-t-il mais il n'en était pas certain — sur les deux femmes.

Cela faisait une bizarre impression. Comme si on était retourné une semaine en arrière, comme si le capitaine Trevelyan n'était pas mort... comme si rien n'était arrivé ou n'avait changé. Stop, c'était faux. La Willett avait changé. Une épave — impossible de la décrire autrement. Elle n'avait plus rien de la femme du monde prospère et sûre d'elle, c'était une créature nerveuse, brisée, qui faisait des efforts pathétiques pour n'en rien laisser paraître.

« Je veux bien être pendu si je comprends ce que la mort de Joe représente pour elle », se dit le major.

Il remarqua pour la centième fois que les Willett avaient quelque chose de sacrément bizarre.

Comme d'habitude, il prit soudain conscience qu'on lui parlait et qu'il ne répondait pas.

— Je crains que nous ne soyons réunis pour la dernière fois, disait Mrs Willett.

— Comment cela ? demanda Ronnie.

— Oui, reprit la maîtresse de maison en secouant la tête avec un sourire forcé. Nous devons renoncer à passer le reste de l'hiver à Sittaford. Personnellement, j'aime beaucoup la neige, les rochers, le côté sauvage de tout ça. Mais les domestiques ! C'est un problème trop difficile à surmonter. Je m'avoue vaincue.

— Je croyais que vous deviez engager un chauffeur et un homme à tout faire, dit le major Burnaby.

Elle frissonna soudain.

— Non, dit-elle. Je... J'ai renoncé à cette idée.

— Oh ! mon Dieu, dit Mr Rycroft. C'est un choc pour nous tous. C'est très triste. Nous allons retomber dans notre petite routine après votre départ. Quand partez-vous, à propos ?

— Lundi, je pense, répondit Mrs Willett. A moins que nous ne puissions nous en aller dès demain. La vie est si difficile sans domestiques. Bien sûr, il va falloir que je m'arrange avec Mr Kirkwood. J'avais loué la maison pour quatre mois.

— Vous allez à Londres ? demanda Mr Rycroft.

— Probablement, du moins pour commencer. Ensuite, je pense que nous partirons pour la Riviera.

— Une grande perte, dit Mr Rycroft en s'inclinant galamment.

Mrs Willett eut un drôle de petit rire.

— Trop aimable à vous, Mr Rycroft. Eh bien, si nous prenions le thé ?

Il était prêt. Mrs Willett remplit les tasses tandis que Ronnie et Brian faisaient le service. Un vague sentiment de gêne pesait sur les convives.

— Et vous ? demanda soudain le major Burnaby à Brian Pearson. Vous partez aussi ?

— Pour Londres, oui. Naturellement, j'attendrai que toute cette histoire soit terminée avant de me rendre à l'étranger.

— Quelle histoire ?

— Je veux dire jusqu'à ce que mon frère soit lavé des accusations ridicules qui pèsent sur lui.

Il avait dit cela de façon si provocante que personne ne sut quoi répondre. Le major Burnaby sauva la situation.

— Je ne l'ai jamais cru coupable. Pas un instant, déclara-t-il.

— Aucun d'entre nous ne l'a cru, renchérit Violette en lui lançant un regard de gratitude.

Dans le silence qui suivit, on entendit la sonnette de la porte d'entrée.

— C'est Mr Duke, dit Mrs Willett. Allez lui ouvrir, Brian.

Le jeune Pearson était allé à la fenêtre.

— Ce n'est pas Duke, dit-il. C'est ce satané journaliste.

— Oh mon Dieu ! soupira-t-elle. Enfin, il faut quand même lui ouvrir.

Brian Pearson hocha la tête et revint quelques instants plus tard avec Charles Enderby.

Enderby entra avec son air habituel, candide et satisfait. L'idée qu'il pouvait ne pas être le bienvenu ne paraissait pas l'effleurer.

— Hello, Mrs Willett ! Comment allez-vous ? J'ai voulu faire un saut pour voir où en étaient les choses. Je me demandais où étaient passés les habitants de Sittaford. Me voilà fixé !

— Une tasse de thé, Mr Enderby ?

— Avec plaisir. C'est très aimable à vous. Je vois qu'Emily n'est pas là ? Elle doit être chez votre tante, Mr Garfield.

— Pas que je sache, répondit Ronnie. Je la croyais partie pour Exhampton.

— Oh ! mais elle en est revenue ! Comment je le sais ? Un petit oiseau me l'a dit. L'oiseau Curtis, pour être plus précis. Elle a vu la voiture dépasser la poste, grimper le chemin et revenir à vide. Emily n'est ni au numéro cinq, ni à Sittaford House. Devinette : où est-elle ? Si elle ne se trouve pas non plus chez miss Percehouse, c'est qu'elle est en train de prendre le thé en compagnie de ce tombeur de capitaine Wyatt.

— A moins qu'elle ne soit montée sur la colline pour admirer le coucher du soleil, suggéra Mr Rycroft.

— Cela m'étonnerait, dit Burnaby. Je l'aurais vue passer. Je n'ai pas bougé de mon jardin depuis une heure.

— Enfin, je ne pense pas que ce soit d'une importance vitale, dit Charles d'un ton enjoué. Elle n'a sans doute été ni kidnappée, ni assassinée, ni quoi que ce soit de ce genre.

— Dommage pour votre journal, dit Brian Pearson en ricanant.

— Même pour un article à sensation, je ne sacrifierais pas Emily, répliqua Charles. Emily... ajouta-t-il, songeur, Emily est unique.

— Elle est charmante, dit Mr Rycroft. Absolument charmante. Nous sommes... heu... associés, elle et moi.

— Tout le monde a terminé ? dit Mrs Willett. Si nous faisions un bridge ?

— Heu... Un instant, dit Mr Rycroft.

Il s'éclaircit la voix d'un air important. Tous les regards étaient tournés vers lui.

— Comme vous le savez, Mrs Willett, je m'intéresse beaucoup aux phénomènes psychiques. Il y a une semaine, dans cette même pièce, nous avons vécu une stupéfiante et terrifiante expérience.

Violette étouffa un cri. Il se tourna vers elle.

— Je sais, chère miss Willett, je sais. Cette expérience vous a bouleversée, c'était bouleversant. Je ne le nie pas. Depuis, la police est à la recherche du meurtrier du capitaine Trevelyan. Un homme a été arrêté. Mais, au moins certains d'entre nous, ici, ne pensent pas que Mr James Pearson soit coupable. Je propose donc que nous renouvelions la séance de vendredi, mais dans un état d'esprit différent, cette fois.

— Non ! s'écria Violette.

— Oh ! c'est un peu trop fort, s'exclama Ronnie. Vous vous passerez de moi.

Mr Rycroft ne fit pas attention à lui.

— Qu'en pensez-vous, Mrs Willett ? demanda-t-il.

Elle hésita.

— Franchement, Mr Rycroft, l'idée ne me plaît pas. Elle ne me plaît pas du tout. Cette malheureuse histoire, la semaine dernière, m'a laissé la plus désagréable impression. Je ne suis pas près de l'oublier.

— Où voulez-vous en venir, au juste ? demanda Charles Enderby, avec intérêt. Espérez-vous que les esprits nous révéleront le nom de l'assassin ? Ce serait un peu fort !

— N'était-ce pas déjà assez fort, comme vous le dites, de nous envoyer un message nous annonçant que le capitaine Trevelyan était mort ?

— C'est vrai, admit Enderby. Mais... enfin, votre idée risque d'avoir des conséquences que vous ne soupçonnez pas.

— Par exemple ?

— Supposons qu'un nom soit mentionné. Pourriez-vous être sûr que quelqu'un, ici, n'a pas délibérément...

Il s'arrêta. Ronnie Garfield compléta sa phrase :

— ... poussé la table. C'est ce qu'il veut dire. Supposons que quelqu'un s'amuse à la pousser.

— Il s'agit d'une expérience sérieuse, dit Mr Rycroft avec chaleur. Personne ne ferait une chose pareille.

— Je ne sais pas, dit Ronnie, dubitatif. Cela ne m'étonnerait pas d'eux. Moi, je peux jurer que je ne le ferais pas, mais si tout à coup tout le monde se retournait contre moi et m'accusait de l'avoir fait ! Ce serait drôlement gênant, vous savez.

— Mrs Willett, je suis très sérieux, reprit Mr Rycroft sans s'occuper de Ronnie. Je vous en prie, faisons cette expérience.

Elle hésita.

— Cela ne me plaît pas. Cela ne me plaît pas du tout, répondit-elle en regardant autour d'elle comme si elle cherchait une porte de sortie. Major Burnaby, vous qui étiez l'ami du capitaine, qu'en pensez-vous ?

Le regard du major croisa celui de Mr Rycroft. Il comprit qu'il s'agissait là des circonstances dont il avait été prévenu.

— Pourquoi pas ? dit-il d'un ton bourru.

Sa voix était prépondérante.

Ronnie alla dans la chambre voisine chercher la petite table dont ils s'étaient déjà servis. Il la plaça au milieu de la pièce, avec des chaises tout autour. Personne ne disait mot. L'expérience n'était pas du goût de tout le monde.

— Je pense que tout est prêt, annonça Mr Rycroft. Nous allons répéter l'expérience de vendredi dernier, exactement dans les mêmes conditions.

— Pas tout à fait, objecta Mrs Willett. Mr Duke n'est pas là.

— C'est vrai, reconnut Mr Rycroft. C'est dommage. Bien dommage. Eh bien, euh... nous allons considérer qu'il est remplacé par Mr Pearson.

— Non, Brian, je vous en prie, ne participez pas à ça ! s'écria Violette.

— Qu'est-ce que ça peut bien faire ? Ce sont des blagues, de toute façon.

— Voilà un mauvais état d'esprit, dit Mr Rycroft sévèrement.

Pearson ne répliqua pas et prit place à côté de Violette.

— Mr Enderby... commença Mr Rycroft, mais Charles l'interrompit.

— Je n'y étais pas. De plus, je suis journaliste et vous ne me faites pas confiance. Je vais prendre note en sténo de tous les phénomènes — c'est bien le mot, n'est-ce pas ? — qui se produiront.

Les choses ainsi réglées, les six autres s'installèrent autour de la table. Charles éteignit la lumière et s'assit près de la cheminée.

— Attendez ! Quelle heure est-il ?

Il regarda sa montre à la lueur du feu.

— C'est curieux, dit-il.

— Qu'est-ce qui est curieux ?

— Il est juste 5 h 25.

Violette poussa un petit cri.

— Silence ! ordonna sévèrement Mr Rycroft.

Les minutes passèrent. L'atmosphère était bien différente de celle de la semaine précédente. Pas un rire, pas un murmure, rien que le silence, soudain rompu par un craquement de la table.

— Esprit es-tu là ? demanda Mr Rycroft.

Un autre léger craquement, un son étrange dans cette pièce sombre.

— Esprit es-tu là ?

Pas de craquement cette fois, mais un coup

épouvantable, assourdissant. Violette hurla et Mrs Willett poussa un cri.

Brian intervint, rassurant.

— Tout va bien. Quelqu'un frappe à la porte. Je vais ouvrir.

Il sortit de la pièce.

Personne ne dit mot.

Soudain la porte s'ouvrit et les lampes s'allumèrent. Dans l'embrasure se tenait l'inspecteur Narracott. Derrière lui, Emily Trefusis et Mr Duke.

Narracott avança.

— John Burnaby, déclara-t-il, je vous arrête pour le meurtre de Joseph Trevelyan le vendredi 14 courant, et je vous préviens que tout ce que vous direz sera noté et pourra être retenu contre vous.

30

EMILY S'EXPLIQUE

Après que l'inspecteur Narracott eut emmené son prisonnier, tous se regroupèrent autour d'Emily, muets de stupeur. Charles Enderby retrouva la parole le premier.

— Pour l'amour du ciel, parlez, Emily ! s'écria-t-il. Il faut que j'expédie un télégramme. Chaque minute compte !

— C'est le major Burnaby qui a tué le capitaine Trevelyan.

— Ma foi, j'ai bien vu que l'inspecteur Narracott l'a arrêté. Et Narracott est sain d'esprit, il n'est pas devenu fou tout d'un coup. Mais comment le major *peut-il* avoir assassiné le capitaine ? Je veux dire comment est-ce humainement possible ? Si Trevelyan a été tué à 5 h 25...

— C'est faux. Il a été tué vers 6 heures moins le quart.

— Mais même comme ça...

— Je sais. A moins d'y penser, c'était impossible à deviner. Les *skis*, voilà l'explication.

— Les skis ? s'exclama tout le monde en chœur.

Emily hocha la tête.

— Oui. C'est le major qui a manœuvré la table. Cela n'a pas été inconscient, comme nous le pensions, Charles. L'autre alternative, celle que nous avions rejetée, était la bonne : cela a été fait exprès. Il a vu qu'il n'allait pas tarder à neiger. Toutes les traces seraient effacées, il n'avait donc rien à craindre. Il s'est arrangé pour donner l'impression que le capitaine Trevelyan était mort — il a préparé le terrain. Puis il a prétendu être très inquiet et a tenu absolument à aller à Exhampton.

» Il est rentré chez lui, il a chaussé ses skis, ils se trouvaient dans le jardin, dans une remise avec du matériel de toute sorte et il s'est mis en route. C'est un excellent skieur. Et jusqu'à Exhampton, le trajet est merveilleux : une descente d'un bout à l'autre. Cela ne pouvait pas lui prendre plus de dix minutes. Il est arrivé à la fenêtre et a frappé. Le capitaine Trevelyan l'a fait entrer, sans méfiance.

» Puis, il a profité d'un moment où celui-ci tournait le dos pour s'emparer du boudin de sable et... le tuer. Oh ! Cela me rend malade rien que d'y penser !

Elle frissonna.

— Cela a été très facile. Il avait tout son temps. Il a dû essuyer et nettoyer les skis, puis les ranger dans le placard de la salle à manger, au milieu du reste. Ensuite, je suppose qu'il a forcé la fenêtre et sorti tous les tiroirs pour faire croire à un cambriolage. Puis, peu avant 8 heures, il a dû sortir de la maison, faire un détour pour reprendre la route plus haut, et redescendre à Exhampton, soufflant et haletant comme s'il arrivait de Sittaford.

» Tant que personne ne pensait aux skis, il ne risquait rien. Le médecin ne manquerait pas de déclarer que la mort remontait à au moins deux heures. Comme je l'ai dit, tant qu'on ne penserait pas aux skis, le major Burnaby avait un alibi parfait.

— Mais ils étaient amis, Burnaby et Trevelyan, dit

Mr Rycroft. De vieux amis... des amis de toujours. C'est incroyable.

— Je sais. C'est aussi ce que je pensais, dit Emily. Je n'arrivais pas à comprendre *pourquoi*. Je me suis posé et reposé la question, et en fin de compte je suis allée trouver l'inspecteur Narracott et Mr Duke.

Elle se tut un instant et jeta un coup d'œil à l'impassible Mr Duke ?

— Puis-je le leur dire ? demanda-t-elle.

Mr Duke sourit.

— Si vous voulez, miss Trefusis.

— Quoi qu'il en soit... non, peut-être préférez-vous que je me taise... Je suis allée les trouver, et nous avons tiré la chose au clair. Vous vous rappelez, Charles ? Vous m'avez dit qu'Evans vous avait raconté que le capitaine Trevelyan envoyait des réponses à des concours en son nom, parce qu'il pensait que Sittaford House était une adresse trop prestigieuse. Eh bien, c'est ce qui s'est passé avec le concours de football qui a rapporté 5 000 livres au major Burnaby. En fait, c'était la solution du capitaine Trevelyan qu'il avait envoyée au nom de Burnaby. Vous comprenez ce qui s'est passé ? Le vendredi matin, Burnaby reçoit une lettre lui annonçant qu'il a gagné 5 000 livres. (D'ailleurs, nous aurions dû nous méfier quand il a prétendu n'avoir pas reçu de courrier en raison du mauvais temps. C'était un mensonge. Le vendredi matin, tout fonctionnait encore normalement.)

» Où en étais-je ? Ah oui ! Le major reçoit la lettre. Il veut ces 5 000 livres, il en a absolument besoin. Il a fait de mauvais investissements et a perdu beaucoup d'argent.

» L'idée lui est sans doute venue subitement, peut-être en voyant qu'il allait neiger ce soir-là. *Si Trevelyan était mort*, il pourrait garder l'argent et personne n'en saurait rien.

— C'est ahurissant, murmura Mr Rycroft. Absolument ahurissant. Je n'aurais jamais songé... Mais, ma chère mademoiselle, comment avez-vous appris tout ça ? Qu'est-ce qui vous a mise sur la voie ?

Emily parla de la lettre de Mrs Belling et de la

façon dont elle avait découvert les bottes dans la cheminée.

— C'est en les regardant que l'idée m'est venue, expliqua-t-elle. C'était des chaussures de ski, elles m'ont donc fait penser à des skis. Et tout à coup je me suis demandé si peut-être... Je me suis précipitée au rez-de-chaussée, sur le placard, et en effet j'y ai trouvé *deux* paires de skis. Une des deux paires était plus longue que l'autre. Les chaussures s'adaptaient à la paire la plus longue, *mais elles ne s'adaptaient pas à l'autre.* Les cale-pieds étaient fixés pour des chaussures beaucoup plus petites. La paire la plus courte appartenait à quelqu'un d'autre.

— Il aurait dû cacher ses skis ailleurs, commenta Mr Rycroft dont le sens artistique était choqué.

— Non, non, riposta Emily. Où aurait-il pu les cacher ? C'était un excellent endroit. Toutes ces affaires allaient partir au garde-meubles, d'ici quelques jours, et en attendant il était peu probable que la police se demande si le capitaine Trevelyan avait une ou deux paires de skis.

— Mais pourquoi dissimuler les chaussures ?

— Sans doute parce qu'il a eu peur que la police n'ait la même idée que moi. Des chaussures de ski devaient faire penser à des skis. Alors il les a fourrées dans la cheminée. C'est là son erreur, car Evans a remarqué leur disparition et j'ai fini par l'apprendre.

— A-t-il délibérément essayé d'incriminer Jim ? demanda Brian Pearson avec fureur.

— Oh non ! C'est la stupide malchance habituelle de Jim. Il a été vraiment stupide, le pauvre agneau.

— Tout va bien pour lui, à présent, dit Charles. Ne vous inquiétez pas. Vous m'avez tout dit, Emily ? Parce que, dans ce cas, je cours au bureau du télégraphe. Mes excuses à tout le monde.

Il partit précipitamment.

— Quel dynamisme ! dit Emily.

— Vous n'avez rien à lui envier, miss Trefusis, déclara Mr Duke, de sa voix grave.

— C'est vrai, renchérit Ronnie, plein d'admiration.

— Oh ! Mon Dieu, soupira soudain Emily en se laissant tomber sur une chaise.

— Vous avez besoin d'un petit remontant, dit Ronnie. Un cocktail ?

Emily secoua la tête.

— Un petit cognac, proposa Mr Rycroft plein de sollicitude.

— Une tasse de thé, suggéra Violette.

— Je voudrais un petit peu de poudre, dit Emily d'un ton mélancolique. J'ai oublié mon poudrier dans la voiture. Et avec toutes ces émotions, je suis sûre que je brille.

Violette l'emmena au premier étage à la recherche de ce sédatif.

— Voilà qui est bien, dit Emily en se tamponnant le nez. Quelle poudre épatante. Je me sens beaucoup mieux maintenant. Avez-vous du rouge à lèvres ? Je redeviens presque humaine...

— Vous avez été merveilleuse, dit Violette. Si courageuse...

— Pas vraiment, répliqua Emily. Sous ce camouflage, je tremblais comme de la gelée. Je me sentais malade...

— Je sais, répondit Violette. C'était pareil pour moi... J'ai eu si peur ces derniers jours... Pour Brian, vous comprenez. Bien sûr, ils n'auraient pas pu le pendre pour le meurtre du capitaine, mais s'il avait révélé où il se trouvait à ce moment-là, ils auraient vite découvert que c'était lui qui avait organisé l'évasion de mon père.

— Qu'est-ce que c'est que cette histoire ? s'exclama Emily en interrompant ses travaux de réparation.

— Le détenu qui s'était évadé, c'était mon père. C'est pour cela que nous sommes venues ici, ma mère et moi. Pauvre papa ! Il a toujours été bizarre par moments. Alors il fait ces choses affreuses. Nous avons rencontré Brian sur le bateau en venant d'Australie, et lui et moi... enfin lui et moi...

— Je vois, dit Emily. C'est normal.

— Je lui ai tout raconté et nous avons élaboré un plan. Brian a été formidable. Par chance, nous avions pas mal d'argent, et il a tout organisé. C'est terriblement difficile de s'enfuir de Princetown, vous savez, mais Brian a réussi. Ce fut une espèce de miracle. Le plan prévoyait qu'après son évasion, papa devait se cacher dans la caverne du Lutin et que, par la suite, lui et Brian se feraient passer pour nos domestiques. Nous pensions qu'en arrivant si longtemps à l'avance, personne ne nous soupçonnerait. C'est Brian qui nous a parlé de cet endroit et suggéré d'offrir un loyer intéressant au capitaine Trevelyan.

— Je suis désolée, dit Emily. Je veux dire, que cela n'ait pas marché.

— Ma mère est effondrée. Brian est extraordinaire. Ce n'est pas tout le monde qui accepterait d'épouser la fille d'un détenu. Mais je pense que papa n'est pas vraiment responsable. Il a reçu un coup de pied de cheval sur la tête, il y a quinze ans, et depuis, il est un peu bizarre. Brian dit qu'avec l'aide d'un bon avocat, il s'en serait tiré. Mais cessons de parler de moi.

— On ne peut rien faire ? demanda Emily.

Violette secoua la tête.

— Non. Il est très malade. C'est ce froid glacial. Une pneumonie. Je ne peux pas m'empêcher de penser que, s'il meurt, ce sera peut-être mieux pour lui. C'est affreux à dire, mais vous me comprenez, je pense.

— Ma pauvre Violette, dit Emily, c'est vraiment dommage...

— Mais j'ai Brian, dit la jeune fille. Et vous, vous avez...

Elle s'arrêta, embarrassée.

— Oui, murmura Emily, songeuse. C'est bien ça.

31

L'HEUREUX ÉLU

Dix minutes plus tard, Emily descendait le sentier d'un pas rapide. Accoudé à sa barrière, le capitaine Wyatt tenta de l'arrêter.

— Hello, miss Trefusis. Qu'est-ce que j'entends dire ?

— Tout est vrai, dit Emily en se dépêchant.

— Oui, mais attendez ! Entrez donc boire un verre de vin ou une tasse de thé. Il y a tout le temps. Inutile de vous presser. C'est votre grand défaut, à vous, gens civilisés.

— Nous sommes impossibles, je sais, répondit Emily sans s'arrêter.

Elle pénétra en trombe chez miss Percehouse.

— Je suis venue tout vous raconter, dit Emily.

Et aussitôt elle lui dévida toute l'histoire. Celle-ci fut ponctuée d'exclamations diverses : « Mon Dieu ! », « Pas possible ! », « Ça, par exemple ! » venant de miss Percehouse.

Quand Emily eut terminé, miss Percehouse se redressa sur un coude et agita solennellement le doigt.

— Qu'est-ce que je vous avais dit ! s'exclama-t-elle. Je savais bien que Burnaby était un envieux. Amis, vraiment ! Cela fait vingt ans que Trevelyan faisait tout un peu mieux que Burnaby. Il skiait mieux, il grimpait mieux, il tirait mieux et il réussissait mieux les mots-croisés. Burnaby n'était pas de taille à le supporter. Trevelyan était riche et il était pauvre. Cela durait depuis longtemps. Et je peux vous assurer que ce n'est pas facile de continuer à aimer quelqu'un qui fait tout un petit mieux que vous. Burnaby était un esprit étroit, un homme sans envergure. Ça lui a porté sur les nerfs.

— Vous avez sans doute raison, dit Emily. Enfin, je devais venir vous le raconter. Cela paraît si injuste que vous soyez tenue à l'écart de tout. Au fait, savez-vous que votre neveu connaît ma tante Jennifer ? Ils ont pris le thé ensemble au café Deller, mercredi.

— C'est sa marraine. Alors, c'est elle le « type » qu'il voulait voir à Exeter ! Pour lui emprunter de l'argent, tel que je le connais. Je lui parlerai.

— Je vous interdis de vous en prendre à qui que ce soit par un jour pareil. Bon, je me sauve. J'ai mille choses à faire.

— Que pouvez-vous avoir à faire, jeune demoiselle ? Il me semble que vous avez fourni votre part d'effort.

— Pas tout à fait. Je dois aller à Londres voir les employeurs de Jim, afin de les persuader de ne pas le poursuivre en justice pour cette petite histoire d'argent emprunté.

— Hum, fit miss Percehouse.

— Ne vous inquiétez pas ! Jim se conduira bien, dorénavant. Il a compris la leçon.

— C'est possible. Et vous pensez pouvoir les convaincre ?

— Oui, déclara fermement Emily.

— Eh bien, vous y arriverez peut-être. Et après ça ?

— Après ça, ce sera tout. J'aurai fait tout mon possible pour Jim.

— Alors, si nous disions : et ensuite ? demanda miss Percehouse.

— Qu'entendez-vous par là ?

— Et ensuite ? Ou, pour dire les choses plus clairement, *lequel des deux ?*

— Oh !

— Exactement. Voilà ce que je veux savoir. Lequel des deux est appelé à être le malheureux homme ?

Emily se mit à rire et embrassa la vieille dame.

— Ne jouez pas les imbéciles ! Vous savez parfaitement bien lequel !

Miss Percehouse se mit à rire, elle aussi.

Emily partit d'un pas léger et arriva à la grille juste au moment où Charles arrivait en trombe. Il lui prit les mains.

— Emily, ma chérie !

— Charles ! N'est-ce pas merveilleux ?

— Je vais vous embrasser, dit Enderby, joignant le geste à la parole. Je suis un homme arrivé maintenant, alors écoutez, ma chérie, qu'en pensez-vous ?

— Ce que je pense de quoi ?

— Eh bien, je veux dire... ma foi, évidemment, je ne me serais pas amusé à ça tant que ce pauvre vieux Jim était en prison, mais... il est blanchi à présent, et il doit pouvoir avaler la pilule comme tout le monde.

— Mais de quoi parlez-vous ?

— Vous savez très bien que je suis fou de vous, et je vous plais aussi. Pearson a été une erreur. Je veux dire que... eh bien, vous et moi, nous sommes faits l'un pour l'autre. Nous le savons tous les deux depuis le début, non ? Préférez-vous la mairie, l'église, ou quoi ?

— Si vous parlez de mariage, il n'en est pas question.

— Hein ? Mais...

— Non, dit Emily.

— Mais, Emily...

— Si vous voulez que je vous le dise, déclara Emily, j'aime Jim. Passionnément.

Charles la regarda.

— Ce n'est pas possible !

— Mais si ! Je l'aime. Je l'ai toujours aimé et je l'aimerai toujours.

— Vous... Vous m'aviez laissé croire...

— J'ai dit qu'il était merveilleux d'avoir quelqu'un sur qui compter.

— Oui, mais je pensais...

— Je me moque de ce que vous pensiez.

— Vous êtes un monstre sans pitié, Emily !

— Je sais, Charles chéri. Je sais. Je suis tout ce que vous voudrez. Ça ne fait rien. Songez au grand homme que vous allez être ! Vous le tenez votre scoop ! En exclusivité pour le *Daily Wire*. Vous êtes un homme arrivé. Et qu'est-ce qu'une femme, après tout ? Moins que rien. Un homme fort n'a pas besoin d'une femme, qui ne fait que le gêner en s'accrochant à lui comme le lierre. Les grands hommes ne se soucient pas des femmes. La carrière... Rien n'est aussi beau, aussi satisfaisant pour un homme, qu'une grande carrière. Vous êtes un homme fort, Charles, quelqu'un qui n'a besoin de personne...

— Allez-vous vous taire, Emily ? On dirait une causerie pour jeunes gens à la T.S.F. Vous m'avez brisé le cœur. Vous ne savez pas combien vous étiez jolie quand vous êtes entrée dans la pièce avec Narracott. Vous aviez quelque chose de l'ange triomphant et vengeur.

Ils entendirent un bruit de pas et Mr Duke apparut.

— Ah, vous voilà, Mr Duke, dit Emily. Charles, je vous présente l'ex-inspecteur principal Duke, de Scotland Yard.

— Quoi ? s'écria Charles, reconnaissant le nom. Le fameux inspecteur Duke !

— Oui, dit Emily. Quand il a pris sa retraite, il est venu vivre ici. Mais comme il était gentil et modeste, il n'a pas voulu que ça se sache. A présent, je comprends pourquoi Narracott a tiqué quand je lui ai demandé quel genre de crimes Mr Duke avait commis !

Mr Duke se mit à rire.

Charles hésita. Une courte lutte s'engagea entre l'amoureux et le journaliste. Le journaliste l'emporta.

— Je suis ravi de vous rencontrer, inspecteur, déclara-t-il. Puis-je espérer que vous accepterez de nous rédiger un court article, disons huit cents mots, sur l'affaire Trevelyan ?

Emily retourna promptement chez Mrs Curtis et se précipita dans sa chambre. Mrs Curtis l'y suivit.

— Vous partez, mademoiselle ?

— Oui. J'ai beaucoup à faire — Londres, et mon fiancé.

Mrs Curtis s'approcha d'elle.

— Dites-moi, mademoiselle, lequel est-ce ?

Emily jetait ses vêtements n'importe comment dans sa valise.

— Celui qui est en prison, évidemment. Il n'y en a jamais eu d'autre.

— Ah ! Vous ne pensez pas, mademoiselle, que vous faites une erreur ? Vous êtes sûre que l'autre gentleman ne vaut pas mieux que celui-ci ?

— Oh non ! Pas du tout. Celui-là ira loin, dit-elle en jetant un regard par la fenêtre sur Charles, qui était toujours en pourparlers avec l'ex-inspecteur principal Duke. C'est le genre de garçon né pour réussir. En revanche, je ne sais pas ce que Jim deviendrait si je n'étais pas là pour m'occuper de lui. Imaginez où il serait à l'heure actuelle si je n'avais pas été là.

— Vous pouvez le dire, mademoiselle.

Mrs Curtis descendit rejoindre son légitime époux qui était assis et regardait dans le vague.

— C'est le portrait craché de Belinda, la fille de ma grand-tante Sarah, dit-elle. Elle a épousé ce misérable George Plunket avec son pub hypothéqué et tout ça. Et en deux ans, elle a levé l'hypothèque et l'affaire est florissante.

— Ah ! fit Mr Curtis en déplaçant légèrement sa pipe.

— Il était beau garçon, ce George Plunket...

— Ah ! dit Mr Curtis.

— Mais, après avoir épousé Belinda, il n'a plus jamais regardé une autre femme.

— Ah ! dit Mr Curtis.

— Elle ne lui en a jamais laissé l'occasion.

— Ah ! dit Mr Curtis.

Imprimé en Espagne par LIBERDUPLEX (Barcelone)
Édition 01 – Dépôt légal : 97875 – 02/08